Oaxaca

Árbol del Tule

La Noche de los Rábanos

Mole Oaxaqueño

KEILA OCHOA HARRIS

Donají

GRUPO NELSON
Una división de Thomas Nelson Publishers
Desde 1798

NASHVILLE   DALLAS   MÉXICO, DF.   RIO DE JANEIRO   BEIJING

Nota del editor: Esta novela es una obra de ficción. Los nombres, personajes,

lugares o episodios son producto de la imaginación de la autora y se usan ficticiamente.

Todos los personajes son ficticios, cualquier parecido con personas vivas o muertas

es pura coincidencia.

Diseño: *www.Blomerus.org*

ISBN: 978-1-60255-155-8

Impreso en Estados Unidos de América

09 10 11 12 QW 9 8 7 6 5 4 3 2

Prólogo

La princesa jadeaba. Sus captores la arrastraban sin misericordia, lastimando sus brazos y piernas. Ella escuchaba los gritos en la lejanía. Los zapotecos vencían a los mixtecos después de incontables humillaciones. Desafortunadamente, sus enemigos no se marcharían sin antes hincar un dardo cruel en el corazón del rey zapoteco, el gran Cosijoeza. Matarían a la niña de sus ojos, a la hermosa princesa, la del Alma Grande.

Ella no pataleaba ni lanzaba aullidos de dolor. No moriría como una mujer sin honor. Al contrario, la dignidad sellaría sus últimos momentos. Desecharía la ilusión que había surgido mientras tres hombres violentos la sacaban fuera de sus habitaciones. Por un instante, había soñado que Nucano se aparecería para rescatarla. Guapo y valiente, un verdadero príncipe mixteco, su amado atravesaría a esos rufianes con la lanza, sin darles tiempo ni siquiera para excusarse.

Pero Nucano no había llegado, y cuando la princesa sintió el agua fría del Atoyac a sus espaldas, supo que su fin llegaría sin remedio. Su mente continuó tejiendo ideas y pensamientos. ¿Por qué no podían los zapotecas y los mixtecas convivir en paz? Los aztecas, los mayas, los olmecas, los chichimecas; todos contra todos se arrebataban tierras y ofrecían los sacrificios que aplacaban a sus dioses. ¿No habría otra solución?

El sacerdote lo había predicho al leer los signos en los cielos el día del nacimiento de la princesa. Auguró que se sacrificaría por su patria. Ella creyó que el cumplimiento de la profecía se había dado el día que renunció a su amor por Nucano. Sin embargo, se había equivocado.

Traición y lealtad, guerra y paz, odio y amor. La vida latía al ritmo de los tambores y lloraba con el canto funesto de los caracoles que estallaban desde lo alto de los templos. Ella había amado a Nucano, había honrado

1

a su padre al servir de garantía para un tratado de paz que su pueblo tanto necesitaba, había traicionado al pueblo de su amado enviando información a los zapotecas para que atacaran Monte Albán mientras los ingenuos mixtecas dormían. ¿Y todo para qué?

Acudió a los dioses al percibir el aliento viciado de uno de sus captores a unos centímetros de su rostro. Rogó por su pueblo, por su gente, por su padre, por su amado. Que tuvieran paz. Que lograran vivir como hermanos. Que el amor abundara y no el rencor. Que la venganza cesara y emanara un espíritu de buena voluntad.

Uno sacó un cuchillo, el otro blandió su lanza, pero fue el tercero quien sin titubeos le arrancó la cabeza con un solo movimiento. La princesa contempló el cielo estrellado. Luego le dedicó sus últimos segundos de conciencia a su hogar, la hermosa Zaachila. Su sangre se mezcló con las aguas cristalinas del Atoyac. Su cabeza flotó entre los lirios blancos, fundiéndose entre ellos como el oro en el fuego. La princesa se despidió del mundo y de la vida. Solo se preguntó si existiría algún sacrificio que finalmente lograra unir a dos pueblos, entrelazar a dos enamorados y evitar más muertes innecesarias como la de ella.

Parte 1

¡Qué lejos estoy del suelo donde he nacido!
Inmensa nostalgia invade mi pensamiento
y al verme tan solo y triste cual hoja al viento,
quisiera llorar, quisiera morir de sentimiento.

¡Oh tierra del sol, suspiro por verte!
Ahora que lejos yo vivo sin luz, sin amor,
y al verme tan solo y triste cual hoja al viento,
quisiera llorar, quisiera morir de sentimiento.

Canción mixteca (José López Alavés)

Capítulo
1

—¡Emma! No dejes que tu hijo se asoleé tanto. Ya se está poniendo prieto y al rato estará más negro que un africano.

Leo contempló a su prima de reojo. Se había puesto colorada, pero sacudió la cabeza con orgullo y le devolvió la mirada a Raquel.

—¿Y qué hay de malo en que esté un poco moreno?

Elvia, la madre de Leo, abrió los ojos de par en par. Leo trataba de escabullirse, pero se encontraba atrapado entre el zaguán y las escaleras que conducían a su estudio. La conversación se llevaba a cabo en pleno patio donde Paco, de tres años, corría tras un balón, y Nando, el hijo de Raquel, luchaba por arrebatárselo.

—No estás hablando en serio, ¿verdad, Emma? —le preguntó Elvia con sospecha—. Si tu madre te escuchara, me daría la razón por primera vez. Lo negro es, simplemente… inferior.

—Pero… —dijo Emma y se cruzó de brazos al ser interrumpida nuevamente.

—No me mal entiendas; es solo cuestión de historia y de lógica. La alcurnia se trae en la sangre.

Emma bajó la vista.

—Tengo una amiga que vende cremas para blanquear la piel —le sugirió Raquel.

Leo no soportaba tal frivolidad, pero a punto de marcharse, la abuela de Emma, la señora Lupe, salió y le impidió el paso.

—Ya oí tu sermón, Elvia, y no eres nadie para ofender a mi nieta. ¿Hablas tú de estirpe? ¿Y quiénes son tus ancestros? ¿Aztecas o tarahumaras?

Elvia golpeteó el suelo con su zapatilla:

—Somos criollos. Españoles nacidos en México.

—Y mezclados con negros o indios. ¿O no me dirás que te crees muy blanca? ¡Si estás bien morena!

—Mire, doña Lupe, no se meta conmigo que yo nada más trataba de ayudar.

—Ya basta —dijo Cecilia, la madre de Emma, asomándose por la ventana—. Su plática se oye hasta el segundo piso y no querrán que los vecinos se enteren.

—Pero tengo razón —insistió Elvia—. Lo negro es inferior.

Cecilia se encogió de hombros:

—Como tú digas.

Cerró la ventana, doña Lupe se metió a la casa y Emma la siguió. En eso, Elvia y Raquel se dieron cuenta de la presencia de Leo.

—¿Y qué haces aquí tan temprano? —le preguntó su madre.

Leo sentía nauseas, pero logró responder:

—Vengo por unas cosas. Salgo de viaje.

Sin más, trepó las escaleras de dos en dos y se encerró en su estudio. Hasta ese momento no había tomado en serio la invitación de su amigo Javier para disfrutar de unas breves vacaciones lejos de la ciudad, pero de pronto se le antojaban como si de ellas dependiera su vida. Blanco, negro, español o mulato, ¿qué importaba? Había cosas más importantes como su salud mental. Leo se sentía atrapado, confundido, indeciso. Nada como unos días en provincia para despejar sus dudas y tomar decisiones vitales. A sus veintiocho años debía sujetar las riendas de su propio destino. Algo que ignoraba cómo hacer.

★ ★ ★

Margarita miró a su hermana menor que se contemplaba frente al espejo. Lucía una falda de satín azul cielo, una blusa blanca elaborada de popelina, una mascada rosada que contrastaba y unas zapatillas negras. Su cabello estaba trenzado y decorado con flores.

—Conchita, ¿estás segura de que quieres hacer esto? —le preguntó.

Su hermana sonrió frente al espejo.

—He esperado este momento muchos años. No seas tan amargada, Margarita. Se supone que a ti te gustan las fiestas y mira cómo estás. ¡Toda preocupada!

Margarita fingió una sonrisa. ¿Y cómo no habría de estarlo? Su hermana podía llegar a ser el hazmerreír del concurso, en el que deseaba convertirse en la diosa Centeotl, la que presidía las fiestas de julio en Oaxaca. ¡Habría decenas de muchachas con las mismas ilusiones y solo una sería la elegida! Imaginaba algunas triques o mixtecas, de Tuxtepec o San Felipe Usila. El año anterior había visto a muchas chiquillas refinadas, con rasgos europeos o el cabello claro. Y aunque en ese festival supuestamente ganaba la que tenía raíces autóctonas más profundas, Conchita solo contaba con las facciones indígenas, no con el alma y la convicción de sus antepasados. Prefería la música en inglés, y por más que en casa habían estudiado las tradiciones de Oaxaca de Juárez desde que Conchita tenía memoria, Margarita temía que se equivocara en las preguntas más elementales.

Por otra parte, estaba el negocio familiar que dependía de Margarita para sobrevivir la marejada de personas que vendrían a la ciudad, y para colmo, se sentía vieja y cansada. ¡A sus veintidós años! Quizá el contemplar la vitalidad y frescura de su hermana le producía nostalgia por lo que hubiera podido ser su propia juventud si no hubiera tenido que criar una hermana y mantener a flote el restaurante, lo que le recordó que había pedido una nueva vajilla y aún no se la entregaban.

Se puso en pie y se alisó la falda que, a diferencia de su hermana, vestía por convicción y no para obtener un premio.

—¿Y si olvido lo de la Conquista? ¿Quién me dijiste que era el español aquel? ¿Hernán Cortés? No, él envió a Francisco de Orozco. De todos modos, siempre es lo mismo. Los matan y se quedan con su oro. ¡Nada interesante!

Margarita guardó silencio. ¿Cómo explicarle que la historia no había cambiado? Conchita ya no recordaba las tragedias de la familia en el pueblo. Solo conocía las bendiciones del duro trabajo y una posición estable.

—Debemos ajustar la blusa en el hombro derecho. No quiero que se te caiga a media presentación —le dijo con tranquilidad y sacó unos alfileres para marcar el lugar donde haría la alteración. Conchita se quitó el vestuario y lo guardó en el clóset.

—No tengas miedo, hermanita. Prometo que daré lo mejor de mí. Haré que todos estén orgullosos.

—Lo sé, pequeña. Ven acá.

El abrazo no tranquilizó sus premoniciones. Algo le decía que ese año la fiesta no sería igual que las anteriores.

★ ★ ★

Javier Hernández asomó su cabeza por el marco de la puerta. Doña Ofelia, maquillada con exageración, alzó las cejas al reconocerlo.

—Aparté el bungaló que me pediste, pero creí que te habías arrepentido.

—No, doña Ofe. Es solo que se me hizo tarde. Voy a la terminal a recoger a un amigo y vuelvo.

—¿Amigo? —preguntó la señora con interés.

—Viene de la ciudad.

Ella dejó la pluma a un lado y lo acompañó a la salida del hotel.

—¿Es soltero?

Javier se acomodó los anteojos y asintió.

—Dame más detalles —le exigió la doña.

—Pues ya casi llega a los treinta, como yo. Lo conocí en la escuela y...

—¿Es arqueólogo como tú?

—No, doña Ofe. Él es...

—¿Guapo?

Meditó unos segundos antes de contestar. Pensó en Leo: alto, robusto, piel clara, cabello castaño, ojos agradables, sonrisa inocente y una expresión taciturna.

—No se me figura un galán de telenovela, pero en la secundaria tuvo más de tres admiradoras haciendo fila para que les hiciera caso.

—¿Y les hizo caso?

—Leo es especial. No le gusta coquetear.

Doña Ofelia ocultó un puchero.

—¿Y a qué viene?

—¡A la Guelaguetza!

—¿Lo llevarás a comer con tus amigos de Donají?

—Por supuesto. Nadie puede perderse las delicias culinarias de mamá Tule.

Doña Ofelia lo acompañó al portón. Javier paró un taxi y mientras el vehículo se estacionaba, doña Ofelia se cruzó de brazos.

—Quizá debas presentarle a la dichosa Margarita. Ella también está soltera.

Javier arrugó la frente.

—¿Leo y Margarita? No lo imaginaría ni en un millón de años. Son tan opuestos como el agua y el aceite.

—¿Por eso tampoco te le has acercado?

Fue un alivio cerrar la puerta y alejarse de allí. ¿Cómo explicarle? A él no le apetecían los romances, ni las complicaciones que estos implicaban. Y por otra parte, Margarita tampoco parecía interesada en las cosas del amor. Ella se dedicaba a su familia y al restaurante. Fin de la discusión.

★ ★ ★

Leo se estremeció en el asiento del autobús. Trató de prestar atención a la película que iban proyectando, pero más bien se puso a pensar en su encuentro con Javier en el centro de la ciudad de México unas semanas atrás.

—No luces bien, Leo. Te invito a Oaxaca; yo me encargo de los gastos. En julio celebramos la Guelaguetza, un espectáculo que no te puedes perder.

Leo había titubeado:

—No lo sé, Javier. ¿Tú sigues en Monte Albán?

—Y seguiré allí hasta que me echen o me muera. La cultura zapoteca es fascinante. Pero anda, di que sí aceptas. Por cierto, ¿todavía pintas?

Él no sabía hacer otra cosa que no fuera pintar, o al menos lo intentaba. Después de la preparatoria había estudiado, por insistencia de su padre, la carrera de contaduría, que ni terminó ni le trajo satisfacción alguna. Lo suyo eran los colores y las formas.

Recargó su cabeza sobre la almohadilla y cerró los ojos tratando de internarse en el mundo que había creado de niño. Tocó la puerta de su subconsciente y se le dio acceso. El sol se elevaba detrás de unos cerros pelones. Las construcciones piramidales le saludaron y Leo caminó sobre la tierra arenosa. Luego recitó las palabras que había inventado: «Jalem, gozum, tam» y un viento suave refrescó su frente. De repente, miró el firmamento y contempló a su dios, un monstruo de piedra con ojos huecos, fauces abiertas y nariz tosca.

De la nada, la imagen de la tía Toña apareció. «Leo, ten cuidado. Tu dios es un dios cruel». Pero se esfumó con la misma rapidez con que se apaga un cerillo y Leo resumió sus rezos. Como el dios lo escuchó, comprendió que debía llevar un sacrificio. Entonces observó a una niña pequeña. Seguramente el dios no menospreciaría un corazón joven. Ella, al mirarlo, echó a correr y Leo se lanzó en su persecución.

Anduvo tras ella hasta un bosque donde había un río. Sin embargo, la niña se transformó en una anciana. ¡El dios no aceptaría la decadencia de una vida! Pero a falta de algo más, la siguió hasta la cima de una montaña. Leo contempló el valle y se vio tentado a dejarse caer por el precipicio. ¿Qué sentiría al arrojarse a esos metros y metros de vacío? Adivinaba que la fuerza del impacto le robaría la vida en segundos. No sufriría; todo acabaría así de rápido. Pero ni siquiera para suicidarse tenía valor.

Al darse media vuelta, se topó con la niña y la anciana. Sujetó la daga que colgaba de su cinturón y se abalanzó sobre ellas. Pero en ese instante, tanto niña como anciana lo empujaron hacia atrás y Leo perdió el equilibrio.

Despertó sudando. La mujer en el asiento contiguo lo miró asustada. Leo le pidió permiso y se escabulló al baño. Siempre era lo mismo. Al tratar de fugarse de la realidad, terminaba preso de aquello que él mismo construía. Ocurría lo mismo con su arte. Mezclaba trazos y pintura, pero quedaba encadenado a la mediocridad. Pasaba lo mismo con su vida. Se balanceaba entre su yo y sus padres, y como en una telaraña, se encontraba atrapado en los hilos de la familia Luján.

De pronto, el autobús se detuvo.

Había llegado a Oaxaca.

Capítulo

2

Margarita no daba crédito a lo que veía. Subió corriendo al segundo piso de la casona y casi desbarata la puerta del cuarto de su padre. Don Epifanio abrió con enfado.

—¿Qué pasa?

—El tío Ramón está bebiendo mezcal.

No era novedad, pero ¿a las diez de la mañana? Don Epifanio se abrochó el último botón de su guayabera.

—Papá, usted sabe cómo se pone. Ya hasta les invitó a un traguito a las tías y a los otros tíos. ¡Abrimos en media hora y estamos a vísperas de las fiestas!

—Tranquila, m'ija. Conchita tiene razón; estás más alterada que de costumbre. ¿Estás enferma?

«De angustia», quiso contestar. Pero siguió a su padre escaleras abajo hasta la cocina, donde sus tíos continuaban brindando.

—¡Epifanio! Por fin apareces. Ven a celebrar.

Su padre, sin mostrar desesperación, se sentó en la silla vacía que le mostraron y se sirvió jugo de naranja.

—¿Y qué festejamos?

Uno de los tíos señaló el periódico sobre la mesa:

—Don Julián Valencia sufrió un infarto. ¡Nos hemos librado de él para siempre!

—Que le aproveche el sufrimiento en el purgatorio —agregó una de las tías.

—Ojalá se lo lleven los chaneques —deseó otro tío.

Margarita se mordió el labio. Reconocía que la ausencia del señor Valencia significaba la paz para los Domínguez, pues aunque habían saldado la deuda de la familia de María, la madre de Margarita, hacía más de quince años, no visitaban el pueblo por miedo a toparse con los matones del cacique o continuar con las rencillas del pasado. ¿Pero emborracharse en fechas tan importantes?

Su padre se puso en pie.

—Vamos a trabajar. Luego se pueden tomar algunas copas más.

—Costumbre familiar no se quita —rieron los tíos con el viejo chiste. Esa frase la habían heredado de la abuela, que excusaba su pesimismo con dicha letanía.

Epifanio no se inmutó. Se puso el sombrero que colgaba de la puerta y los contempló con firmeza.

—Si siguiéramos todas las costumbres, nosotros los hombres lavaríamos la ropa de las mujeres y los niños. Así que no me provoquen. Si quieren implementar las tradiciones, con gusto lo haremos. Y yo me encargaré de que se cumplan al pie de la letra.

Su seriedad impregnó la habitación. Los tíos dejaron sus vasos, las tías guardaron las botellas de mezcal y Margarita se tranquilizó. Su padre había ganado. Sin embargo, el dolor en su estómago aumentó. La Guelaguetza se convertiría en un martirio para ella: Conchita en el concurso, sus tíos bebiendo desde temprano, ¿qué otra tragedia le deparaba el futuro?

—Costumbre familiar no se quita —murmuró, dirigiéndose a la camioneta.

★ ★ ★

—¡Leo!

Javier vestía una camisa blanca con pantalones claros y lucía un bigote delgado que combinaba con sus anteojos. Leo lo abrazó. Le alegraba el contacto con alguien que, si bien tampoco lo comprendía, por lo menos no lo fastidiaba con su mal humor.

—Dame tu maleta.

—No pesa —le dijo Leo, tratando de retenerla. Después de un breve forcejeo, Javier cargó su equipaje y Leo lo siguió a la salida.

—Pensé que vivías en un poblado cerca de Monte Albán.

—Así es, pero para las fiestas alquilé un bungaló. En la ciudad habrá suficientes actividades para no aburrirnos.

Javier pidió un taxi, un Tsuru marrón que al principio Leo confundió con un patrullero.

—¿Qué tal el viaje?

—Todo bien —contestó Leo. Se guardó el secreto de su pesadilla.

—Creí que no vendrías. Pero te enamorarás de Oaxaca. No puedo creer que nunca hayas pisado este glorioso estado de la república. La tierra de Benito Juárez y Porfirio Díaz te sentará bien.

A Leo le daba la impresión de que Javier sabía algo que él ignoraba. Desde su encuentro en el zócalo lo trataba como si padeciera una enfermedad incurable o estuviera ya con un pie en la tumba. Su compasión lo irritaba; sin embargo, en honor a sus viejos recuerdos no protestó.

Las casas de Oaxaca no le impresionaron más que la provincia mexicana. El taxista se topó con algo de tráfico y Leo se rascó con impaciencia. Odiaba los congestionamientos. Por esa razón se resistía a comprar un auto. Prefería andar en metro o en camión, aun cuando su madre lo tachara de loco. Sin embargo, al irse acercando al centro, su corazón empezó a palpitar. No había edificios ni construcciones más allá de dos pisos. Las casas exhibían colores brillantes en diversas tonalidades de rojos, amarillos, azules y hasta anaranjados. La arquitectura colonial, con sus balcones y su trabajo de herrería empezó a emocionarlo y cuando el taxi se detuvo, cerró la boca para disimular su sorpresa.

El letrero decía: Casa de Ofelia. Javier pagó la tarifa y Leo levantó su petaca. Cruzaron una puerta blanca hasta un recibidor de estilo colonial donde una mujer en sus cincuenta, anchas caderas y excesivo maquillaje lo saludó:

—Bienvenido, Leo. Javier me ha hablado de ti. Mi nombre es Ofelia, tu anfitriona.

Leo le dio la mano y ella se la apretó con fuerza. Luego Ofelia se encaminó a un grupo de europeos con bermudas y cámaras fotográficas que se aproximaban al escritorio. Javier y Leo cruzaron el patio del centro donde había mesas blancas y sillas de metal con coquetas sombrillas gigantes que protegían del sol. El restaurante se llamaba «La Terracita», aunque en ningún lado observó un balcón, solo una pintura pequeña que mostraba una ventana más bien diminuta.

Atravesaron un pasillo, luego otro jardín más amplio donde se ocultaba un famoso baño de vapor hasta dar con un sencillo bungaló. Dos camas individuales componían la pieza principal. A la izquierda se encontraba el baño, del lado derecho la tele y al fondo un escritorio. Leo se apresuró a la puerta corrediza. Deslizó el vidrio y sus ojos se iluminaron. Un jardín, con dos sillas y una mesita, se cobijaba bajo la sombra de un madroño.

—¿Por qué no me lo dijiste? Es perfecto para pintar. ¡No traje nada! ¡Ni siquiera un cuaderno!

Javier lanzó una de sus cómicas carcajadas:

—Jamás imaginé que olvidarías tus implementos. Descuida, compraremos lo que te haga falta.

—Gracias, Javier. Te pagaré; lo prometo.

—Amigo, es un obsequio. La palabra Guelaguetza significa dar. Este es mi regalo para ti.

Conociendo a Javier, jamás aceptaría un solo peso. Pero por lo pronto, la esperanza le calentó el pecho. Tal vez Javier tenía razón y Oaxaca haría algo por él.

★ ★ ★

—Margarita, el señor Reyes avisó que vendría a cenar esta noche —le dijo la tía Josefina.

—Apártenle la mejor mesa, junto al jardincito. ¿Dijo cuántas personas?

—Él, su esposa y dos invitados de la capital.

Margarita enchuecó la boca. Seguramente se trataría de una pareja de empresarios o artistas de televisión. De todos modos, el vaivén de la tarde la hizo olvidar la cita hasta que dieron las ocho y el señor Reyes se apareció en el local. Ella andaba en la cocina atendiendo un imprevisto. ¡Había tirado café en el suelo! Mientras los demás se ocupaban de sus quehaceres, Margarita se hincó para limpiar el desperfecto. No quería que alguna mesera se resbalara.

Su papá le susurró que el señor Reyes había llegado. Margarita imaginó la escena en tanto terminaba su labor. El señor Reyes siempre repetía la misma historia:

—Este restaurante se ha vuelto una leyenda, una historia de éxito digna de una película. La familia Domínguez comenzó vendiendo chapulines y tamales en la esquina cercana al zócalo. Con el tiempo, fueron progresando, su sazón conquistó al pueblo de Oaxaca y compraron este local. Desde entonces, nos deleitan con una variedad de platillos y una calidad que no se encuentra en muchas partes.

Ella sabía que el señor Reyes trataría de presentarla ante sus invitados, así que se lavó las manos, acomodó sus trenzas y se encaminó a la mesa de honor. Tenía que pasar cerca de los baños y, sin darse cuenta, chocó contra una señora que salía del tocador de damas. Vestía un traje fino que combinaba con su peinado.

—Disculpe —susurró Margarita.

—Ten cuidado, muchacha —le dijo la mujer, con frialdad—. Y por cierto, el lavabo tiene unas manchas de pintura.

La mujer se retiró sin una segunda mirada y Margarita comprendió. ¡La había confundido con las chicas que se encargaban de la limpieza! Aguardó unos momentos a que su cuerpo se enfriara y su rostro recuperara su color natural. ¿Cómo se había atrevido? Margarita, en ningún momento, despreciaba a los empleados que se ganaban honradamente su sueldo al limpiar pisos y excusados, pero su enfado nacía de esa sensación de discriminación que tanto detestaba. Comprendía que los extranjeros los miraran con cejas alzadas. Ellos venían de países primer mundistas haciendo resonar sus dólares en los bolsillos, considerándolos bárbaros y atrasados, pero ¿recibir el mismo trato de parte de sus compatriotas?

—¡Margarita! Tu padre te busca —le dijo uno de sus primos.

Dejó atrás sus cavilaciones y se encaminó al lugar donde el señor Reyes reía con don Epifanio.

—¡Aquí está la mente maestra detrás de toda esta hermosura! Ven acá, Margarita, quiero presentarte con el secretario de turismo y su esposa.

Margarita sujetó débilmente la mano del hombre, luego giró el rostro y contempló a su esposa. ¡La misma mujer de hacía unos minutos! Ella también la reconoció, sonrojándose al reparar en su grave error. Ambas disimularon bien, pero Margarita inventó una serie de excusas para mantenerse en su oficina el resto de la velada. No le atraía la idea de encontrarse de nuevo con aquellos ojos altaneros.

★ ★ ★

Después de sus siete horas de viaje y de la abundante comida que habían disfrutado en La Terracita, Leo quería recostarse y ver un poco de televisión. Pero Javier no aceptaría una negativa a disfrutar la vida nocturna de la ciudad, así que lo presionó y Leo obedeció por cortesía. Mientras se peinaba frente al espejo, Javier se sentó en la silla hojeando una revista de autos que Leo había comprado en la terminal.

—No va contigo.

—Nunca fuimos normales.

Leo lo secundó.

Javier se acomodó las gafas. No había engordado con el paso de los años; Leo, por su parte, poseía una complexión sólida y aceptaba que a partir de los veintiséis su vientre se había agrandado unos cuantos centímetros.

Se despidieron de su anfitriona y Javier le mostró la ciudad. La Casa de Ofelia se hallaba al norte del centro histórico, así que gozaron de una placentera caminata al zócalo. Leo se recreó en el ambiente de fiesta, con los edificios barrocos que lo remontaron al pasado y borraron su presente. ¡Cuánta gente! No había imaginado una ciudad tan concurrida por extranjeros y nacionales.

Javier lo llevó a un bar en el segundo piso de una casona que daba a la plaza. Pidieron una botana y cervezas.

—¿Y cómo está la familia?

—Mis padres andan con buena salud, lo que es una bendición dado que don Juan no cesa de molestarse conmigo —le confió Leo con buen humor—. Mi hermana se casó con Fernando, un ginecólogo.

—Recuerdo que lo mencionaste hace años. No te agrada.

—Es un narcisista.

Javier se limpió la boca con la manga, un hábito que acarreaba desde su infancia. Leo meditó en sus años en la secundaria mientras Javier pelaba unos cacahuates. Su amigo había sido un tímido cuatro ojos, el blanco de las burlas de sus compañeros, un chico de mente brillante que jamás había bajado su promedio de 9.5, y que después de lograr su sueño de estudiar Arqueología, se hallaba como encargado de una de las zonas sagradas de la cultura zapoteca. Lo definiría como un soltero inteligente y fiel amigo; en suma, un hombre ejemplar.

Leo se había caracterizado por su retraimiento. Su apariencia física y su altura lo salvaron de las bromas pesadas, ya que las chicas lo consideraban guapo y los muchachos temían sus puños. Pero a él no le interesaba ser popular o jugar baloncesto o pasar sus exámenes. Su pasión residía en dibujar los sueños que se remontaban a mundos internos que habían nacido en el Museo de Antropología e Historia a los cinco años. Por aquel entonces, su maestra organizó una excursión que se acrecentó a través del contacto con Javier, que le contagió su amor por las culturas prehispánicas.

—¿Y la familia de tu tío?

—Mi tío Pancho sigue aumentando su colección de trenes, mi tía y su madre igual de chismosas, Emma cuida a su hijo Paco y Sonia terminará pronto la preparatoria.

—Emma siempre me agradó. Lástima que no me hiciera caso.

Leo meneó la cabeza:

—Es una pena que se inclinara por ese patán. ¿Y tu familia?

Javier recitó la misma historia de siempre. Su madre sufría jaquecas y su única hermana la cuidaba. El padre los había abandonado desde niños, así que no figuraba en la letanía.

—¿Y qué te convenció de quedarte en Oaxaca? Oí que te ofrecieron el puesto de catedrático en la universidad.

—¿Qué te puedo decir? Monte Albán tiene su encanto. Como no lo conoces, no diré más. Lo verás por ti mismo.

Leo se acabó su cerveza de un trago. Se caía de sueño y Javier percibió su inquietud, por lo que volvieron al hotel. Doña Ofelia los recibió con una sonrisa.

—Mañana es la calenda. ¿Quieren que les aparte un buen lugar?

—Necesito comprar pintura —le susurró Leo a Javier.

—Lo haremos, lo prometo. Pero no te debes perder la procesión. Sí, doña Ofe —se dirigió a la señora.

—Buenas noches, jóvenes.

Su enigmática expresión encendió una chispa en el corazón de Leo. Era como si un complot se hubiera fraguado en su contra para resucitar en él aquello que había muerto y que no lograba localizar pero que en el roce con Javier, con Ofelia y con sus recuerdos, comenzaba a despertar.

★ ★ ★

—¡Levántate, perezoso!

Javier le soltó un almohadazo. Leo tardó en despabilarse, pero al hacerlo, procuró su venganza dándole un puntapié. Javier ya estaba bañado, vestido y lucía una mueca en el rostro.

—¿Qué hora es?

—Mediodía.

—¿Tanto dormí?

Leo se metió a la ducha, se puso unos jeans y su gorro de béisbol para disimular la maraña de cabello que se negaba a cooperar. Javier lo esperaba con un suculento almuerzo en La Terracita.

—¡Chilaquiles!

—Había olvidado que cuentas con un diente exigente.

Leo sobó su estómago:

—Amigo, la comida mexicana es mi debilidad.

—Una segunda razón por la que Oaxaca te robará el alma.

—¿Y cuál es la primera? —preguntó en tanto bañaba de crema las tortillas.

—Sus mujeres.

Los dos rieron ante la broma. Leo esperaba que dijera algo sobre Monte Albán o su artesanía, pero ¿sus mujeres? Ambos sobresalían por su poco tacto con el sexo opuesto y, sobre todo, por su total desinterés hacia el romance y el honroso estado del matrimonio. Ninguna novia en secundaria, un intento fallido de Javier por conquistar a Emma en preparatoria, una interesante amiga de Leo en la universidad que resultó casada, un rechazo de una compañera antropóloga a la propuesta de Javier, y no había más que comentar.

La nota cómica rejuveneció a Leo. Después de comer, Javier lo condujo a una tienda especializada y en el recorrido Leo observó muchas galerías de arte, un parquecito donde algunos artistas exhibían sus creaciones y se prometió visitar el Museo de los Pintores Oaxaqueños. No había previsto tal cantidad de talento, lo que apresuró sus pies. ¡Debía pintar! Consiguió sus cosas y regresó al bungaló dispuesto a empezar el esbozo de un cuadro, pero doña Ofelia anunció la aproximación del desfile, así que se paró junto a ella, nuevamente asombrado ante la cantidad de gente que rodeaba las calles para echarle un vistazo a las delegaciones.

Unas gotas empezaron a caer del cielo y Leo supuso que eso sería un buen pretexto para desaparecer, pero doña Ofelia, como buena previsora, sacó un paraguas que Leo sostuvo con cortesía.

—Es solo un chipi chipi. Nada de cuidado. ¿Escuchas los cohetes? ¡No tardan en pasar por aquí! Desembocarán en el zócalo, así que seremos de los primeros en verlos.

La calenda se anunció mediante la marmota, un gran farol de manta con papel picado de colores que había sido usado como elemento evangelizador por los conquistadores. Leo disimuló un bostezo. Su inquietud se acrecentaba con el paso de los minutos. Creía que del pequeño jardín trasero al bungaló desencadenaría lo que se hallaba atorado en su pecho. Sus dedos tamborileaban en el mango del paraguas, y hubiera huido a no ser porque doña Ofelia lo sujetó del brazo.

Leo seguía pensando en su arte, mientras el gobernador y su comitiva pasaban frente a él. Llevaba más de tres meses sin lograr nada bueno. Su último cuadro, un intento de paisaje, había terminado en la pared de una compañera de su hermana, ya que nadie más se interesó por él. Jamás sería un buen artista, de esos que poblaban las galerías o que vendían sus obras en los bazares. Su madre catalogaba sus creaciones como salidas del inframundo y su padre le decía que quitara tantos soles, que esa obsesión con el centro del sistema solar lo aturdía. Su hermana Raquel se encogía de hombros; tal vez si prescindiera de mujeres semidesnudas y de plano les quitara toda la ropa algún loco compraría sus cuadros. Sus tíos se ahorraban sus comentarios, y solo su prima Emma ofrecía unos cuantos cumplidos, aunque en su rostro siempre aparecía una expresión de desconcierto.

Avanzaban los gigantes, unos muñecos enormes hechos en carrizo cubierto de papel maché que no capturaron su imaginación. Ofelia meneó la cabeza.

—Tú sí que no tienes paciencia, mi estimado Leo. ¿Y a qué te dedicas?

Leo pretendía inventar que había terminado contaduría, pero el metiche de Javier, a unos pasos, detuvo su plática para contestar:

—Es un artista. Pinta cuadros.

Los ojos de Ofelia brillaron con interés:

—Tal vez podría posar para ti.

Leo arqueó las cejas. En toda su vida había concluido un solo retrato, el de su madre: una Elvia joven, sin arrugas, con mirada enigmática y labios seductores. Su madre atesoraba el trabajo, y aun cuando no lo consideraría una Mona Lisa, poseía cierto destello de ingenio.

—Ya se acercan las chinas oaxaqueñas —doña Ofelia le dio un codazo.

—¿Falta mucho? —preguntó él, tronándose los dedos.

Ofelia lo miró de reojo:

—Cada delegación indígena pasará con su respectiva música.

Javier lo adivinó:

—Si quieres ir al cuarto, hazlo. En la Guelaguetza tendrás tiempo de ver todas las etnias que se te ocurran.

Su anfitriona no alabó su decisión, pero por la esperanza de convertirse en su modelo no persistió en retenerlo. Leo, feliz de encontrarse en el patio y con sus instrumentos a la mano, respiró hondo bajo la brisa de lluvia que se desvaneció una vez que se sentó sobre un banquillo. Sin embargo, su mayor pesadilla se hizo realidad. De su brazo no surgió un solo trazo, y el lienzo permaneció en blanco como un mudo recordatorio de su impotencia. Hubiera dado igual ver a las chinas oaxaqueñas o a las poblanas. ¡Leo no podía pintar!

Capítulo
3

—Y dime, Margarita, ¿te sigues escribiendo con la señorita Betsy? —le preguntó la tía Regina. La familia recogía las sillas y las mesas después de un ajetreado día de trabajo; Margarita solo deseaba regresar a su cama y dormir unas horas.

—Sí, de vez en cuando.

—Nunca entendí por qué una mujer tan inteligente y refinada vivía en el pueblo. De todos los lugares del mundo, ¿por qué escoger el más triste? Además, esos ingleses son especiales. ¿Te acuerdas de cómo cuidaba sus tacitas de té?

—Eran de porcelana —contestó la tía Engracia—. María nos contaba cómo servía el té. Hasta levantaba el dedo meñique y lo enrollaba así.

Las tías y las primas se rieron ante la perfecta imitación. María, la madre de Margarita, había trabajado como sirvienta antes de que la familia huyera de las garras de don Julián Valencia, a quien le debían más dinero del que podían contar con los dedos de las manos y los pies, ¡del clan entero!

—Mi madre nunca la quiso —se lamentó la tía Regina—. Decía que predicaba herejías, pero yo no me acuerdo ni de una. Siempre hablaba del amor de Dios y cantaba unas melodías pegajosas. ¿Se acuerdan que nos enseñó unas historias de la Biblia? Por cierto, Margarita, ¡qué raro que Javier no ha venido!

¡Javier! El arqueólogo nunca se perdía la Guelaguetza, ni la comida del restaurante de los Domínguez.

—Quizá este año se quedó en Monte Albán.

—Yo lo vi en casa de doña Ofelia —comentó su primo Bernabé.

Margarita arrugó las cejas. Javier amaba los bungalós de la señora y se consideraba su huésped más fiel. Entonces, ¿por qué no avisarle? Cuando lo viera, le daría un jalón de orejas. Eso no hacían los amigos. A menos que Javier también la considerara inferior. ¡Jamás! Si alguna cualidad anidaba en el corazón de Javier era la bondad. Además, él amaba las culturas prehispánicas, los pueblos indígenas y las tradiciones mexicanas. No pensaría mal de él. No aún.

★ ★ ★

Leo despertó de pésimo humor. Su fracaso del día anterior lo recluyó en la cama mientras Javier iba a misa, desayunaba y leía en el jardín. Leo se revolvió entre las sábanas presa de la más grande miseria. Si algo lo irritaba se resumía en la sensación que lo envolvía cuando algo en su interior comenzaba a resurgir sin lograrlo. Lo comparaba a un volcán en erupción o, en un ejemplo más burdo, a una típica indigestión.

Por cortesía, se levantó a medio día. Comió unos bocados, charló del clima, algo que en Oaxaca resultaba una burla ya que oscilaba entre un calor seco a un templado tropical con lluvias ligeras o aguaceros, y Javier le rogó que se apresurara. Quería presenciar el concurso de la diosa Centeotl.

Leo arrugó la frente.

—¿Qué?

—En las épocas prehispánicas, durante las fechas de la Guelaguetza, se honraba a Centeotl, la diosa del maíz. Así que cada año se elige a la representante de esta deidad que preside las fiestas.

—¿Una especie de Miss Universo?

—No exactamente. Aquí no se busca a la más bella, sino a la más conocedora de la tradición de su pueblo.

Casi abrió la boca para negarse, pero recordó a su madre. «Siempre echas todo a perder, Leo. No te sabes divertir como los mortales, y para colmo, logras estropear la diversión de los que te rodean». Podía enumerar las Navidades y años nuevos en los que sus comentarios sarcásticos o su falta de tolerancia habían quebrado la débil armonía familiar. Javier no merecía sus achaques de senectud, pues como repetía el tío Pancho, Leo tenía un corazón viejo en un cuerpo joven.

En el jardín «El pañuelito» ya se congregaba una multitud, pero Javier había previsto la aglomeración y había enviado a uno de los muchachos que trabajaban en la Casa de Ofelia para apartar dos lugares.

—¿Cuánto dura? —le preguntó a Javier.

—Un par de horas. Pero te divertirás. Mira, allí está mi compañera.

Saludó a una antropóloga de nombre Susana, escoltada por sus hijos y su marido. Después de una bienvenida del conductor y la presentación del jurado calificador, las veintidós concursantes circularon por la tarima luciendo sus vestiduras típicas. Y el milagro sucedió: Leo olvidó su apatía y se dejó envolver por el mar de colores, olores y canciones.

—No sabía que hubiera tantos grupos étnicos en un solo estado —le confesó a Javier al finalizar el primer recorrido.

—Bienvenido a tu país, amigo.

Cada chica expuso las costumbres de su pueblo, su gastronomía y su idioma. Desde el inicio, una muchachilla de unos quince años lo intrigó. Pero primero la representante del pueblo chinanteco les describió el «caldo de piedras», la mazateca les compartió el medio curativo más novedoso: la ingestión de los «niños santos» o, en idioma común, hongos alucinógenos, hasta que apareció, luciendo una amplia sonrisa, Concepción, o Conchita.

Bajo ningún estándar se la consideraría bonita, pero su traje lo hechizó y su explicación de las chinas oaxaqueñas resultó cómica. El público aplaudió y Leo cruzó los dedos para que Conchita ganara, pero el premio lo obtuvo la muchacha de Villa de Hidalgo. Desilusionado, se propuso acercarse a Conchita para mostrarle un poco de simpatía.

Se abrió paso entre el gentío, y cuando ya casi la alcanzaba, sin perder de vista su hermoso traje, una mujer, probablemente su madre, la abrazó.

Ambas le daban la espalda, y a pesar de que se apresuró, las perdió de vista.

¿Por qué todo le salía mal? Regresaron a casa de Ofelia: Javier repleto de ideas para investigar, Leo con el corazón abrumado.

★ ★ ★

—¿Estás triste por no haber ganado? —le preguntó Margarita a Conchita, que recargó su cabeza sobre el regazo de su hermana mayor.

Se encontraban en la habitación de Margarita, con la ropa regada y un mar de flores engalanando la estancia. Su padre y sus tíos, aunque no habían asistido al concurso por atender el restaurante, habían enviado sus deseos a través de arreglos florales.

—Un poquito. ¿Lo hice mal?

—Fuiste la mejor. Te veías hermosa y hablaste con mucha soltura y pasión, sin olvidar que nos hiciste reír.

—¡Y no tuve que hablar en ningún dialecto como las otras!

Margarita se tranquilizó al captar su buen humor.

—Vi a Javier de lejos. ¿Por qué no habrá venido?

Lo mismo se había preguntado ella, pero en la confusión de la salida no logró cruzar palabra con él.

—Seguramente mañana lo hará. De lo contrario, tendrá que encontrar una nueva voluntaria en Monte Albán.

Y una nueva amiga, se dijo en silencio. Conchita bostezó.

—Duérmete un rato. Cuando mi papá llegue querrá consentirte como de costumbre.

Margarita contempló su cuarto mientras velaba el sueño de su hermana. Lo único bueno que había hecho su padre se resumía en procrearlas y comprar esa casa. Al morir su esposa, don Epifanio pensó que el negocio quebraría, mas no contaba con su hija, que a los quince años levantó las ventas, organizó el restaurante y lo convenció de adquirir esa casona, a dos cuadras del negocio. Su padre insistió que no tenía dinero; Margarita se cruzó de brazos pues él contaba con lo suficiente para darles un hogar. Además, la casona era una reliquia, un lugar abandonado que nadie quería pues se rumoraba que había fantasmas por la noche.

Mamá Tule se mudó con ellos, no sin antes hacer una serie de rituales en cada habitación para sacar los malos espíritus, y luego sus tíos, sus esposas, primos y primas, cooperaron con la pintura, la carpintería y las composturas, hasta buscarse sus propias habitaciones, como si fuera una casa de huéspedes. La vivienda resultó suficiente para la inmensa familia que abandonó sus raíces para internarse en el mundo de los oaxaqueños empresarios. Los primos estudiaron, los tíos cooperaron con el negocio, otra tía adquirió una tienda de artesanías, y solo la abuela se rehusó a acompañarlos, pero cada dos o tres meses iba de visita para inspeccionar a su clan. Los Domínguez escalaron peldaños. Margarita terminó la preparatoria y Conchita se graduaría de la universidad si sus cuidadosos planes no fallaban.

Al mudarse, Margarita se apropió de la habitación que se ubicaba en la mera esquina, con vista a la calle de un lado y al jardín del otro. Conchita durmió con ella hasta que decidió independizarse y compartir el cuarto aledaño. Margarita decoró su pieza con modernidad, nada que revelara sus raíces, salvo un arcón de palma donde guardaba los recuerdos de su madre.

Sus párpados le pesaban, así que se recostó al lado de Conchita. ¡Qué cansancio! Quería abrir el baúl de sus tesoros maternos pero sus ojos se cerraron. Su última imagen fue la de su hermana dormida, todavía con su hermoso vestido regional.

★ ★ ★

Leo amaneció con dolor de estómago. Seguramente los chiles rellenos le habían caído mal. Javier no quiso incomodarlo, pues de por sí notaba que su amigo no andaba en las mejores condiciones.

—No te preocupes —le dijo—, descansa esta mañana y por la noche iremos a la representación de la Leyenda Donají.

En seguida se marchó al centro donde no tardó en encontrar a varios amigos que lo invitaron a desayunar en un prestigioso hotel. Se acomodó entre un hombre que se presentó como Raúl González y un francés que deseaba invertir en algunos cultivos.

—Entonces, ¿qué más me pueden contar sobre este estado mexicano? —quiso saber el francés.

Raúl contestó con aplomo:

—Alguna vez leí que su pobreza es su drama y su belleza su tragedia. Por eso mismo, resulta el lugar ideal para alguien como usted.

Javier se aclaró la garganta para intervenir pero decidió dedicarse a sus enchiladas.

—Así que usted es arqueólogo. ¿Qué opina de Oaxaca?

Afortunadamente, Raúl giró a su izquierda para conversar con el jefe de la policía de la ciudad, lo que Javier aprovechó para hablar sin rodeos.

—Este es uno de los lugares más conflictivos del país. Raúl acertó al señalar su pobreza y su belleza, pero olvida comentar que cuatrocientos dieciocho de los quinientos setenta municipios oaxaqueños son gobernados por usos y costumbres; los caciques son quienes controlan la economía y la política, lo que ha desajustado a la sociedad. Además, imagínese la situación cuando en un pequeño espacio geográfico existen diecisiete lenguas distintas.

El francés lo contempló con interés:

—Está muy bien informado.

—Mi trabajo consiste en proteger Monte Albán, pero no podría hacerlo sin conocer su entorno.

Y hubiera continuado con su cátedra, pero Raúl regresó al ataque y monopolizó la conversación, presumiendo sus cientos de viajes a París, la ciudad de las luces, y regando nombres famosos por aquí y por allá de gente que supuestamente conocía. Javier contó los minutos para regresar con su amigo el pintor, pero antes recordó un dato que había enterrado en su memoria: ¿se complicarían las cosas en Oaxaca? La sombra política se nublaba debido a la decisión del gobernador por tener la Guelaguetza el 18 de julio, aniversario luctuoso por la muerte de Benito Juárez. Algunas etnias andaban inconformes. Rogó que nada saliera de control.

★ ★ ★

Javier y Leo tomaron un taxi que los dejó al pie de unas escaleras que —a Leo se le figuraron eternas— conducían hasta el auditorio al aire libre donde Javier eligió unos buenos asientos. Una banda amenizaba, así que Leo rogó que su estómago no lo traicionara en medio de tanta gente. Javier, conversador como de costumbre, comentaba el clima con una vecina de asiento. Llevaban sus impermeables por si las dudas, pero la señora opinaba que no pasaría de una brizna pasajera.

En eso, las luces se pagaron y Leo escuchó la leyenda:

Todo comenzó cuando el emperador azteca, Ahuitzol arribó a Oaxaca con su pompa para las nupcias de Cosijoeza, el rey zapoteca, y la princesa mexica Coyolicatzín. El nacimiento de su hija Donají, o «Alma Grande», les brindó gran alegría. Pero durante su llegada al mundo, un sacerdote de Mitla descifró en el cielo un signo de su fatalidad. Predijo, en tonos graves, que ella se sacrificaría por amor a su pueblo.

Al crecer, los pueblos mixtecos y zapotecos se encontraron en feroz batalla. Donají conoció entonces a Nucano, un príncipe mixteco, de quien se enamoró. Para su mala fortuna, su pueblo perdió el encuentro y al pedir los mixtecos una prenda por la paz, Donají resultó el objeto a ceder para que su padre respetara los acuerdos. Fue llevada a Monte Albán, sin lágrimas ni risas, ya que ella reconocía que su sacrificio salvaría a su pueblo de más muertes.

Sin embargo, una noche trataron de rescatarla, y en el proceso, los capitanes mixtecos la capturaron y decapitaron. Su enamorado Nucano gobernó con amor a los zapotecos en recuerdo a su princesa y, según la leyenda, los amantes que no pudieron amarse en vida, descansan juntos bajo una lápida en el templo de Culapan de Guerrero.

Tiempo después, un pastor que caminaba por las riberas del río Atoyac descubrió que un lirio brotaba del agua, y de allí surgió el rostro fresco y juvenil de la princesa que parecía estar dormida. Por dicha razón, ese bello rostro se convirtió en el emblema del glorioso estado de Oaxaca.

Los cincuenta bailarines fueron ovacionados por el público. Leo se empapó de los movimientos y expresiones que aumentaron la angustia de su falta de creatividad. En alguna ocasión había asistido con su madre a una obra musical en la ciudad, pero esto no se le comparaba. Los cuerpos fornidos, los pasos ancestrales, el colorido prehispánico y los juegos piro-técnicos que cerraron la noche lo extasiaron.

Cuando abandonaban el auditorio, creyó ver a Conchita. Aprovechando que Javier continuaba su charla con la señora, se escabulló en dirección a un puesto donde vendían agua y refrescos. A un metro de distancia, una mujer se interpuso en su camino. De espaldas reconoció a la misma mujer del otro día por su trenza gruesa, sus sandalias toscas, su amplio faldón y su blusa bordada. Le apenó interrumpir. Es más, ¿qué le diría a la chica? ¿Qué tal si su madre no hablaba español? ¿Y si le reclamaba su falta de tacto? Javier podía entablar una charla con cualquier transeúnte, ¿pero él?

En eso, la mujer volvió el rostro y Leo se topó con facciones cinceladas en piedra. Contaba con escasas arrugas alrededor de los ojos, una mirada penetrante que sostuvo sin el menor titubeo, labios gruesos y alargados, nariz ancha, pómulos altos, cejas pobladas, frente pequeña y un cuerpo firme y de proporciones justas.

Leo tembló. La mujer le provocaba miedo; no, ¡pavor! Retrocedió tres o cuatro pasos, luego huyó en busca de Javier. En el trayecto recordó a la mujer. No le calculaba más de treinta años, pero las mujeres de la sierra disimulaban bien. Al recuperar la respiración, se reprendió por gallina, y envalentonándose con un sorbo de mezcal, decidió enfrentarla. Pero por más que la buscó, no la volvió a ver.

«Mala suerte», se dijo, y después de pedir permiso para ingresar a su mundo prehispánico, una vez en su cama, bajo sábanas limpias y rasposas, repitió la leyenda de la princesa Donají, en la que luchaba contra la bruja malvada, la madre de Conchita, esa indígena que lo había hecho perder la compostura. Desafortunadamente, no fue la pesadilla la que lo despertó, sino un estómago inquieto.

Capítulo
4

¡Se perdió la Guelaguetza! Amaneció tan enfermo que nada logró levantarlo hasta el martes en que Javier y él visitaron los corredores del palacio de gobierno donde se expendía la variada artesanía, desde artículos de barro y piel hasta tejidos de algodón y lana.

—¡Tú sí que tienes mala suerte! —reía Javier—. Hoy estás como si nada.

—Pero ayer te hubiera avergonzado en pleno auditorio. No me vuelvas a llevar a ese lugar de comida.

—No te preocupes. Tengo planes especiales para hoy.

Mientras recorrían los puestos, Leo pensó que no le vendría mal comprar unos regalos para la familia, ya que las mujeres exigirían algún recuerdo de su viaje, pero no se decidía por nada en particular y, además, temía cruzarse con los ojos de aquella indígena, a la que secretamente apodó la bruja mala.

Examinó a otras mujeres tratando de compararla. No podría decir que la bruja mala fuera más fea que las demás. En un puesto de revistas distinguió las modelos rubias, de proporciones tipo Barbie, ojos azules y cabello sedoso, e inconscientemente contempló a las oaxaqueñas que poblaban el zócalo capitalino. La sociedad dictaba la anorexia, las autóctonas reflejaban carnosidad; el cine promovía los rasgos europeos, las morenas declaraban su procedencia prehispánica; la televisión promovía el cabello teñido, las nativas resplandecían por sus hebras oscuras y blancas.

Evocó a su compañera de la universidad, la que había resultado casada. Le había gustado rozar sus níveas manos o perderse en sus pecas, pero a su alrededor solo veía manos rasposas, curtidas por el duro trabajo, y complexiones tostadas por el sol.

Para colmo, estaba su terror de volver a toparse con aquella mujer. Nadie lo había mirado así en su veintena de años, ni siquiera su padre. Pero esa mujer lo había quebrado en dos, como si le hubiera reprochado ser más rubio, o pertenecer a la clase media, o calzar tenis de marca, o hablar un poco de inglés, o no ser zapoteca. ¡Cielos! ¿Qué rayos le había transmitido que de solo meditar en ese breve encuentro ya sudaba? Siguió a Javier que se alejaba de la exhibición.

—Vamos a uno de los restaurantes más famosos de esta región. El dueño es de cuna indígena. Llegó a la ciudad hace unos quince o dieciocho años. No sabía leer, pero su mujer cocinaba bien, así que le puso un comal en una esquina donde empezaron vendiendo chapulines. El negocio creció, y hoy por hoy, lo visitan turistas y curiosos como nosotros. Te agradará.

A Leo le gustó la fachada estilo colonial. Al cruzar el portón se internaron en un restaurante con adornos mexicanos, desde piñatas hasta papel picado, jarritos de barro y sillas de mimbre, máscaras de dioses prehispánicos, decenas de alebrijes y dos fotografías de lo que supuso sería Monte Albán.

Sintiéndose protegido, bajó sus defensas. Eligieron una mesa al fondo y la música de la marimba amenizó la tarde. Las meseras vestían trajes típicos: faldas coloridas hasta los tobillos, blusas bordadas, trenzas decoradas con listones, algunas con sandalias y otras descalzas.

—Conozco bien a la familia. Son amigos míos, así que nos tratarán como reyes.

Le entretuvo una hormiga que cruzaba la mesa. Se había sentado de espaldas a la puerta, mirando hacia una jardinera que daba a un patiecito. Javier, frente a él, le sonrió a la mesera que se aproximaba:

—Buenos días, Margarita. Traje un amigo.

Donají

Leo giró el rostro. Descubrió unos pies morenos, una falda roja, una blusa blanca, un cuello tenso y ¡el rostro de la bruja mala! Un escalofrío recorrió su espalda, en tanto que los ojos negros se clavaron en él.

—Bienvenido a «Donají».

¿Donají? ¿Como la princesa?

Tartamudeó:

—Gra... gracias.

—¿Se conocían? —preguntó Javier.

—No —se apresuró Leo.

Hubiera deseado nunca haberla visto.

—¡Conchita! ¡Acércate! —Javier llamó a la chica—. Felicitaciones por ese segundo lugar. Mi amigo me comentaba que te hubiera dado el primero de haber sido juez.

Deseó nunca haber dicho esas palabras. Conchita, tímida, sencilla, menor en edad, agachó la cabeza con modestia:

—Gracias, señor.

—Atiéndeles tú. Yo debo revisar el mole.

Margarita se retiró con enfado.

Leo tragó saliva. Por lo menos la bruja mala, la madre perversa o como la quisiera apodar, le ofrecía un poco de espacio. Conchita les repartió los menúes. Leo, de tan aturdido, no lograba descifrar esos símbolos que se conocían por letras.

—¿Qué se te antoja?

Que la tierra se abriera y se lo tragara.

—¿Qué me recomiendas? —acertó en preguntar.

—Conchita, trae unos chapulines, arroz de fiesta, tasajo con verde oaxaqueño, horchata de melón y unos dulces.

La chica fue por la comida. Leo se quedó clavado en el asiento, seguro de que nada le caería bien.

★ ★ ★

Con justa razón todos en la familia elogiaban el estómago de Leo. A los tres bocados, olvidó la presencia de Margarita, la que no se había vuelto a asomar, y comenzó a degustar las delicias de la mesa. ¡Hasta había olvidado su indigestión!

—¡Qué sabroso!

Javier emitió una de sus profundas carcajadas:

—Tienes razón. Dime, Leo, ¿qué pasó con Margarita? Te conozco demasiado bien.

—No es nada. La vi en el auditorio y jamás se me ocurrió encontrarla en este lugar.

Javier masticó con suavidad.

—Nunca se pierde la Guelaguetza, aunque es la primera vez que concursa Conchita para ser la diosa Centeotl. Lástima que perdió.

—Pensé que las concursantes debían ser indígenas.

—No todos los zapotecas y mixtecas viven en sus pueblos. Muchos han emigrado, y te sorprendería la cantidad que ahora presume nacionalidad estadounidense. Las cosas no siempre son como parecen. No te dejes engañar por la apariencia. Conchita es una original.

—Su madre parece más... autóctona.

Al terminar la frase, Javier se echó a reír con tal intensidad que sus ojos lagrimearon y se sujetó el vientre de tal modo que la mitad de los presentes voltearon a verlo. ¿Qué había dicho? Dudaba que su elección por el término «autóctono» produjera semejante reacción.

—¡Margarita! ¡Ven!

La acción de Javier hizo insípido el dulce que Leo traía en la boca. La mujer se colocó al lado de Leo, por lo que no alcanzaba a ver su expresión.

—Mi amigo dice que eres la madre de Conchita.

Por segunda vez, ella lo fulminó con sus ojos de ébano. Leo tragó saliva y se sonrojó de pies a cabeza.

—Es su hermana mayor —le explicó Javier—. Su madre falleció unos meses después del nacimiento de Conchita, por lo que es comprensible tu equivocación, pero. . . ¿cuántos años tienes, Margarita?

Ella tardó en responder:

—Veintidós.

—Discúlpalo, querida, Leo es un citadino, y para colmo, un pintor que no sabe tratar a las mujeres, ni goza de gracias sociales.

—Lo suponía —refunfuñó ella.

—¿Estuviste ayer en los bailes?

—Sí, pero no te vi.

—Otra vez el culpable es mi amigo. Tuvo un poco de diarrea.

¿Hasta cuándo cesaría la humillación? Leo no logró despegar los ojos del mantel ni evitar que su rostro se coloreara como un jitomate.

—Exquisita comida, querida. ¿Nos traes la cuenta?

—Con gusto.

Ella dejó tras de sí un aroma a flores. Leo apretó los puños.

—Gracias por avergonzarme.

—Oye, Margarita es una amiga. Además, solo dije la verdad.

—De cualquier modo, no debiste.

Conchita trajo el recibo, Javier pagó y Leo agradeció que el martirio cesara. Ya no vio a Margarita, pero en la puerta le comentó a su amigo:

—Has cumplido tu promesa y la comida oaxaqueña me ha fascinado. En cuanto a sus mujeres, simplemente no son mi tipo.

★ ★ ★

«¡No son mi tipo! ¡Chilango engreído!», se dijo Margarita golpeando con su trapo una mosca. Después de escuchar el comentario de Leo tras una cortina, se metió en la cocina hecha una furia. Conchita la observó con curiosidad:

—¿Estás bien?

—Sal a trabajar y deja de robarte pedazos de dulce. Ya te descubrí.

Su hermana obedeció al instante. Margarita probó un poco de caldo, luego se sentó en un rincón. Mamá Tule meneó la cabeza.

—¿Y a ti qué te picó? Tás toa colorá.

—Esos turistas; no sé por qué me molestan tanto.

—Pero traen buen dinero.

El vaivén de la tarde interrumpió sus pensamientos y no fue sino hasta la noche que pudo analizar sus reacciones. ¿Por qué odiaba tanto al amigo de Javier? Porque representaba todo lo que ella detestaba: el capitalismo de los blancos sobre los indígenas. Llegaban con sus cámaras fotográficas y sus poses de sabihondos. Retrataban sus rostros, comían su comida, compraban sus artesanías, acariciaban su cultura y profesaban amarlos, siendo que días después se marchaban dejándolos en su miseria, compadeciéndoles en sus corazones y lavándose las manos por si se hubieran contaminado. Y el tal Leo era uno más.

Alguien tocó a la puerta de su recámara. Margarita abrió. Su hermana sonreía de oreja a oreja. Traía una bandeja con papaya picada y agua de limón.

—Un pequeño refrigerio antes de que te duermas. Y dime, ¿qué piensas del amigo de Javier?

Margarita casi se ahoga:

—¿Te interesa ese chilango?

—A mí no me gusta —se defendió su hermana—. Es viejo y además viste mal. A mí me agradan los chicos a la moda y que estudien la preparatoria, no que estén a punto de jubilarse.

Margarita imaginó lo que el presumido opinaría en caso de escuchar los comentarios de su hermana y sonrió para sí.

Conchita sorbió un poco de agua y continuó:

—Lo digo porque mamá Tule sospecha que te hizo algo.

—¿Y eso por qué?

—Porque apareciste en la cocina roja del coraje.

—Pero no fue por el amigo de Javier, sino por unos clientes que querían un descuento.

Conchita aceptó su versión y empezó a parlotear sobre los bailes, las exposiciones de los días posteriores y la emoción del lunes en que se repetiría la Guelaguetza. Margarita ya no prestó atención a su monólogo. Debía escribirle a la señorita Betsy, pero primero aclararía las cosas con mamá Tule o terminaría enredando las cosas a su conveniencia.

Cuando Conchita finalmente se marchó, Margarita bajó las escaleras, cruzó el patio y abrió la puerta que daba a la casita de mamá Tule, la que contaba con su propio baño y una ventana grande. Ni el padre de Margarita ni los tíos se negaron a consentir a mamá Tule, pues reconocían que sin ella, el negocio se vendría abajo. Ella era la sazón detrás de la cuchara.

Mamá Tule había nacido en la sierra perdiendo a los suyos en una epidemia. Sin trabajo ni hogar, la abuela se propuso ayudarla. Pero, ¿cómo? Se le ocurrió que a la madre de Margarita, doña María, le haría bien otro par de manos para el sueño que su hijo Epifanio construía en la capital del estado. Así fue como mamá Tule llegó justo a tiempo para cooperar con el entonces puesto de chapulines, y al nacer Conchita se encargó de cuidarla, lo que hizo con esmero.

Mamá Tule, al contrario de su ahijada, mostraba en cada rincón su procedencia indígena; hasta conservaba el brasero encendido durante la noche, quemaba incienso, atendía su altar con un sinnúmero de santos y dormía sobre su petate.

Al ver a Margarita le pasó un poco de atole. Margarita lo rechazó:

—Conchita me subió agua. Me dolerá la panza.

Mamá Tule no se ofendió.

—Escuché tu versión de mi encuentro con el amigo de Javier.

La anciana mostró su boca sin dientes:

—Tabas bien molesta, eso que ni qué.

—Pues te equivocaste.

—¡Ay, mi Margarita! No en balde te vi crecer. Sé cuando tas triste y cuando tas contenta. Y no tabas ni triste ni contenta.

—El muy cínico creyó que yo era la madre de Conchita y no su hermana.

Mamá Tule se rascó la cabeza:

—Margarita, con ese genio nunca te vas a casar.

—Ni quiero casarme.

—Eso dices, pero Conchita ya es grande. No necesita una nana, para eso toy yo. Dale a tu padre nietos.

Margarita exhaló con fuerza:

—Supongamos que me decido. ¿Con quién me caso? No conozco muchos hombres, mucho menos que cumplan con mis expectativas.

—Eso es lo que les pasa a las mujeres modernas. Se inflan tanto que ni quien las alcance en sus nubes.

Tiró unas cenizas al fuego, luego escupió. Margarita desvió la vista. Detestaba esas prácticas que consideraba faltas de educación.

—A mí que te casas con un mestizo, aun peor, con un niño rico.

—¡Jamás! —zapateó con furia.

—Ta bueno. No te enchiles otra vez. Pero no encontrarás a quien ame sus raíces como tú.

—Yo no amo mis raíces. ¡Las odio!

Y cerró la puerta tras sí. Las carcajadas de mamá Tule la enervaron. ¡Vieja bruja! ¿Cómo le hacía para adivinar todo lo que ella sentía? Por supuesto que amaba a su pueblo, aunque también lo repelía. Era una sensación desquiciante. Por una parte se enorgullecía de sus tradiciones, su comida y su pureza racial. Por el otro lado, le irritaba su ignorancia, su atraso y su ímpetu por convertirse en mexicanos, y hasta en gringos, con tal de sobrevivir.

Don Epifanio la interceptó en las escaleras.

—¿Descansas mañana?

—Iré a Monte Albán.

—Que tu tío te cubra. Con tanto turista, nos hacen falta manos.

Margarita asintió. El reloj marcaba las doce. Al subir, rozó el barandal tallado. Todo costaba caro. Si bien su familia residía en una hermosa ex hacienda, envidia de muchos y orgullo de todos, cada metro cuadrado le causaba a los suyos horas de entrega en el restaurante. Nada era gratis en la vida.

Capítulo
5

El olor a tierra tranquilizaba su corazón, sobre todo si se trataba de Monte Albán. ¿Qué le veía a esas ruinas? Margarita lo ignoraba, pero procuraba escapar una o dos veces al mes para inhalar sus misterios. Le gustaba llegar temprano, casi de madrugada, para disfrutar de la neblina que envolvía el lugar y lo asemejaba al país de las nubes, como antes ya lo habían calificado.

Desde que había llegado a la capital de Oaxaca, Margarita se enamoró de ese mágico recinto. Con el paso de los años, leyó todo lo que pudo sobre su historia, volviéndose una experta. Por esa razón, se propuso visitarlo cada mes hasta que los mismos cuidadores y oficiales la aceptaron como parte de la decoración. Así conoció a Javier. Y él, en lugar de disuadirla o correrla, le brindó un lugar como su asistente, y aun más, como su amiga. El amor de ambos por Monte Albán fungió como el lazo que los unió.

Javier le daba pequeños trabajos como recavar información, servir de guía cuando alguno enfermaba, limpiar algunas lozas, o simplemente ordenar sus notas. Su oficina se le figuraba un chiquero; jamás lo mantenía al día y su secretaria no ofrecía mucha ayuda. Susana, la otra arqueóloga, se distinguía por su pulcritud y organización.

—Con las cosas de Javier no me meto —solía bromear—. Me da miedo que si pongo todo en orden, el pobre nunca encuentre lo que busca.

Su tío le había dado un aventón pues debía ir a Zaachila por un encargo. Margarita sabía que Javier no estaría en el campamento, así que siguió de largo. Avanzó hasta la plataforma norte y se sentó a observar la salida del sol. Sacó un chocolate americano y lo mordió. Le fascinaba el chocolate, uno de sus únicos vicios. Lo masticó suavemente perdiéndose en la quietud y en la inmensidad de la vista.

Uno de los guardias la saludó de lejos y ella le sonrió. Tenía sus ventajas contar con amigos importantes como Javier, de otro modo, no le permitirían vagar con tal libertad en una zona protegida por la humanidad.

Imaginó qué habría sentido Alfonso Caso al descubrir el tesoro de la tumba siete: cuentas de oro, cristal de roca, perlas, jades, placas de turquesa, un botín digno de un sultán, de un rey, de un antiguo zapoteca o mixteca. Si ella hubiera vivido en épocas prehispánicas, lejos de ser discriminada, hubiera ostentado el título de princesa o sacerdotisa. Tristemente, comprendía que el color de la piel hacía la diferencia en el mundo antiguo y en el moderno. Algunas cosas no cambiarían jamás.

Unos pasos la sobresaltaron. Ignoraba cuánto tiempo llevaba allí, pero se puso de pie de un brinco y alisó su vestido tradicional. Para su mala suerte, Javier venía con Leo.

—¡Lo sabía! —sonrió el arqueólogo—. Le dije a Leo que hoy te tocaba echar un vistazo, así que lo traje. Yo tengo algunos papeles que arreglar, pero sé que no encontrará mejor guía que tú.

Leo no parecía entusiasmado. Miraba el suelo y jugaba con sus pies. Margarita tampoco tomaría la impertinencia de Javier como un cumplido. ¡Odiaba al chilango!

—Los dejo. Más tarde comeremos por aquí cerca.

Margarita y Leo se quedaron solos. Ninguno habló por un largo rato. Leo observaba la punta de su zapato.

—Yo... lamento haber...

—Olvídalo —lo interrumpió Margarita—. Empecemos, pues.

—No te preocupes —Leo la detuvo—. No me interesa la historia, pero no quiero que Javier se enfade conmigo.

—Si no hago mi trabajo, no me lo quitaré de encima durante un año —reaccionó Margarita.

Leo se quitó la mochila de los hombros. Sacó un cuaderno blanco y un lápiz.

—Ya sé lo que haremos. Llévame a donde creas que es el mejor punto para observar la ciudad. Yo dibujo, tú haces lo que quieras. Cuando dé la hora, regresamos con Javier y nunca se enterará.

—Está bien.

A Margarita le molestó que Leo, un obvio ignorante, menospreciara las memorias del lugar pero, por otro lado, le alegraba no tener que discutir tradiciones sagradas con él ni ponerse a sus órdenes. Bajaron la escalinata, ella lo paseó con rapidez por el juego de pelota y notó con secreto regocijo que Leo carecía de condición física, pues el pobre ya jadeaba a los dos segundos, sin poder emparejar su paso. Ella aceleró la marcha en una pequeña venganza.

Una vista aérea le daría el mejor ángulo, así que lo condujo a uno de los extremos del recinto y subieron la plataforma sur. A Leo le faltaba el aire; ella ni siquiera había alterado su ritmo cardíaco. «Citadinos perezosos que ignoran la importancia del ejercicio y que no incluyen en su diario ajetreo unas horas al aire libre», se decía. «Por eso se mueren jóvenes y enfermos».

Estiró sus brazos en la cima, inhaló profundo y aguardó cinco minutos a que Leo se le uniera. La expresión que él le envió, avergonzó a Margarita. Se había sobrepasado. Leo no le dirigió la palabra y tocó su pecho con la mano derecha. Se recargó en uno de los últimos escalones, se limpió el rostro con un paliacate y bebió un trago de su botella de agua.

Margarita se encogió de hombros. No se compadecería de un niño rico. ¿Acaso ellos se apiadaban de los miles de indígenas que no contaban con un trozo de pan para alimentarse? ¿Les interesaban sus problemas económicos y legales?

Armada con sus razonamientos, se sentó del lado opuesto y se dedicó a meditar. Cerró los ojos y dormitó un rato.

★ ★ ★

—Debemos irnos.

Margarita maldijo en voz baja. ¡Se había quedado dormida! Seguramente Leo se había burlado a sus espaldas. Trató de visualizar sus dibujos, pero Leo había guardado todo en su mochila.

El descenso no ofreció mayores problemas. Los turistas iban poblando la antigua avenida y Margarita se enteró que eran las once de la mañana. Cinco horas en Monte Albán habían sido suficientes para fortalecerla. En definitiva, el lugar poseía una magia extraordinaria. Hubiera deseado contar con las artes secretas de sus antepasados para sacarles mayor provecho.

Javier los recibió en la cabaña al costado de la entrada.

—¿Listos para almorzar? Tú estarás cansada de hablar, y tú, Leo, de recibir tanta información.

Los dos asintieron sin ofrecer más detalles.

—Y dime, Margarita, ¿estarás el próximo lunes en la Guelaguetza? Ella dijo que sí.

—Debes ver el espectáculo, Leo. Es un deleite. Después podrás regresar a casa, si así lo deseas.

Javier había pedido comida y Margarita se sorprendió de la cantidad de antojitos que Leo consumía. Sabía que los hombres comían más que las mujeres, y en el restaurante había conocido la gula, pero comprendió el porqué del poco acondicionamiento físico de Leo.

—¿Qué quieres hacer mañana, Leo? Parece que tendré que venir a trabajar—le confesó Javier.

—Te acompaño. Aquí me las arreglo.

—Es fácil de complacer —Javier le susurró a Margarita con un guiño.

Margarita no apreció el comentario y se lo hizo saber al final del día mientras se despedían. Javier y ella platicaban junto al auto de Alfonso Caso, una antigüedad que protegían con un plástico grueso.

—¿No te agrada mi amigo?

—Ni siquiera lo conozco, pero hazme un favor, Javier, no trates de encontrarme novio.

—¿Y quién lo hace?

Margarita puso sus manos en la cintura:

—Desde que tengo memoria, no has parado de buscarme algún gringo, europeo o sudamericano con quien salir. Si me he rehusado ante esa lista, ¿crees que aceptaré un mexicano?

—Solo un zapoteco o mixteco —Javier suspiró con derrota.

—No me casaré. Es el fin de la discusión. En todo caso, yo soy quien debería proponerte algunas amigas para que formes una familia.

—Perdóname, Margarita. Prometo no intentarlo de nuevo.

Pero antes de marcharse, Margarita observó a Leo deambulando por el patio de juego de pelota. ¿En qué pensaría?

★ ★ ★

Después de una segunda visita a Monte Albán, Leo se encerró en casa de Ofelia para pintar. Se instaló en el patio trasero con su lienzo en blanco que recibió sus pinceladas repletas de color en un torbellino de sentimientos e ideas. Monte Albán lo había fascinado.

Esa mañana, encima del montículo de ruinas zapotecas y con Margarita durmiendo al lado, Leo había despertado de su estupor. Visualizó a Margarita como la princesa Donají, aquella que había ofrecido su vida por el bienestar de su pueblo. Imaginó a su príncipe, el enamorado Nucano, observando en silencio el rostro moreno e inmóvil de su amada después de su muerte.

No incluiría a Margarita en el retrato, solo delinearía su expresión de mármol con ojos cerrados y labios sellados, en tonos oscuros casi imperceptibles. Sobre ese suspiro, plasmaría las construcciones de Monte Albán, no en su esplendor, sino en su actual decadencia. Eliminaría a los turistas y las construcciones modernas, concentrándose en las montañas rosadas, bañadas por el alba simulando un mar de sangre que cubría la derrota de zapotecas por mixtecas, más tarde de mixtecas por aztecas, luego de aztecas por españoles, y finalmente de mexicanos por la modernización.

Despertaba a las siete y desayunaba al mismo tiempo que diseñaba las curvas y las rectas que faltaban en sus trazos. Comía por insistencia de Javier; nadie podía interrumpirlo. Doña Ofelia cuidaba celosamente su puerta, aunque de vez en cuando trataba de asomarse e insinuaba su participación en la obra de arte. Leo se acostaba a media noche.

Javier salía a visitar la ciudad o volvía a Monte Albán. Leo temía que se hubiera ofendido por su repentina pasión que lo alejaba del mundo de los vivientes, pero Javier lo comprendía. A eso le llamaba ser un buen amigo, y sobre todo, un hombre prudente.

No mencionaron el nombre de Margarita. No hacía falta. Margarita, o más bien su esencia, lo acompañaba durante esos días de lucha, concentración y éxtasis. El sábado se le acabaron dos colores. Con resignación abandonó el bungaló. Las mucamas y los jardineros lo saludaron con respeto; ninguno cruzó palabra con él. ¿Qué les habría dicho doña Ofelia para inspirar en ellos tal admiración?

Uno de los chicos se ofreció a cargar sus instrumentos. Leo tomó un taxi, entró a la tienda a la que Javier lo había llevado y se gastó lo último de sus ahorros. Solo tenía lo suficiente para su boleto de regreso y quizá para un almuerzo austero. Se dejaría consentir por Javier o no sobreviviría. De vuelta, atrancó su puerta, pero para su desgracia, la magia terminó. Clavó su mirada en el paño donde faltaba la parte inferior derecha, el elemento que le daría un balance adecuado, el hilo que uniría la historia que iba del pasado al presente, del esplendor a las ruinas, de la antigüedad a la modernidad y, como fondo, una Margarita dormida.

El domingo tampoco tuvo suerte, y por la tarde, Javier abrió la puerta corrediza.

—Oye, Leo, son las siete. ¿No tienes hambre?

Leo quería llorar. ¡La musa lo había abandonado en el momento crucial!

—No mucha.

—Escucha, sé que andas muy ocupado, pero mañana es tu última oportunidad para disfrutar la Guelaguetza. Debemos madrugar. ¿Qué te parece si salimos a comer algo y dormimos temprano?

Leo no contaba con otra alternativa. Sin inspiración, nada lo ataba a la casa de Ofelia.

—¿Quieres probar las cenas de Donají? —preguntó Javier.

Leo se estremeció. No deseaba toparse con Margarita. Si bien su rostro estaba plasmado en su cuadro, no por eso le simpatizaba. Además, seguía molesto porque ella lo había forzado a ejercitarse más de la cuenta, humillándolo de paso con ese silencio cargado de odio.

—Pide una pizza.

Javier accedió, así que cenaron frente al televisor, disfrutando un partido de fútbol de la selección mexicana contra un equipo europeo.

★ ★ ★

Javier no exageró al amenazar con despertarlo de madrugada. A las cinco Leo ya se encontraba duchándose y antes de las seis ya estaban en la calle para escuchar las mañanitas tocadas por las chirimías que harían un recorrido desde la catedral hasta el auditorio. Ellos se adelantaron para almorzar.

—Veo que volvió tu apetito —se burló Javier.

Cuando pintaba, solía ayunar, reponiéndose con creces al finalizar la tortura del talento. Pidió un atole y tamalitos. La mujer que lo atendía le sonrió con alegría. Seguramente con el dinero que estaba pagando, ella alimentaría a su propia familia.

A las diez de la mañana inició la Guelaguetza. Leo, con el estómago lleno y la bonanza después de una tormenta de actividad, se acomodó en su asiento, esta vez a unos pasos de la plataforma. Con su sombrero sobre los ojos cansados, su camisa blanca con mangas largas pues Javier le había advertido sobre los peligros de la insolación, y con una angustia por no terminar su pintura, prestó atención.

La diosa Centeotl apareció frente al público; Leo hizo una mueca. Conchita hubiera iluminado el escenario cual estrella. No quería menospreciar a la ganadora, pero confiaba en su percepción y sabiduría.

En parte de las gradas se ubicaban las delegaciones. Leo no lograba detallar rostros ni facciones, quizá porque se había entretenido con los folletos que le entregaron en la puerta y no se consideraba un gran curioso. Le incomodaba examinar a los que lo rodeaban, no como Javier que ya le había dado su número telefónico a un australiano que hacía preguntas a cada rato, aprovechando la sapiencia del arqueólogo.

De pronto, las Chinas Oaxaqueñas, las anfitrionas de la fiesta, subieron al escenario para abrir el baile. Con sus coloridos y amplios faldones, engalanaron el recinto, sin olvidar que portaban sobre sus cabezas sendas canastas floreadas representando arpas, azucenas y corazones. Sus rebozos, collares de cuentas y largas trenzas se sacudían al ritmo del Jarabe del Valle.

En eso, reconoció un rostro entre las bailarinas. ¡Era Conchita!

—Nunca falta a la Guelaguetza. Ensaya mucho para este día.

Leo temía preguntar por Margarita, a quien no imaginaba bailando con tal gracia. Pero al girar hacia la izquierda, se topó con esas facciones que lo perseguían hasta en sueños. En los asientos delanteros a su izquierda, Margarita, rodeada de familiares, aplaudía a su hermana con efusividad. Leo no contemplaba a las chinas, sino a Margarita. Había visto a sus primos, tíos, tías y a su padre en el restaurante, por lo que fácilmente los identificó. ¿Habían cerrado el restaurante para acudir a la fiesta?

Trató de distraerse con la secuencia de pasos o la estructura del edificio o sus uñas mugrientas, pero sus ojos regresaban a Margarita. ¿Qué le había hecho esa mujer? Debido a sus raíces indígenas, no dudó que le hubiera aplicado un hechizo. Apostó que lo quería atrapar para casarse con un mestizo y así huir de su miseria. Pero ella no parecía avergonzada de su genealogía, ni interesada en los hombres blancos. Además, lo más probable era que si decidía enamorarse, elegiría a un hombre de negocios, no a un pintor. ¡En qué cosas pensaba! Él jamás se casaría con alguien como Margarita. ¡Era fea! ¡Muy fea! Entonces ¿por qué la escogiste de modelo? Su subconsciente le lanzó la pregunta sin previo aviso.

De repente, ella torció el cuello y sus miradas se encontraron. Aun cuando los separaban muchos metros, Leo sintió un miedo escalofriante y una vergüenza profunda. Le faltaba el aire, y se hubiera marchado a no ser porque Javier lo hubiera tomado como una ofensa. Para su fortuna, las chinas finalizaron su participación y la fiesta continuó. De acuerdo al programa, venía la delegación de la Cañada, representada por Huautla de Jiménez con sus sones mazatecos, el baile del Torito Serrano de San Pablo Macuiltianguis y el Jarabe de Betaza.

La delegación de Tehauntepec lo maravilló con sus mujeres portando vistosos trajes bordados y la Sandunga no lo decepcionó, en tanto que el rito del rapto y la virginidad lo dejaron boquiabierto. Sin embargo, con el paso de los minutos, la situación se complicó. Leo no podía evitar contornearse, ni torcer el tronco para terminar de nuevo con los ojos posados en Margarita y los Domínguez. Cuando le resultó insoportable el martirio, se excusó con Javier, fingiendo una nueva indigestión y prometiendo esperarlo en las escaleras donde pedirían un taxi.

Leo salió del auditorio hacia las escalinatas repletas de puestos con antojitos y bebidas. Se perdería los sones de Guerrero, las alegres chilenas y la danza de la Flor de Piña tan aclamada. No le importaba. No podía regresar. El percance le había abierto el apetito, así que decidió comprar algo comestible. Se llevó la mano al bolsillo. Ni un solo peso. ¡Mala suerte! Se había terminado todo. Sin Javier, no lograría comprar ni un refresco.

Agradeció a todos los dioses de Monte Albán que un alma caritativa hubiera pensado en regalar botellas de agua cristalina para los insolados y para promocionar una nueva línea de bebidas. Corrió antes de que la promotora terminara su ración, de la que bebió un largo trago y se limpió los labios con la manga de la camisa.

—¡Leo!

La dulce voz de Conchita lo asombró. Rápidamente trató de localizar a Margarita, pero al no percibir sus trenzas, se relajó y se acercó a la chica.

—Bailaste muy bien.

—¿Te gustó?

—Mucho. Debiste haber sido la diosa.

Conchita se sonrojó. Leo bajó la mirada para no avergonzarla aun más, pero de pronto, entrecerró los ojos.

—¿Es eso lo que creo?

Conchita colocó su pie derecho detrás del izquierdo.

—Es temporal —sonaba asustada.

—No te preocupes. No soy nadie para regañarte, solo me pareció curioso.

—Mi hermana no lo ha visto; me mataría. Me lo acabo de poner, para no aburrirme.

Conchita lucía hermosa con su traje regional, su peinado autóctono, y ciertamente ese tatuaje de una rosa con espinos en su tobillo no combinaba. ¡Qué forma de mezclar la cultura pop con la indígena! ¡Sería perfecto para la esquina del cuadro! De la felicidad, abrazó a Conchita, que se estremeció entre sus brazos.

—¡Gracias! Me has dado una gran idea.

—¡Qué bueno! Pero no me aplastes —rió ella.

Al soltarla, se enfrentó a esos ojos ancestrales de los que huía. Leo soltó a Conchita casi con descaro, y Margarita torció la boca a tal grado que supuso la quebraría en dos.

—Ven acá, Concepción.

La chiquilla obedeció. Margarita ni siquiera saludó a Leo, sino que se dio media vuelta. Conchita movió los hombros, luego alzó las palmas de las manos. Entonces Leo reparó en su tatuaje y le lanzó la botella de agua que la chica atrapó con agilidad.

—Lávalo —le dijo apuntando a su tobillo. Conchita comprendió y vació todo el contenido sobre su pie restregando con fuerza.

Margarita, al darse cuenta de que no la seguía, se volvió furiosa. Leo se alejó con velocidad inusitada y no presenció el desenlace. ¿La habría descubierto? ¿Se habría borrado la pintura con facilidad? Quizá nunca se enteraría.

Capítulo
6

Solo restaba su firma. Leo analizó el cuadro con detenimiento. Le agradaba, aunque no se igualaría a un Picasso o un Renoir, ni se compararía con Frida Kahlo o Remedios Varo. Su técnica necesitaba de más refinamiento, sus motivos de más encuadre. Diría que trataba de hacer un mural como los de Diego Rivera en un espacio reducido, lo que provocaba un caos más que una idea fija.

De cualquier modo, se sentía conforme. Después de tanto tiempo de aridez le daba la bienvenida a la oportunidad de crear algo, aun cuando no rebasara sus expectativas. Entintó la punta del pincel para estampar su doble L de Leonardo Luján, pero a punto de iniciar el trazo, se detuvo.

Monte Albán lo había inspirado, y por un momento se preguntó cómo sería cambiar de personalidad, volverse un zapoteca o un mixteca, adentrarse en los tiempos de las pirámides, de los ritos y de la magia. Un dibujo así no podía haber surgido de Leo, el hijo mayor de don Juan que echaba a perder la diversión del resto, y que, en palabras de su madre, siempre sería extraño.

Pensó en Margarita, en las ruinas, en Oaxaca, en la casa de Ofelia, en todo lo que había hecho Javier por él en esas dos semanas. Entró al bungaló y removió entre sus cosas hasta dar con un libro que Javier le había prestado. Buscó con avidez entre las páginas. ¿Dónde estaba? Capítulo uno, dos, cuatro, ocho, doce. ¡Correcto!

Entonces plasmó su nueva firma: el nombre de Alfonso Caso al revés. Alfonso Caso había descubierto el tesoro de Monte Albán en 1932. Su vida se había transformado al encontrar la tumba siete para extraer de ella el pasado. Del mismo modo, Oaxaca le había otorgado a Leo un nuevo tesoro, e imaginaba que así se habría sentido el señor Caso al toparse con esas joyas de antaño.

Leo contempló su obra durante treinta minutos. Saboreó su seudónimo, reparando en que quizá hubiera sido más efectivo utilizar siglas, pero le restaría importancia al simbolismo. Como Alfonso Caso, él redescubría Monte Albán. Sonrió y bostezó. El trabajo le provocaba mucho sueño. Guardó su pintura con precaución, limpió el patio, empacó sus maletas y se echó una siesta. Al día siguiente volvería a casa.

★ ★ ★

Leo repasó sus cuentas. No le alcanzaba para el boleto de autobús. Hurgó entre sus ropas, los rincones de la valija y cada milímetro del cuarto. Ni un peso más. Lo que sostenía en su mano se resumía como el total de su efectivo y, para ser sinceros, de su dinero. Contaba con una cuenta de banco que nunca usaba, ya que detestaba las tarjetas de crédito y no planeaba volverse un esclavo de ellas. ¿Cómo hacerle? Debatió durante dos horas, hasta que la puerta del bungaló se abrió de par en par y Javier lo saludó.

—¿Y qué dice mi amigo pintor? Doña Ofelia sigue preguntándome si no te hacen faltas modelos, pero yo le digo que si las necesitaras, las pedirías.

—Oye, amigo, he estado pensando...

—No aquí, Leo. Vamos a comer algo, muero de hambre.

Leo se encogió de hombros. Cuando notó las intenciones de Javier, lo detuvo.

—No a Donají.

Javier se encogió de hombros y se internaron en un hotel de cinco estrellas. Ofrecían un buffet, y después de saciar su apetito, Leo abordó el tema.

—¿Qué? —Javier se exaltó al escuchar la propuesta—. De ninguna manera, Leo. No compraré tu pintura. ¿Qué sé yo de arte? Además, yo te invité.

—Lo sé, pero necesito el dinero. No voy a permitir que también pagues mi boleto de regreso. Ya has hecho suficiente y de cualquier modo, ¿quién compraría mi cuadro en la ciudad?

—Estoy seguro que eres bueno. Algún conocedor se dará cuenta de tu talento y te ayudará. No menosprecies tu propia mano rebajando tu trabajo de días.

Leo se tronó los dedos:

—Por favor, Javier. Cómprala. Déjame un poco de dignidad que tanta falta me hace. Es mi Guelaguetza.

Javier meneó la cabeza con derrota:

—¿Cuánto quieres?

Leo mencionó el precio. Le alcanzaría para el camión, un poco de comida y la deuda que tenía con su prima.

—Está bien.

A la mañana siguiente, el par de amigos se despidió con un fuerte apretón. Leo se negó a que Javier lo acompañara a la central. Conocía la ruta. Leo no miró dos veces la casa de Ofelia, ni su pintura, ni el restaurante de Margarita; algo le indicó que no tardaría mucho en estar de vuelta.

★ ★ ★

Viernes a las seis de la tarde. La ciudad de México se le figuraba un enjambre de abejas. Leo tuvo que esperar dos trenes para entrar en un vagón. Apretones, empujones, alguien lo pisó dos veces. Agradeció haber dejado su pintura en manos de Javier o en esos momentos sería confeti. Al salir del subterráneo, se encaminó a su casa. La costurera y otra vecina charlaban en la esquina. Lo saludaron con una inclinación de cabeza. Los departamentos que construían a la izquierda iban bastante adelantados.

En la esquina vio el taller de Adrián, un amigo de la infancia. El padre de Adrián levantó el brazo; ni señas de Adrián.

Por fin se plantó frente al zaguán del 33. Sacó la llave, abrió y los dos perros de la familia corrieron a su encuentro ladrando. Acarició a Max, su preferido tal vez por ser el suyo, y le dio un puntapié a Puchy, el french poodle de su hermana. Unas risas lo alegraron. Nando, el hijo de su hermana, y Paco, el hijo de su prima Emma, lo rodearon con cariño.

—¿Nos trajiste algo de Oaxaca?

Nando tiró de su manga y Leo se aguantó las ganas de ahorcarlo.

—¿Pintaste algo? —preguntó Paco. Leo esbozó una sonrisa. Consideraba al hijo de Emma como su más fiel admirador, a pesar de su edad preescolar.

El alboroto de niños y perros atrajo la atención del resto de la parentela. La tía Cecilia y su madre, la señora Lupe, se asomaron desde el segundo piso de la casa grande.

—Déjalo en paz, Paco. Tu tío debe estar agotado. Bienvenido, Leo —le dijo Cecilia.

Sonia abrió la ventana de la sala de la casa grande que daba al patio donde guardaban la camioneta del tío Pancho, el auto del padre de Nando y la camioneta de Raquel.

—¿Cómo te va?

Sonia era una adolescente a quien Leo tachaba de consentida.

—Bien. ¿Y Emma?

—Todavía no regresa del trabajo.

Calificaba a Emma como la única cuerda y agradable de esa casa. Él y su prima siempre congeniaron, y aunque no platicaban mucho, él la quería. Ella trabajaba de secretaria en un despacho de arquitectos. Resumiría su existencia como madre soltera, un hijo llamado Paco y el brazo de hierro de su padre persiguiéndola infinitamente.

Paco escapó y Nando lo guió a la casa de sus padres, menor en comparación a la del patriarca Pancho, pero sobre amueblada. Atravesó el pasillo que daba a la puerta, y si uno no conocía el 33, diría que eso era todo. Pero atrás se hallaba un patiecito con las lavadoras, los fregaderos, los canarios de Cecilia, las casas de los perros y el cuchitril. En esa minúscula casa había vivido la tía Toña, hermana de don Pancho y don Juan.

Raquel abrió la puerta. Leo dejó sus cosas en el recibidor y se topó con la imagen de rutina. Su padre reinaba desde su sillón con control remoto en mano, periódico cercano y los anteojos en la punta de la nariz. Su madre comía, aumentando su rolliza figura, mientras discutía con su marido.

—Déjale a la telenovela.

—Quiero ver el fútbol.

—Todavía no empieza, Juan. No me amargues el día.

Raquel también tenía unos kilos de más y no se había maquillado. Traía unos *pants*, una coleta casi deshecha, y se tumbó en el sofá para leer una revista de chismes de la farándula. Su esposo llegaría hasta las diez u once de la noche debido a la consulta. Su madre lo obligó a sentarse junto a él.

—¿Y cómo te fue?

—Oaxaca es un estado hermoso.

—Si tu padre me sacara, lo conocería. Pero ya ves que solo me pasea al rancho.

—¿Qué tal la Guelaguetza? —quiso saber Raquel mientras Nando hurgaba entre sus cosas. Leo contó hasta diez.

—Una fiesta hermosa. Muchas tradiciones, excelente comida.

—¿Ya cenaste?

Su madre se paró como bala. Leo no respondió.

Desde la cocina, su madre siguió conversando en tanto calentaba frijoles, pollo del medio día y una sopa de fideo.

—¿Pintaste algo? —le preguntó Raquel.

Leo meneó la cabeza. De todos modos, su pintura se encontraba muy lejos de allí y con un seudónimo.

—¿Es para mí?

Nando descubrió la caja de dulces.

—Sí. Y eso es para tu mamá.

Raquel agradeció la blusa típica. Elvia salió de la cocina con un plato de sopa hirviendo y aceptó la cerámica de barro negro que Leo le había elegido. Su padre lanzó un gruñido en respuesta cuando Leo le tendió un juego de jarrones.

—Bonitos —declaró sin despegar la vista de la televisión.

Después de la cena, Leo se despidió. Iría a su estudio.

—Me debes dos meses de renta —declaró su padre antes de que se retirara. Leo casi se desmaya. ¿Así lo recibía? En lugar de interesarse por sus aventuras, como si un partido de fútbol fuera más importante que su hijo, le echaba en cara su pobreza. Leo traía el dinero de la venta del cuadro, pero aún le faltaba poblar su despensa, saldar su deuda con Emma y sobrevivir.

—Te pago a fin de mes.

Al cerrar la puerta, escuchó la conversación.

—¿Ves, Elvia? Es un desobligado. Va a Oaxaca y no vuelve con un centavo para pagar sus cuentas.

—Déjalo, Juan. Otro día lo convenceré de que busque un trabajo decente.

¿Un empleo? Se encaminó al fondo del patio principal donde su padre había construido dos departamentos. En el de abajo colocaron un consultorio casero para su cuñado. En la parte de arriba vivía Leo. Arrojó su mochila, se tumbó sobre la cama y respiró hondo. Le agradaba contemplar su tiradero, su pintura regada, sus paredes salpicadas, su ropa desordenada y hasta sucia. Allí se sentía en paz, pero una punzada hirió su pecho. De pronto lo hirió la imagen de Margarita, de Monte Albán y de Oaxaca. Realmente tampoco en su estudio se percibía a gusto. Jamás faltaba el escrutinio de la familia, la intromisión de los otros y la falta de inspiración. Un toque en la puerta lo sobresaltó.

Emma se hizo paso entre la maraña de tiliches con una cazuela repleta de albóndigas.

—Te lo manda mi mamá. Sobró de ayer.

—¡Qué amable de su parte!

—¿Y qué tal Monte Albán?

—¿Cómo sabías que iría a Monte Albán?

—Intuición. Mira, compré una guía para enterarme dónde andabas.

Le mostró una revista con fotografías coloridas. Leo la hojeó y se detuvo en la sección de la Guelaguetza. Contempló el auditorio sin techo, el colorido de los trajes regionales y creyó escuchar el sonido de los instrumentos.

—Es mucho más hermoso que esto.

—Me imagino. ¿Algo especial?

—La pasé bien con Javier. ¡Lástima que no le hicieras caso, Emma! Excelente partido, en mi humilde opinión.

Emma se rascó la cabeza:

—Si no hubiera sido por cuyo-nombre-no-quiero-mencionar las cosas habrían sido distintas. Mañana llevaré a Paco al parque. ¿Nos acompañas?

—No, gracias. Debo arreglar mi cuarto, lavar ropa y conseguir dinero para la renta. Por cierto, gracias.

Le dio un sobre con la cantidad que le debía. Emma asintió.

—Cuando quieras, primo.

Leo se quedó solo y se preguntó si hallaría la fuerza para pintar. Le urgía vender lo que fuera. Tal vez visitaría a su amigo del periódico y haría caricaturas políticas. Por lo menos juntaría lo suficiente para silenciar la boca de don Juan.

★ ★ ★

Javier se quería morir. En las semanas pasadas había hecho de todo, desde cocinero hasta supervisor de obras. Susana, su colega, se encontraba con dificultades en medio de su embarazo, así que iba a las ruinas un día sí, tres no. Para colmo, los turistas se dejaban venir en marejadas y los vigilantes no resultaban suficientes para prohibir el ingreso a zonas restringidas o para evitar que se llevaran una piedra de recuerdo. ¡Como si no hubiera suficiente tierra en toda Oaxaca!

El sol amenazaba con tostar su rostro hasta volverlo color grana y había perdido unos cuantos gramos de tanto subir y bajar de las pirámides al campamento. Y ni cómo soñar con que Margarita los ayudara como guía cuando se encontraba con las manos llenas en el restaurante.

Bajó a Montoya, donde también se ubicaba su casa, para buscar un papel que había dejado en su recámara. Saliendo de allí, se topó con un muchachito que no pasaría de los trece años. Vestía unos tenis *Converse*, una playera usada y unos pantalones de mezclilla. Era evidente que hacía un buen rato que no se tomaba un baño. ¿Sería de la zona?

—Oiga, deje que le lave el auto por unos pesos.

Javier se mordió el labio. Su auto estaba más limpio que las manos de ese jovencito.

—No, gracias.

—Ándele, necesito chamba.

—¿Eres de por aquí?

—De aquí y de allá —sonrió el travieso.

De solo pensar en el papeleo que le aguardaba en la oficina Javier deseó terminar la conversación, pero tuvo una idea.

—¿Cómo te llamas?

—Carlos.

—Te puedo proponer un empleo. No te pagaré mucho, pero si tienes amigos será más fácil para todos. Por lo menos durará hasta que empiecen las clases.

Por la expresión de Carlos adivinó que poco le importaba la escuela, pero no discutiría en ese instante. Le transmitió a Carlos su idea y el chico aceptó. A la siguiente mañana, Javier presentó ante Susana a diez muchachos y le dio la siguiente explicación:

—Por unos cuantos pesos y mucho amor por su país, estos muchachos apoyarán nuestra labor. Le compré un silbato y una gorra a cada uno. Su misión será ubicarse en lugares estratégicos de la zona, y si ven a un turista infringiendo alguna de las reglas, silbarán para asustarlos o alertar a los vigilantes. Así cubriremos más terreno y nuestros guardias no perderán la cabeza.

Susana lo felicitó. Luego la banda, liderada por Carlos, corrió a sus puestos. Esa noche, Javier finalmente pudo dedicarse a ordenar un poco su oficina y al hacerlo, se topó con la pintura de Leo. ¿Qué haría con ella? Y por segunda vez en el día, algo le vino a la mente.

Capítulo
7

Con la fiesta concluida, cesó el frenesí. A Margarita le agradó ver a Javier esa noche. No le sorprendió encontrarlo solo, pues su amigo Leo se había marchado unos días atrás.

Él la saludó con alegría:

—¿Cómo va el negocio?

—No me puedo quejar.

Javier se llevó a la boca una cucharada de mole:

—Mamá Tule es la reina de la cocina. Supongo que domina las siete variedades.

—El coloradito es mi preferido.

—El mío también. ¿Por qué no te sientas conmigo? Parece que no hay mucho movimiento.

Margarita aceptó. Pasó por allí uno de los muchachos y le pidió un tarro con chía, mientras comía unos totopos de la canasta.

—¿Y qué haces aquí? Pensé que regresarías a Monte Albán —le preguntó al arqueólogo.

—Y lo hice, pero había olvidado un encargo por acá. Tengo un negocio que arreglar contigo.

Ella alzó las cejas con interés.

—Tu padre me confesó que tú eres la responsable de la hermosa decoración de este lugar y esa pared del fondo necesita un poco de colorido. Traigo un cuadro que te puede servir. ¿Te lo muestro?

—¿Por qué no?

Javier lo fue desenvolviendo lentamente y con mucho cuidado al tiempo que Margarita iba descubriendo las ruinas zapotecas, una rosa con espinos y muchos soles.

—¿Quién lo hizo?

—Caso Alfonso.

El cuadro le gustaba mucho, pero no lo comentó en voz alta. Lo imaginó en medio del muro que Javier había sugerido. Le daría vida y buen gusto. En eso, Conchita se acercó con la bebida que Margarita había solicitado.

—¿Qué es eso? ¡Qué hermoso cuadro! ¿Lo pintó tu amigo Leo?

Javier palideció y Margarita apretó los puños. ¡La había intentado engañar! En ese momento lo recordó todo: Leo, el artista inspirado en Monte Albán, en el sol, en...

—¡Esa rosa! —Conchita la señaló con emoción—. ¡Qué bárbaro!

Su ataque de risa se le figuró sin sentido:

—¿Qué pasa, Conchita?

—Nada. ¿Lo vas a comprar? Di que sí.

Javier asintió:

—Es una pieza digna de Donají.

—¿Cuánto?

Javier nombró la cantidad. Un lienzo así no valdría tan pocos pesos. Hasta ella, una ignorante, lo sabía.

—Él me lo vendió en menos —Javier suspiró con tristeza.

Margarita sintió compasión por el pintor. Alguien que abarataba su obra de ese modo no merecía su alabanza, aunque tampoco su furia.

—¿Por favor? —Conchita la abrazó.

—Está bien. Te pagaré a la salida.

Javier se retiró, Conchita colgó el cuadro y, mientras Margarita despedía a los clientes y limpiaba la última mesa, reparó en la pintura. ¿Qué era lo que se vislumbraba detrás de esos símbolos y edificios sin orden? Unas

cejas, unos ojos, una nariz, una mujer dormida. Giró su rostro a la derecha
para contemplarse en el espejo, luego meneó la cabeza

—Alucinas, Margarita. Vete a dormir —se dijo en tono de reprensión.

★ ★ ★

—¡Pero si es la cara de una mujer! —decía mamá Tule al día siguiente.
Antes de abrir el restaurante, las cocineras se congregaron alrededor de
Conchita y Margarita para admirar la nueva adquisición.

—Es un buen pintor —dijo una mesera.

—Pus yo no entiendo nada, pero los colores alegran esta parte del
comedor.

—¿Y cuándo vuelve el amigo de Javier? —preguntó la tía Engracia—.
Tal vez a la otra quiera pintarme a mí.

El tío Santiago salió de la cocina con una sonrisa:

—Le pagaría muy bien por un retrato de mi mujer. Tiene talento,
muchachas. Me he dado mis vueltas al museo de Francisco Toledo y esta
pintura competiría con ellas.

—¿Y cómo saber que un pintor es bueno? —quiso saber Conchita.

—Pues...

Margarita exhaló con impaciencia. Toda esa plática la mareaba y debe-
rían estar cocinando, no platicando tonterías.

—El arte es como la música, sobrina. Si lo sientes o remueve algo aquí
adentro —el tío se llevó la mano al pecho—, es de calidad.

Todas volvieron sus ojos a la pared y acordaron que Leo poseía una
mano privilegiada.

—¿Crees que vuelva? —inquirió una de las más jóvenes.

—Comió chapulines preparados con sal. Segurito que sí —declaró
mamá Tule.

Todos prorrumpieron en carcajadas.

—¡A trabajar!

Margarita no toleraría tal indisciplina.

Mientras mamá Tule probaba la consistencia del mole, le susurró a Margarita:

—Es tu cara.

—¿De qué hablas?

—El pintor puso tus ojos, tu boca y tu nariz. Tas en la cuadro.

—No es cierto. Y no hables tan fuerte porque te oirán los demás.

—¡Ahhh! —el grito sacudió la fonda. Una de las meseras se había quemado con el café, así que tuvieron que llevarla a la clínica y el circo comenzó. Margarita se turnó como anfitriona, mesera, cajera y cocinera, y el día transcurrió con locura. Su papá se peleó con los de la central de abastos y regresó sin suficientes verduras, mamá Tule se pasó de chile en una de las salsas y algunos clientes se quejaron, Conchita decidió desertar a medio día para tomar un helado con sus compañeras de escuela y su tío bebió más mezcal de la cuenta.

Por la noche, un cliente pidió hablar con ella. ¿Y ahora qué?

—Dígame, ¿quién pintó ese cuadro?

¡Y dale con la dichosa pintura! Quizá le traía mala suerte y por eso tantas desgracias en un día. Margarita analizó al hombre delgado, con una camisa impecable, un fuerte olor a loción y una barba recortada.

—Lo hizo el amigo de un amigo. ¿Le ofrezco algo más?

No quería lucir grosera, pero le dolían los pies y su hermosa falda blanca se había manchado, cosa que la enfurecía.

—Mi nombre es Raúl González y trabajo para un museo de arte. Si alguna vez vuelve a ver al autor de esa pieza, déle esto.

Le extendió una tarjeta con su nombre, teléfonos, dirección y puesto. Al parecer, ayudaba al secretario de turismo. Margarita la depositó en la bolsa de su falda y hasta la siguiente mañana se percató que la había puesto a lavar. La letra ilegible la malhumoró, pero de todos modos, nunca se toparía con el dichoso Leo de nuevo, y si él deseaba triunfar, que se las ingeniara por sí mismo.

★ ★ ★

Gracias a que su papá se había peleado con algunos comerciantes, Margarita se encargó de las compras en el mercado de abastos. Habían pasado algunas semanas y el calor descendía debido a las lluvias provenientes de diversos huracanes y otras manifestaciones climatológicas que estaban originándose en el Pacífico.

Margarita observó su lista. La acompañaban dos de los hombres más fuertes para cargar las bolsas, y su primo Bernabé, que la hacía de chofer, se había quedado cuidando la camioneta que estacionaron en las cercanías. Repasó lo que le quedaba por hacer. Conchita entraría a la escuela, así que debía comprar libros, cuadernos y un poco de ropa. Agradeció que en la preparatoria la forzaran a usar uniforme o se complicaría su presupuesto, aún cuando su padre daría el dinero necesario. Conchita era la consentida de ambos y como el restaurante marchaba de maravilla, no había de qué preocuparse.

Unas horas después, ya casi concluida su misión, se acercó a la zona de los vestidos. Quería un rebozo para colgarlo en la entrada de uno de los baños. Ese día, Margarita usaba pantalones de mezclilla, una camisa blanca y sus sandalias, raro en ella. La marchante de los rebozos la confundió con gente rica, por lo que intentó aumentar el precio casi veinte por ciento y Margarita se enfadó.

—Le daré lo justo.

La marchante negó con la cabeza:

—No rebaje mi trabajo, seño.

—Y usted no busque aprovecharse de mí ya que soy buena clienta. Vengo cada dos días y mire —señaló a sus dos ayudantes—, dejo bastante plata por aquí. No me provoque.

Accedieron en el precio, Margarita le entregó el bulto a Horacio y se encaminaron a la salida. En eso, escuchó una conversación.

—Pero, mire señor, usté lo vende más caro. Solo le pido dos pesos más por pieza.

Un hombre anciano, de pies callosos, boca desdentada, pelo despeinado y ojos como queriendo salirse de sus órbitas, alegaba con dos mercaderes. Le daba vueltas a su sombrero entre las manos, sudando y suplicando.

—Hemos tenido mala cosecha, poca lluvia, nos mata el hambre. Unos pesos más, su mercé.

—Si no aceptas lo que te doy, no quiero tus sombreros.

—¡Por favor! —lloró lastimosamente el viejo.

Margarita tragó saliva. Sus dos compañeros le hicieron una seña para que siguiera andando, pero sus pies se clavaron al suelo.

—¿De dónde es? —le preguntó al anciano.

—De Santa Magdalena, seño.

Margarita observó a dos niños a su lado, desnutridos, harapientos y cubiertos de polvo de pies a cabeza.

—¿Por qué no fueron a Tehuacán?

—Tampoco quieren darnos más por los sombreros.

No se contuvo y giró el rostro hacia los dueños del puesto.

—El modo en que inflan el precio para turistas les da casi el cincuenta por ciento de ganancia. ¿Qué son dos pesos más?

—No se meta en lo que no le incumbe, señorita —le reconvino uno.

—Los discriminan por ser indígenas.

—¿Y a usted, qué? —dijo uno, acercándose con impertinencia.

Margarita volteó. Horacio y el otro se habían adelantado. Estaba sola.

—Iré a la cámara de comercio —se le ocurrió decir.

El otro se mofó y tomó su trenza entre sus manos cochinas.

—Haga lo que guste. Pero primero, dígame, ¿por qué tanto interés en unos desgraciados como estos?

Los recuerdos le vinieron de golpe, así que le propinó una cachetada.

—¡Porque soy india! ¡Por eso!

Las lágrimas se agolparon en sus ojos. El golpeado la miró con furia, dio dos pasos al frente, pero una voz lo paralizó.

—Si le pones una mano encima, te las verás conmigo.

Los ojos anegados de Margarita no le permitieron distinguir a la persona. Solo vio que medía una cabeza más que ellos y su constitución robusta los atemorizó. Los comerciantes se retiraron en silencio; ella se limpió los ojos y entonces lo reconoció. ¡Leo!

—¿Te lastimaron? —le susurró él con ternura.

—No… yo… Gracias.

Horacio y el otro corrieron hacia donde Leo y Margarita conversaban.

—¿Está bien, señorita? Disculpe, no supusimos…

—Estoy bien —se enfadó. No le gustaba parecer víctima—. Horacio, cómprale sus sombreros al señor y regresemos a casa.

—¿Todos, seño?

—¡Todos!

Horacio obedeció.

—Deberías sentarte y tomar algo —sugirió Leo.

Una mujer pasaba con agua de tamarindo en bolsas, Leo compró una y se la extendió. Ella agradeció el detalle y sorbió un trago. Luego se sentaron sobre una barda bajo la sombra de un árbol donde se empezó a serenar.

—¿Y qué haces aquí? —Margarita le preguntó sin evitar una nota de reproche.

—He vuelto —Leo se encogió de hombros y Margarita descubrió una profunda tristeza en el modo en que sus hombros se desplomaron.

—Pero… la terminal está del otro lado de la ciudad.

—No la de segunda clase.

—¿Y Javier?

—Aún no le aviso que he regresado.

Hasta ese instante se percató de que traía una maleta y su mochila.

—¿Y cuánto tiempo te quedarás?

—No lo sé. Depende si encuentro fortuna. Estoy en bancarrota. Ni siquiera podría pagar una habitación en casa de Ofelia, y supongo que no me alcanza ni para el camión a Monte Albán.

Y sin embargo, le había comprado un agua. Margarita sacó su monedero.

—No —él le rogó. Apretó su mano para disuadirla y el contacto le produjo escalofríos.

—Entonces acepta una comida gratis. Me salvaste de esos maleantes. Te la mereces.

Leo aceptó.

★ ★ ★

Margarita no daba crédito a lo que veía. Cualquiera diría que un personaje famoso había acudido a Donají. Las meseras, los limpiadores, las cocineras y todos los miembros de su familia, le rindieron homenaje al buen Leo, que no comprendió tal privilegio hasta que sus ojos se cruzaron con su cuadro.

—No es para tanto.

Y Margarita leyó en sus pupilas que así lo creía. No habló mucho, pero lo observó detenidamente en tanto mamá Tule y Conchita lo acaparaban con guisos y preguntas. ¿Pobre? ¿Sin dinero? Su arte vendería bien. Es más, el hombre del gobierno se había mostrado interesado. Lamentó haber perdido la tarjeta. No maltrató a Leo como en ocasiones pasadas y mantuvo su distancia, aunque le costó trabajo no verse involucrada en la conversación y en los maléficos planes de la familia.

—Ni hablar —su tío Santiago meneó la cabeza—. Te diré lo que haremos, mi estimado Leo. Pintarás a mi esposa y yo te pagaré por adelantado. Te ofrecería un cuarto en mi casa, pero la dueña es Margarita, y no te vendría bien el vaivén de chamacos y ruidos que empiezan a las seis de la mañana y se van extinguiendo como a las doce de la noche. Ofelia es amiga nuestra, hasta nos debe unos favores. Te rentará el bungaló a un precio accesible y mi esposa irá en las mañanas a posar.

Margarita predijo una negativa, pero Leo luchaba, lo que percibió en sus puños que se abrían y cerraban. A final de cuentas accedió. Seguramente la desesperación lo empujaba, como a tantos otros, y desvió la mirada hacia los sombreros que se apilaban en una esquina. Comprendió que no solo los indígenas desvalorizaban su creación con tal de tener una tortilla en el estómago. La sombra del hambre no respetaba estratos sociales ni razas.

—¿Y qué harás con esos sombreros? —preguntó mamá Tule.

—Quizá los ponga en venta o los regale para las fiestas patrias.

—Leo comió chapulines y por eso regresó.

—Mitos, mamá Tule. Mitos y leyendas que la gente cree.

—Realidades, niña. Taba predicho que él volvería. Aquí tá su hogar.

Leo la buscó en su oficina. Margarita anotaba las cantidades de sus compras y sus pagos.

—Quería darte las gracias por la suculenta comida.

—Yo soy quien agradece tu ayuda de esta mañana.

Leo se metió las manos a los bolsillos y echó un vistazo a la oficina.

—Supongo que nos veremos con frecuencia.

—Tal vez —asintió ella con seriedad.

—Mañana empiezo el retrato de tu tía. Ahora sí traje mis instrumentos, y supongo que llamaré a Javier para avisarle que ando por sus rumbos.

Ella no comentó nada. No tenía ganas de charlas triviales y, además, no estaba muy segura de qué decir o cómo comportarse. Algo en esa plática la incomodaba.

—Me voy porque tu tío me espera para hacer el trato con Ofelia.

—Suerte.

Agachó la cabeza para seguir sus sumas, pero como no escuchó la puerta cerrarse, alzó la vista. Leo continuaba allí, tal como se había quedado y la contemplaba fijamente.

—¿Se te ofrece algo más?

—Nada. Solo... me gusta más cómo te ves en traje típico.

Margarita agradeció que se marchara como un rayo y no fuera testigo de un milagro: ¡se había ruborizado! Tardó unos minutos en recuperar la compostura, y hasta su padre se extrañó cuando entró por unos papeles.

—¿Y ahora qué? Abre la puerta, niña. Te estás quemando acá adentro.

Y no había errado. Su corazón parecía arder.

Capítulo
8

El retrato de la tía de Margarita ganó su lugar en la pared opuesta al de Monte Albán y también le procuró a Leo una comida diaria, totalmente gratis, a la hora que quisiera. Le siguió un retrato de doña Ofelia que se ubicó en la sala de recepción de la casona y que le proporcionó un año de renta en su querido bungaló.

Leo comenzaba a prosperar, o eso creía. En el patiecito pintaba sus retratos. La tía posó delante de la buganvilla, doña Ofe con un perico al lado. Leo sacó una de las camas del bungaló, y en el espacio sobrante, tapizó paredes y piso de periódico para dedicarse a su propio arte prehispánico.

Javier lo visitaba con frecuencia, y por lo menos una vez a la semana lo llevaba a Monte Albán para inspirarse. Allí conoció a Carlos, que un día le rogó que le enseñara a pintar.

—Pronto lo haré —le dijo Leo, pero de momento trabajaba en un collage de joyas zapotecas y mixtecas que titularía: «Tesoro», como el que Alfonso Caso había hallado a mediados de siglo y que Leo había visto en el Museo de las Culturas. Nada lo debía distraer.

El bungaló con pintura regada, los lienzos en desorden, pinceles poblando el piso, recortes de periódico, una enciclopedia con láminas a color, su ropa en un rincón, su dotación de refresco de cola y galletas, era su nuevo hogar. Había salido del suyo por presión. Después de intentarlo unas semanas, se había rendido ante el encanto de Oaxaca. En el 33 no respiraba paz, sino la antipatía de su padre, los ojos juiciosos de su parentela y su falta de inspiración. Su mente le jugaba chueco con imágenes de la Guelaguetza, de las ruinas y de Margarita. Su pulso temblaba al sujetar un lápiz sin lograr un trazo digno.

Su padre continuó cobrándole, así que salió a buscar trabajo. Las caricaturas para el periódico lo sacaron de apuros. Saldó su deuda y luego, con tres billetes en el pantalón, tomó la decisión. Empacó lo más indispensable, se despidió de su madre, le dejó una carta a Emma y se propuso huir a Oaxaca.

—¿Cuándo volverás? —insistió su madre.

«El tiempo suficiente para terminar uno o dos cuadros y venderlos a mejor precio, pensó», pero no lo dijo. Su madre lo observó con compasión.

Raquel habló por todos:

—Cuando vuelvas, planearemos tu futuro.

Leo la detestó por un segundo. ¡Él era mayor y su hermana lo trataba como a un inválido! La furia lo cegó. Se despidió de los dos niños que jugaban pelota en el patio y se dispuso a marcharse. De pronto, como si una voz de ultratumba lo llamara, se había escabullido hacia el cuchitril de la tía Toña.

Era una casita minúscula, de dos pisos y dos cuartos. Pero allí había sido feliz. Antes que la tía muriera de cáncer, se había refugiado bajo su sombra. Cuando su madre lo regañaba, corría a los brazos de su tía. Cuando Raquel encendía la tele, tomaba sus crayones y su cuaderno y se internaba en la casa de la tía para pintar. La tía no lo interrumpía, ni criticaba sus dibujos. A veces sugería cosas interesantes o le compraba gises y plumones para que Leo ampliara sus técnicas.

La tía Toña siempre tenía dulces en una esfera de cristal, tocaba música alegre en su tocacintas y le contaba historias de la Biblia. Leo abrió la puerta. Desde la muerte de la tía, nadie habitaba el cuchitril. De vez en cuando la tía Cecilia enviaba a su sirvienta a darle una limpiadita, pero los muebles seguían en el mismo lugar, así como su ropa y sus trastos. Emma decía que parecería museo; Leo estaba de acuerdo.

Nunca la cerraban con llave. ¿Para qué? Leo respiró hondo. Olía a humedad y a polvo. Prendió el foco. Los libreros, la mesa redonda en el centro, el arcaico refrigerador en una esquina, los retratos de sus sobrinos, el tocacintas en silencio y la Biblia en el centro de la mesa.

Leo rozó la pasta con reverencia. La tía había amado la Palabra de Dios y a Dios mismo. Su familia no había comprendido esos ojos sabios y tiernos. Ella, por su parte, siempre le había dado el crédito a la divinidad. Nadie echaría de menos el libro, así que lo metió en su mochila. Tal vez hasta lo leería. Y esa tarde, después de pintar un rato, sopló sobre el lomo, se recostó en la cama y se propuso leer donde marcaba el separador de la tía. ¿Cuándo habría sido la última vez que la leyó? Estuvo en el hospital dos días antes de su último suspiro.

El trozo de cartón marcó un libro: Salmos. La tía había subrayado un número. Leyó:

Guárdame, oh Dios, porque en ti he confiado. Oh alma mía, dijiste a Jehová: Tú eres mi Señor; no hay para mí bien fuera de ti.

No continuó. Las palabras habían sido suficientes para endulzar su alma. «Guárdame». Dios había guardado a la tía en medio del dolor. «En ti he confiado». La tía jamás dudó del poder de la cruz.

—Confía en él, Leo.

Entre la conciencia y la inconsciencia del sueño que lo empezaba a embargar, Leo escuchó la voz de la tía. Trató de internarse en su mundo imaginario. Vio las pirámides, las sombras, trató de toparse con la tía, pero solo halló el mismo dios de piedra que le exigía un sacrificio y la pesadilla lo despertó.

★ ★ ★

—¿Y Conchita? —le preguntó a una de las meseras.

—Con eso de que ya entró a la escuela, no para por aquí.

Obviamente no indagó por Margarita, pero la mesera le informó que había salido a «un asunto».

A Leo le gustaba sentarse en la mesa más cercana a la cocina para convivir con la familia que, a excepción de Margarita, lo había acogido con cariño. Mamá Tule se acercó limpiando sus manos en el delantal. Andaba descalza, pues las meseras decían que así lograba su incomparable sazón.

—Te preparé unas enfrijoladas.

—Mi estómago las apreciará.

Tal vez por la ausencia de Margarita todo parecía moverse en cámara lenta y Leo se asombró de que mamá Tule ocupara la silla opuesta a él.

—Tas pálido. ¿Mala noche?

Leo asintió.

—Te haré un té especial de mi pueblo y en dos patadas, ¡pa'rriba!

—Y a todo esto —Leo se cruzó de brazos—. ¿Por qué el nombre de mamá Tule?

—Tule, porque dicen que soy tan vieja como el famoso árbol, y mamá, porque soy la madrina de las niñas.

Leo comprendió que las niñas eran Margarita y Conchita. La señora de anchas caderas se retiró. Hubiera querido preguntarle más cosas, pero Leo se andaba con cuidado. Margarita sospechaba de él, o eso se le figuraba. Se comunicaba con él mediante monosílabos y eso le entristecía. A pesar de sus primeras y falsas impresiones, admiraba el temple del clan de Margarita, y aun a la mujer de negocios que reconocía en ella.

Se sobresaltó cuando en ese instante la susodicha cruzó la puerta y, como para aumentar su sorpresa, avanzó en su dirección sin desviarse.

—¿Estás bien atendido?

Mamá Tule le trajo en ese momento su té.

—¡Faltaba más! Aquí Leo es un rey. Bébetelo rápido. Ta desvelao —le explicó a Margarita.

Leo se empinó la taza y el líquido semicaliente le cayó bien. Se sonrojó ante tantas atenciones. Pensó comentar la vestimenta de Margarita, que ya no traía jeans, sino una blusa blanca con un bordado y una falda roja, pero ella se adelantó:

—Eres el consentido de todos.

—No de todos —la miró fijamente.

Ella le extendió una tarjeta.

—Es de Raúl González. Trabaja para el gobierno y le interesó tu pintura de Monte Albán. Deberías visitarlo.

Leo se quedó mudo.

—De nada —le reclamó ella, con perplejidad, por la aparente indiferencia con que la recibió.

—No lo sé —dijo en voz alta—. Pertenece al museo de arte. No soy tan bueno.

Margarita golpeó la mesa con el puño y Leo pegó un brinco. Se dio cuenta de dos cosas. Primero, que había abierto su gran boca para expresar sus pensamientos, y segundo que, enojada, Margarita parecía una diosa prehispánica que exigía sacrificios.

—Escucha, citadino, no crucé media ciudad bajo este sol para que te acobardes y actúes como los míos. El pesimismo va con mi pueblo, no con un chilango como tú. Si no fueras bueno, aunque sea una pizca, el hombre ni siquiera le hubiera echado una mirada a tu pintura. Así que este telón se cerró. Pide un taxi y ve a verlo.

Margarita recogió su plato y Leo, un poco asustado, se puso de pie, se limpió la boca con una servilleta y sujetó su cartera.

—Y preséntate como Alfonso Caso —le advirtió, atrancando la puerta de su oficina. Leo se quedó pegado al suelo hasta que las risillas de las meseras lo despabilaron. Rojo de vergüenza, abandonó el restaurante.

★ ★ ★

Raúl González era un hombre atractivo, o así lo habría calificado su hermana Raquel. Le pidió que se sentara mientras terminaba una conversación telefónica. Leo aprovechó para examinar la oficina con sus copias de grandes cuadros oaxaqueños y una que otra escultura interesante. En una fotografía, Raúl posaba con una hermosa rubia. Luego detectó las llaves de un auto junto a su agenda. ¿Le pertenecería ese BMW que había visto en la entrada? Por lo visto trabajar en el gobierno ayudaba a la economía personal.

Entonces Leo se preguntó de nuevo por qué había seguido las instrucciones de Margarita sin pestañar. Se contestó que había sido porque ella se había esforzado para conseguirle esta oportunidad; no la decepcionaría.

—Muéstrame tu portafolio.

Raúl había terminado su llamada y lo observaba con detenimiento. Leo tragó saliva. Le intimidaba hallarse en el museo, rodeado de los grandes maestros como Francisco Toledo, Rodolfo Nieto y Francisco Gutiérrez. La llamada Case de Cortés albergaba sus obras, ¿qué podía enseñar Leo que se comparara a esas bellezas?

Confesó que sus pinturas anteriores le apenaban, que realmente no poseía un archivo o un muestrario profesional de su trabajo, y que sus mejores creaciones se resumían en dos retratos por encargo y la pieza de Monte Albán. Por el momento se concentraba en un collage de joyas prehispánicas. Raúl se rascó la barbilla en profunda concentración.

—¿Y dónde está esa pintura de joyas?

Cuando Leo respondió, Raúl propuso acompañarlo a casa de Ofelia para evaluarla. Por segunda ocasión en el día, Leo cedió a la voluntad de alguien que no fuera él. Le mostró el desordenado bungaló y la pintura inconclusa. Raúl se adelantó unos pasos por lo que Leo sólo contempló la espalda del hombre. Imaginó desilusión, confusión, incluso tristeza de que hubiera venido en balde; todo lo que su familia le había transmitido al paso de los años.

—Retoca los detalles y dale más luz a la figura central. Te conseguiré un comprador. ¿Qué te parece mil dólares por ella?

Leo abrió la boca. Intentó hablar pero nada salió. ¿Mil dólares? ¿Por un lienzo tan pequeño y sencillo? Nunca antes había recibido más de mil, pero ¡pesos!

—Está bien, mil doscientos. Ni un dólar más —dijo Raúl.

Leo negó con la cabeza:

—Me parece bien mil dólares. No me hago el difícil. Verás...

—Comprendo —Raúl palmeó su hombro—. Sigue adelante, amigo. Vas por buen camino. Te falta profundidad, un poco de técnica, pero si aceptas, estoy dispuesto a ayudarte. Termínalo pronto y visita Monte Albán por más ideas.

Esa misma noche llamaría a Javier para contarle la buena noticia.

★ ★ ★

Javier colgó el auricular con sentimientos encontrados. Por una parte le alegraba la buena suerte de Leo, que en poco tiempo empezaba a despegar como artista, pero ¿con Raúl? Ese desayuno durante la Guelaguetza aún lo atormentaba por las noches. Javier debía frecuentar a los políticos, pero no por gusto, sino por obligación. Como encargado de Monte Albán atendía fiestas y convites para recaudar fondos y hablar de las culturas prehispánicas.

Sin embargo, eso no implicaba que estuviera de acuerdo con los gobiernos y las decisiones que se tomaban en esas oficinas que tanto detestaba. El oaxaqueño común y corriente pensaba que todos los políticos, sin excepción, robaban, y esa filosofía se la habían contagiado a él también.

Aun así, sacudió la cabeza y se dispuso a dormir. Raúl no haría nada desleal. ¿Cómo se le podía robar a un artista? Raúl no era político, sino un trabajador del museo o casa de arte o lo que fuera. En eso, al irse acurrucando, le vinieron las palabras de un poeta oaxaqueño: «El perfil moreno de sus mujeres, a veces místicas, humildes, soñadoras, y también alegres y agresivas en la belleza; fieles hasta la obsesión y sacrificadas hasta el coraje».

Nada que ver con Raúl, sonrió, pero empezó a preguntarse si Leo no estaría empezando a cambiar su concepto de la mujer oaxaqueña sin darse cuenta. ¿Sería qué...? Lanzó una carcajada y cerró los ojos.

Capítulo
9

Biblia en mano, Leo se sentó en la banca del parque. El corazón le brotaba de alegría pues había concluido la pieza de las joyas, la que Raúl se había llevado con buenos comentarios y dejando el cheque prometido. Abrió una cuenta de inmediato, trató de pagarle a Ofelia, que se negó, luego faltó un día a Donají y la parentela se ofendió. Pero le sentaba bien su pose de protegido y lo disfrutaría en tanto pudiera.

Había vuelto a visitar Monte Albán. El juego de pelota había llamado su atención y pretendía plasmar la filosofía mística en un trozo de tela. A diferencia de las Olimpiadas, en que el ganador recibía una medalla y el perdedor el escarnio de su pueblo, en el México antiguo el juego representaba a los dioses contendiendo por el poder y a las fuerzas de la naturaleza amenazando la tierra. Los perdedores, más que del honor, se les privaba de la vida misma. Buscaría condensar la eterna disputa del bien y del mal en un partido ancestral donde una bola de caucho simbolizara el destino humano y una I mayúscula, el futuro eterno. Por eso mismo meditaba en un verso del salmo de la tía Toña, como le había apodado, y que decía: *Se multiplicarán los dolores de aquellos que sirven diligentes a otro dios... no ofreceré yo sus libaciones de sangre.*

Recordaba su mundo interno, el que ya no visitaba con frecuencia. ¿Y a qué dios servía? ¿Al de la tía Toña o al otro dios de piedra que le exigía un sacrificio? ¿Cómo saberlo?

—¡Qué pensativo!

La voz lo devolvió a la realidad y se turbó al ver a Margarita frente a él.

—Yo... buenas tardes.

—Buenas.

Ella siguió caminando, sin dirigirle una mirada o iniciar una conversación. ¿Por qué no le había dicho algo más? Quizá algo le había enfadado, pero ¿qué? Leo se rascó la cabeza. Por lo visto, jamás complacería a esa mujer. ¿Y qué le importaba ganar su aprobación?

★ ★ ★

Margarita le echó llave a su recámara. ¡Qué impresión le había causado ver a Leo leyendo la Biblia! Ese hombre la encaminaría al purgatorio en vida. Con él sufría, se enfadaba, se alegraba y, lo peor de todo, se abochornaba. Lo disimulaba bien, pero debía cuidarse o un día se delataría. Abrió su cofre de palma y rozó con las yemas de los dedos un librito delgado y de poca calidad. Su madre lo había atesorado, hasta la había descubierto besándolo. Lo tomó y sentada en el suelo, al pie de la cama, leyó el título escrito en la lengua de su pueblo: «Evangelio de San Juan».

Su madre había conocido el español, pero siempre prefirió su dialecto para no olvidar la herencia cultural. Solía contarle adivinanzas mixtecas o leyendas antiguas, y se esforzó por aprender a decodificar las letras tanto en español como en su lengua para alcanzar a comprender las historias de aquel librito, regalo de la señorita Betsy.

Margarita decidió probar la primera página: *En el principio era el Verbo*. Un golpe en la puerta la sobresaltó y regresó el ejemplar al cofre. Enfrentó la sonrisa de su tía Engracia.

—Te llegó una carta.

Agradeció el encargo y regresó a su posición en el piso. El sobre traía una estampilla de Inglaterra. ¡Era de la señorita Betsy! La abrió con dedos temblorosos.

Querida Margarita:

No pasa un solo día que no piense en Oaxaca y le pida a Dios por los tuyos. No es fácil ser una mujer de setenta años en mi país y el clima frío no me favorece.

Pero no escribo para quejarme, sino para darte una buena noticia: planeo regresar a México el próximo año.

Me han invitado a participar en un congreso en la ciudad, y no sé si logre pasar por Oaxaca, pero me gustaría verte. ¡Necesito verte! Tengo un regalo que he tardado muchos años en terminar, por lo que estoy en deuda contigo y quiero entregártelo en persona.

Volveré a escribir más adelante para confirmar las fechas, probablemente marzo o abril. Haz lo posible por organizarte para que nos juntemos a tomar un café. Me faltarían las palabras para describir lo importante que es esta cita. No sigo o adelantaré la sorpresa.

Mi oración es que Dios pronto te ilumine para que acudas a sus tiernos brazos, y que te mande un buen hombre que te haga feliz.

Tu amiga Betsy

Margarita sintió la humedad en sus mejillas. ¿A qué tipo de obsequio se referiría? ¿Qué tramaría? Algo la impulsó a recuperar el librito del baúl y continuar: *Y el Verbo era con Dios y el Verbo era Dios.*

★ ★ ★

El día comenzó como tantos otros. Los lunes el restaurante abría más tarde que de costumbre, ya que el fin de semana solía agotarlos. Mamá Tule se dedicaba a cuidar sus yerbas en la huerta de la casa, los tíos y las tías despertaban dos horas después y tardaban en tomar sus baños o paseaban un poco. Los primos ya se encontraban en la escuela y el padre de Margarita iba a jugar dominó con sus amigos en la plaza.

Margarita se iba al negocio para disfrutar la soledad y hacer las cuentas, un trabajo que la familia le delegaba, y ella aún no sabía si sentirse ofendida o halagada. Se metió en la oficina con un fajo de billetes. En el escritorio extendió recibos, notas y cheques, y un mar de papeles que debía archivar y cotejar con los libros contables.

Inició con el registro de gastos. De pronto, sintió un ligero mareo. Quizá necesitaba anteojos. Ya no era una niña y a veces no distinguía las letras de lejos. Anotó «visitar al oculista» en su lista de tareas pendientes, debajo de otras prioridades como comprarle un nuevo uniforme a Conchita, llevar a mamá Tule al dentista, verificar el azúcar de su padre, impermeabilizar el techo de la casa y muchos más.

Regresó a sus asuntos. Se ahorraría unos centavos si compraba las verduras en la central de abastos, pero después de aquel incidente había optado por el supermercado, ¡y cómo inflaban los precios! Tal vez enviaría a sus primos y a mamá Tule. A ella nadie la timaría y sus primos daban la apariencia de rudos.

El mareo volvió. Duró un poco más y Margarita levantó la vista. El foco se columpiaba en el techo y la puerta se balanceaba sobre sus bisagras. ¡Un temblor! El movimiento aumentó en intensidad. Los libros de atrás se cayeron y uno la golpeó en la espalda. Escuchó algunos trastos rompiéndose en la cocina y las paredes crujiendo.

Trató de huir pero temió ser aplastada por una viga. Además, no lograba serenarse para actuar con cordura, hasta que se ocultó debajo del escritorio. Dobló sus rodillas contra su pecho, y en ese instante el librero se desplomó atrapándola en el proceso. La luz eléctrica se extinguió y la oscuridad de la oficina la envolvió. ¿Por qué nunca habían puesto ventanas?

Reinó el silencio. Trató de moverse para empujar el librero, pero no contaba con el espacio suficiente para maniobrar. Resultó imposible encontrar una salida. Le dolía el cuello que no podía estirar, se le entumieron las piernas y el miedo la hizo llorar. No había muerto, se repetía, pero pensaba en el posible desastre que quizá sobrepasaba sus sospechas. Conchita estudiaba en el tercer piso, su padre se acomodaba debajo de un poste de luz. Trató de zafarse. ¡Atorada!

En su desesperación se lastimó la mano. Uno de sus dedos tronó y rompió en llanto por segunda ocasión. No deseaba morir asfixiada o en el olvido. Deseaba vivir y cumplir sus sueños. La muerte le aterraba. ¿Qué le aguardaba después: el purgatorio cristiano o el inframundo mixteca? Ninguno sonaba atractivo. ¿Y a quién encontraría: demonios vengativos, dioses de piedra o familiares enloquecidos?

El Verbo era Dios. La frase surgió de su inconsciente. Necesitaba a Dios en ese momento.

—¡Sálvame, Dios! —suplicó en agonía. De pronto, oyó que la puerta principal se abría. Seguramente su padre venía por ella.

—Aquí estoy —su voz sonó a un gemido. ¡Grita!, se ordenó—. ¡Aquí!

Mejor, pero no lo suficiente. Su posición le comprimía el pecho impidiendo que el aire saliera con fuerza. Escuchó los pasos de una sola persona. Supuso que la tropa Domínguez correría al restaurante para evaluar los daños y rescatar el negocio, pero tal vez se hallaban muy ocupados con los desastres de la casa o. . .

No, no pensaría en tragedias. Dios no lo permitiría. Le había rogado su protección. Era el Verbo. Era Dios. Había leído que Él daba vida, no muerte. Las gotas inundaron sus ojos. Ya no soportaba las punzadas en su costado. Su padre se acercaba y sus pisadas aumentaban de velocidad. Infló el pecho:

—¡Aquí!

Rugió como un gatito, pero él la escuchó. Quitó los libros del suelo y jaló el mueble que no cedió a la primera; su respiración denotaba el esfuerzo. Margarita compadeció a su padre, pequeño y cincuentón, que no conseguiría remover el mueble solo, pero se sorprendió cuando en el segundo intento, vio un destello de luz. Estiró los pies y afirmó la mano tendida para abandonar el hueco.

De pronto se topó con unos zapatos. No eran los huaraches de su padre. ¿Sería un ladrón que aprovechaba el sismo para hacer sus fechorías? Con la mano derecha tomó un trozo de madera. El malhechor lamentaría su atrevimiento, pero al tratar de incorporarse, sus articulaciones cedieron y el extraño evitó que azotara en el piso.

—¿Estás bien?

¡Leo! ¡La voz de Leo! Verificó que el timbre concordara con el rostro. ¡Sí! ¡Era él! Y sin saber como, se halló aprisionada entre sus fuertes brazos luciendo sucia y desaliñada, y de coraje, volvió a llorar. Él la sujetó con amabilidad, lo que le provocó más impotencia. Sollozó liberando la amargura de la niña que había tenido que crecer muy rápido, de la mujer que ansiaba amar y de la persona que buscaba paz en medio de las circunstancias tan adversas.

Leo no la soltó hasta que ella lo apartó recuperando un poco de dignidad. Por un segundo le abatió perder el contacto con ese pecho de toro que le brindaba seguridad, pero reprendió sus ilusiones infantiles. Leo jamás la vería de modo romántico, y mucho menos después de observarla en condiciones tan humillantes, con las trenzas deshechas, la cara con marcas de suciedad y el blusón desfajado.

Colocó su cabello flotante detrás de las orejas y se pasó el dorso de la mano por las mejillas.

—¡Conchita! —recordó de pronto.

Leo la tranquilizó:

—Me encontré con tu padre en la calle. Él fue quien me dio las llaves y me pidió que viniera a verte mientras iba a la escuela de tu hermana.

—¿Y mis tíos y tías?

—No te preocupes. No pasó nada.

En ese instante, regresó la luz eléctrica. Margarita se tumbó sobre una silla.

—No quiero ni ver la cocina. Oí los platos quebrarse y...

Leo la sujetó del brazo y ella enmudeció. ¿Por qué la tocaba?

—Margarita, traes a cuestas muchas responsabilidades. ¿Cuándo te diviertes?

¿Divertirse? ¿Qué le pasaba a ese engreído chilango? Quizá para él las cosas resultaban fáciles, pero ella debía velar por su familia. Las cuentas no se pagaban solas, ni poseía un talento artístico que podía enfundarle mil dólares en la bolsa por una pintura. Pero el rostro sincero de Leo la apenó. A punto de contestar, escuchó las voces de los Domínguez. Ambos salieron al comedor donde algunos recogían sillas y otros limpiaban las mesas.

—¡Margarita! —Conchita la abrazó.

—¡Miren! —exclamó el tío—. La pintura de Leo quedó intacta, ni siquiera se movió un centímetro.

Todos observaron el milagro y Leo se sonrojó. Los hombros de Margarita se relajaron y su rostro perdió tensión.

—Regresa a tus quehaceres en la oficina —le dijo su padre—. Nosotros nos encargamos de la cocina.

—¿Te ayudo? —se ofreció Leo. Ella asintió.

Mientras Leo recogía libros del suelo y Margarita ordenaba sus notas, él volvió al ataque.

—Entonces, ¿qué te parece un poco de entretenimiento?

—Soy difícil de complacer —respondió, sin mucha convicción.

—Lo imaginé. Por lo mismo sugiero algo sin compromisos, como el cine. Podemos llevar a Conchita.

Margarita torció la boca:

—Tampoco soy una niña. Y no me agradan las películas norteamericanas.

—¿Europeas?

—Quizá.

Capítulo
10

Conchita ocupaba el asiento entre Leo y Margarita. Su hermana y el pintor comían palomitas, mientras ella probaba un chocolate. Hacía años que no pisaba una sala cinematográfica. Vestía jeans y una blusa, al igual que Conchita, y Leo no paraba de reír ante los cortos de una futura comedia.

Un torbellino de sentimientos la embargaba. Por una parte, deseaba que Conchita no estuviera presente para que su codo se rozara con el de Leo. Por la otra, detestaba encontrarse un sábado por la tarde, a finales de septiembre, perdiendo el tiempo en el cine mientras podría dormir o atender el negocio. No confiaba en su padre, aunque como mamá Tule le había dicho: «Contigo o sin ti, el negocio va pa'rriba».

El terremoto parecía cosa del pasado, aunque Monte Albán había sufrido algunos daños menores, y Leo y ella habían acudido al llamado de Javier como voluntarios para resanar paredes. Allí charlaron de la historia del lugar, ella pudo contarle datos curiosos y le asombró que él estuviera tan bien informado.

—También sé leer. Javier me regaló unas guías.

Lamentaba que para las fiestas patrias Leo hubiera ido a celebrar con Javier en vez de con su familia, pero ella no lo había invitado. La película inició y ella se dejó envolver por la trama de una historia de amor y hasta dejó escapar unas lágrimas en el trágico desenlace. Conchita se afianzó de su brazo y cuando se encendieron las luces, Leo la miró.

—A la otra te llevaré a una de acción. No me gusta que las mujeres lloren.

—Machista —lo reprendió Conchita en tanto abandonaban el complejo.

—Lo digo en serio. Cuando mi prima Emma llora, no sé qué hacer. Es la posición más incómoda para un hombre.

—¿Y llora muy seguido?

Se subieron a un taxi.

—Solía hacerlo. Es madre soltera.

Margarita tragó saliva. ¡Qué situación tan delicada para una mujer! Moría de curiosidad por enterarse de más, pero Conchita empezó a molestar diciendo que quería pasar a ver a sus amigas del colegio. Finalmente, después de una discusión entre hermanas, la dejaron en casa de una de ellas y Margarita le pidió a Leo que la llevara al restaurante.

—De ninguna manera —le dijo y se cruzó de brazos—. Le prometí a tu familia que no lo haría, así que tú decides. Vamos a cenar o dejarás que te cocine en la casa de Ofelia.

Margarita pensó rápido. Ninguna de las dos propuestas le agradaba, pero no le daría dinero a la competencia, así que terminaron en La Terracita, ya que Leo confesó ser pésimo cocinero y prefirió no envenenarla.

La señora Ofelia los atendió personalmente y Margarita notó que la observaba de cerca. Para no meterse en problemas, probó suerte con el tema de la prima de Leo. Margarita no habría adivinado en mil años que Leo provenía de una familia tan complicada. Emma se había embarazado a los dieciocho, los padres se habían ofendido, vivía bajo el techo paterno pero la trataban como a una niña. Le confesó que Sonia era la consentida, la privilegiaban con escuelas particulares, permisos de toda clase y un auto.

Ella indagó por su propia familia. Leo tragó saliva.

—¿En verdad quieres conocerlos?

Le presentó a un don Juan serio, frío y distante que criticaba su arte y que hubiera deseado verlo convertido en contador. Describió a su madre Elvia como interesada en el dinero y en ganarle al tío Pancho en la decoración de la casa. Le confió que Raquel, su hermana, no era feliz en su matrimonio y echaba a perder a su hijo con desatención y cierta obsesión por juegos de vídeo.

Margarita apreció más a los Domínguez, pues a pesar de los problemas que acarreaban a través de los años y de sus diferencias en cuanto al mantenimiento de la casa y la administración del negocio, se mantenían unidos y se comunicaban. Incluso su padre, el bonachón de don Epifanio, no ocultaba el respeto y el cariño que sentía por sus hijas.

—¿Ves lo que has hecho? —se quejó Leo, bebiendo agua de horchata.

—¿Qué hice? —quiso ella saber.

—Eres la primera persona a la que le he contado todo en una sentada. Hasta Javier tuvo que ir descubriendo los secretos de los Luján a través de los años.

—Quizá no fui yo, sino la sopa de mariscos.

—¿Me llamas glotón? —él alzó las cejas.

—Mira tu estómago.

Margarita había observado que desde su estancia en Oaxaca Leo había subido de peso. Aun así no lo llamaría gordo, sino pachoncito, y su altura le ayudaba a lucir más delgado.

—Supongo que debo ponerme a dieta —aceptó él, con derrota—. Pero ya que conoces mi triste historia, ¿qué opinas?

Ella tardó en contestar.

—Creo que eres un hombre valiente.

—¿Valiente? Más bien me considero un cobarde por no luchar por lo que amo. Nunca he defendido mi arte.

—Entonces, ¿por qué estás aquí?

Él guardó silencio y después de un rato susurró:

—Es tarde. Debo llevarte a tu casa.

Ella se negó a que la escoltara, pero Leo explotó:

—¿Y qué clase de hombre sería pagándote un taxi? De ninguna manera.

Así que no tuvo opción, y esa noche, entre las sábanas, se preguntó nuevamente qué hacía Leo allí. Aunque no lo aceptara, a ella se le figuraba un hombre de valor y coraje. Haría bien en imitarlo para luchar por lo que ella quería.

★ ★ ★

Chocolates. Sostenía la caja con una mezcla de incertidumbre y emoción. No se trataba de cualquier selección, sino de un producto refinado. La marca presumía las mejores combinaciones de chocolate blanco, amargo, todos los tipos que uno pudiera concebir. Leo supuso que Margarita favorecía el cacao ya que en sus dos salidas posteriores, una al cine con Conchita de nueva cuenta, y la otra a un museo regional con su tío, había optado por una barra de chocolate en vez de las tradicionales palomitas, y chocolate caliente en lugar de café expreso.

La ocasión lo ameritaba, se decía rumbo a la casa de los Domínguez. Por primera vez no los acompañaría un miembro de la familia y Leo se había encargado de eso. Se dirigían a Monte Albán a una sesión de negocios con Javier, algo cierto, pero falso a la vez. Javier solo les quitaría unos minutos, luego Leo planeaba charlar con ella de un tema tan serio que ningún otro sitio en el planeta se le figuraba el indicado, salvo las ruinas de la antigua civilización zapoteca.

Hasta se había atrevido a pedir un auto, consciente de que no manejaba muy bien, pero que sería la única forma de arrancarle la promesa de que iría con él. Margarita salió de la casa con una expresión malhumorada. Vestía unos pantalones oscuros, una blusa bordada y su cabello lo había trenzado hacia atrás.

Decidió guardar la caja de chocolates debajo del asiento.

—¿Todo bien?

—Mi padre insistió que no rompiera mi compromiso contigo, pero debería estar en el negocio. A mi tío Santiago se le ocurrió remodelar la parte de atrás sin mi consentimiento y el polvo del aserrín molestará a los clientes. Yo también quería ampliar esa sección, pero en vacaciones, o cuando no resulte tan poco práctico.

Leo tragó saliva. La cita comenzaba con el pie izquierdo.

—Lo siento. Si quieres posponemos la visita para otro día. Javier comprenderá.

—No, no. Ya estoy aquí. ¡Qué más da!

Su valentía comenzó a ceder.

—¿Y Conchita?

—Ni me la menciones.

Definitivamente había elegido un mal día.

—Ayer habló con mi papá para que le diera autorización de perforarse la nariz. ¡Válgame! Ya ni en nuestros primitivos pueblos se hacen tantos hoyos.

—¿Qué dijo tu padre?

—Tuve que intervenir para evitar una tragedia. Si por don Epifanio fuera, Conchita traería tatuajes en todo el cuerpo.

Leo recordó el tatuaje en el tobillo, pero se quedó callado. Para colmo, su poca destreza en la conducción de autos provocó más roces. Margarita encajó las uñas en el asiento y no cesó de advertirle que bajara la velocidad o revisara el tránsito antes de cruzar una calle o frenara cada cinco minutos.

—Sé lo que hago —se defendió él.

Ella no le creyó:

—Por algo los chilangos causan tantos accidentes.

Arribaron a Monte Albán bastante alterados, ella con el corazón galopante de tanto susto, él harto de ser tratado como un niño. De cualquier modo, bajó los chocolates en una bolsa de plástico para que no se derritieran. Ya no pensaba regalárselos.

Javier logró que ambos olvidaran sus problemas al entregarles reportes favorables de las reparaciones que habían hecho después del sismo. También les confesó que a raíz de uno de los desperfectos en uno de los edificios, habían encontrado un pasadizo que conectaba dos de las más grandes construcciones. Aún no lo abrirían al público, pero Susana y él lo visitaban en busca de más secretos y misterios de las culturas prehispánicas.

A medio día comieron en un afamado restaurante rumbo a Tule donde servían un bufete extraordinario que presumía ochenta platillos distintos. Margarita ya no lucía tan abatida ni contrariada, pero para su mala fortuna, tomaba muy en serio lo de su dieta, por lo que volvieron a discutir. Cuando Leo se paró por su quinto plato, Margarita giró los ojos con exasperación. Más tarde, a él se le antojaron unos panes de yema; ella los prohibió. Leo refunfuñó:

—¿Y a ti qué si subo unos cuantos kilos?

Las pupilas de Margarita ardieron:

—Uno cuida de tu salud y así correspondes las atenciones.

Javier decidió dejarlos solos durante la tarde. En la noche volvería con ellos a la ciudad para unas citas que tenía al día siguiente, y prometió conducir, lo que Margarita agradeció en voz alta.

Se encaminaron al patio de los danzantes e ingresaron a la única cámara disponible. Ninguno de los dos hablaba.

—¿Para qué me trajiste? —preguntó ella—. No me digas que solo vinimos a comer y a conversar con Javier. No me quejo, pero mencionaste la palabra «urgente».

Leo se quitó el sudor de la frente. Nada había salido como planeaba, así que temía cometer más equivocaciones.

—Quiero usar algo más de Monte Albán en mis pinturas y tú eres una experta. Necesito información sobre costumbres mixtecas.

Margarita se cruzó de brazos:

—Javier sabe más que yo. Mira, no quiero ofenderte, pero me forzaste a dejar el restaurante y a mi hermana. ¿Qué tal si Conchita ya anda con un arete en la nariz o mi tío demolió Donají de pura torpeza?

Su rostro se contrajo. Leo sintió morirse. Lo último que deseaba era herirla. En eso, impulsado por un sentimiento nuevo, tomó la cara de Margarita entre sus rugosas manos y le propinó un suave beso en los labios. Margarita de inmediato lo apartó.

—¡Leo!

—¡Margarita! —él sonrió—. Supongo que este es el asunto.

Notó cómo la boca de Margarita se abría y cerraba, pero no emergió palabra alguna.

—Me imaginé que debía confesarte mis sentimientos en Monte Albán. Aquí donde me enamoré de ti.

—¿Enamorarte?

—El horror en su expresión compitió con su asombro.

Leo se incomodó. No esperaba que Margarita se rindiera en sus brazos, pero ¿que mostrara tal disgusto?

—Ese día que te quedaste dormida, te pinté. Has sido parte de todas las pinturas que he hecho en este tiempo. La paso bien contigo, te he confiado cosas que nadie más conoce...

Ella le dio la espalda. No alcanzaba a verla bien.

—Margarita, ¿tú sientes algo por mí?

—Yo... nunca pensé... El matrimonio no es para mí

Lo rechazaba. Quizá no lo consideraba atractivo o digno de alguien como ella, tan capaz y segura de sí misma.

—Entiendo. Volvamos entonces. Tienes responsabilidades.

Javier los aguardaba en el estacionamiento.

—¿Listos para irnos?

El monólogo del arqueólogo resolvió el dilema del camino de regreso. Margarita venía en el asiento trasero, Leo en el del copiloto. El vehículo pertenecía al tío de Margarita, así que lo estacionaron frente a la casona, pues Javier y Leo caminarían a la casa de Ofelia.

—Por cierto, olvidaste esto en mi oficina.

Javier le entregó la bolsa de plástico en tanto el tío de Margarita los saludaba con efusividad. Para no enfrentarse a su sobrina, o eso creyó Leo, le ofreció una taza de café a Javier. Ella y Leo se quedaron parados bajo el portón.

—Esto es para ti.

Leo le extendió el regalo. A pesar de la derrota, no se quedaría con los chocolates que además de que no le gustaban, lo harían engordar. Aunque ya no le veía mucho caso a la dieta.

Cuando ella abrió el paquete, sus ojos se humedecieron:

—Son mis preferidos. ¿Cómo lo supiste?

—Intuición —susurró con vergüenza. Deseaba escapar a la ciudad de México.

—Leo, no contesté tu pregunta en Monte Albán.

—No te preocupes.

—Si siento algo por ti, pero me da miedo.

—¿Miedo?

Un calor abrasador rodeó su pecho.

—Nunca he tenido una relación seria y en alguna ocasión jugaron con mi corazón.

—Margarita, no soy un hombre cualquiera. Soy extraño, un solitario, un artista loco, un desadaptado social, el patito feo de mi familia, y lo último que deseo es engañarte. Es más, cuando te conocí juraba que no eras mi tipo.

Ella enchuecó la boca:

—Pues igualmente. Te califiqué como un chilango engreído. ¿Qué de mí?

—No te lo diré jamás.

—Dímelo —ella apretó su brazo.

—Te apodé bruja malvada.

—¿Bruja? —No sacó chispas, sino una gran carcajada—. No sabes cómo ganarte a una mujer, Leo. En una escala del uno al diez, repruebas el arte del romance. Pero los chocolates me han conmovido.

—¿Podríamos intentarlo? ¿Quisieras ser mi novia?

—Ya no soy una adolescente.

—Lo sé. No te estoy proponiendo un noviazgo eterno, sino matrimonio.

—¡Casi no nos conocemos!

—Sabes más de mí que yo mismo. Eres mi princesa Donají.

Las facciones de Margarita se transformaron y acarició la mejilla de Leo.

—Está bien, Leo.

Justo entonces Conchita arribó y aplaudió con alegría:

—¡Lo sabía!

Don Epifanio palmeó a Leo en la espalda, lo invitaron a cenar y a las dos horas la familia Domínguez lo aceptó en el seno del hogar como el futuro esposo de Margarita. Leo palideció. Eso no formaba parte de sus cautelosos preparativos, pues comenzaron a organizar la boda con tradiciones mixtecas y modernas, pero a pesar de todo, le agradaba imaginarse parte del clan, sobre todo, compartiendo la vida de Margarita. Entonces se preguntó si algún día lograría comprender cómo esa mujer se había infiltrado a su corazón en tan poco tiempo y de un modo tan sutil y encantador.

Capítulo
11

—Pero ni siquiera dejar un número telefónico. ¡Es el colmo, hijo!

Leo masticó las albóndigas para no responder. Se preguntó por milésima ocasión por qué había vuelto, pero se respondió lo mismo: Margarita tenía la culpa. Lo habían convencido de no abandonar a su familia de un modo tan abrupto, sino por lo menos decirles dónde vivía y qué hacía. Según ella, de ponerse en los zapatos de su madre, se imaginaba lo que estaría sufriendo con un hijo desaparecido. Y por esa razón, se hallaba en el comedor de su hogar, si así le podía llamar, recibiendo una letanía de parte de su madre.

—Dos meses, Leo. Hasta pensé que habrías muerto y poco me faltó para llamar a la Cruz Roja.

—No exageres, mamá.

—¿Exagerar? Si por lo menos me hubieras telefoneado. Vieras que cuando fue lo del temblor casi empaco las maletas para ir en busca de tus restos.

—¡No hubo víctimas!

—Pero si alguien encontraba tu cuerpo, con eso de que nunca cargas identificación, capaz que te lanzan a la fosa común y ¿para qué anunciarlo en cadena nacional? Te hubieran confundido con un vagabundo.

Su padre escuchaba desde el sillón sin emitir sonido. Por lo menos había apagado la tele.

—¿Y qué haces en ese lugar tan atrasado?

—Mamá, Oaxaca es una ciudad moderna. Y me dedico a pintar.

—Regresa a la ciudad. Aquí está el futuro, no te encierres con las momias.

—Eso es en Guanajuato —bromeó, pero ninguno de sus padres rió.

Terminó de comer y titubeó. ¿Debía contarles sobre Margarita? Una ojeada al cuarto lo desanimó. Su madre había cambiado los sillones para competir con la tía Cecilia y Raquel andaba tomando un café con sus amigas de la universidad, presumiendo su nueva camioneta e inventando una sarta de mentiras sobre los ingresos de su marido el ginecólogo.

—Te dejaré el número de teléfono. Me hospedo en la casa de Ofelia. Cuando me necesites, allí me encuentras.

—¿Entonces no te quedas?

—Me voy mañana. Tengo trabajo.

—¡Juan! ¡Dile algo!

Su padre se aclaró la garganta:

—Escucha, muchacho, o me pagas la renta o desocupas el estudio. Estoy perdiendo dinero.

Leo comprimió los puños. Solo para eso le dirigía la palabra, ¡para cobrarle! Depositó tres billetes sobre la mesa.

—Aquí está.

No planeaba desocupar su ático aun cuando las cosas marcharan bien con Margarita. Tal vez lo necesitaría en el futuro y la pereza de meter todas sus cosas en una caja lo desquiciaba.

En el patio se topó con Emma, que jugaba pelota con su hijo.

—¿Y bien? ¿Ya piensas volver? —le preguntó ella.

—No, primita. Estoy produciendo mucho y no quiero que el encanto desaparezca.

Paco corrió por el balón al otro patio y Emma lo encaró con las manos en la cintura.

—¿Qué te inspira en Oaxaca? ¿Una mujer?

Leo negó con la cabeza. ¡Ni siquiera a Emma le podía confesar que amaba a Margarita! La observó en sus pantalones negros, sus botas de otoño, su suéter de angora y su cabello sedoso. La comparó con su querida

Margarita de pies callosos, manos ásperas, mirada dura, cejas no depiladas, cabello largo sin despuntar, figura carnosa y piel reseca. Prefirió desviar la conversación.

—¿Qué tal el trabajo, Emma?

—Lo odio, pero me da lo suficiente para mantener a Paco.

—¡Mamá! Se atoró la pelota.

Emma se despidió. A punto de subir a su habitación, la tía Cecilia lo invitó a tomar un poco de café. Leo no se negó. La casa grande lucía encantadora con sus muebles finos y su pintura intacta. La tía Cecilia lo obligó a sentarse en el comedor y le mostró su nueva vajilla de porcelana. El tío Pancho bajó y se ubicó a su lado.

—Has tenido a tus padres con el alma en un hilo.

—El tiempo voló en Oaxaca y no se me ocurrió llamarlos.

—Dicen que los artistas son despistados —comentó la tía Cecilia con sarcasmo.

Leo sabía que ninguno de ellos creía en su talento. La señora Lupe, madre de Cecilia, se chupó los labios.

—Deberías ir a París. Siempre he leído que es la cuna de los grandes, no un pueblo como Oaxaca.

Él soñaba con viajar a la ciudad de las luces y visitar el Louvre, tal vez contar con una beca para dedicarse a la pintura, así podría sostener a Margarita... ¿Margarita en París? ¿Rodeada de cosmopolitas franceses vestidos por la alta costura mundial?

Sonia arribó y lo abrazó con cortesía. Más que Emma, parecía una modelo de revista con sus uñas pintadas, su maquillaje impecable, su cabello perfecto y su ropa de aparador. Sorbió su café con melancolía. Margarita jamás formaría parte de su familia. No encajaría en la sociedad capitalina que menospreciaba a los indígenas. Ni siquiera la sirvienta del tío Pancho se le figuraba tan pueblerina.

Agradeció la merienda y se tumbó en la cama. ¿Qué haría? Rodeado de los suyos, Margarita palidecía. ¡Pero si los Domínguez probablemente contaban con más dinero que los Luján! La casa de Oaxaca tenía el doble de metros cuadrados, pero no compraban autos de lujo ni prendas costosas. ¿En qué lo gastaban? En terminar de pagar la casa y el restaurante. Al parecer, los Luján y los Domínguez tenían poco en común.

★ ★ ★

Leo había regresado extraño, pero después de algunos días, volvió a ser el mismo. Margarita lo agradeció ya que se aproximaba una temporada de mucho trabajo, y lo último que deseaba era discutir con su pareja. ¡Pareja! ¿Quién lo diría? Sus antiguas compañeras de estudios habían pronosticado que jamás se casaría, y ahora se consideraba la novia de un artista.

Su familia aprobaba la relación, planeando tras sus espaldas una majestuosa boda y encendiendo una cantidad de cirios para que la virgen y los santos protegieran al par. Mamá Tule consentía a Leo más que antes, y Conchita ya no discutía tanto con Margarita, ni levantaba la voz en forma grosera. Cambios diminutos, quizá imperceptibles para muchos, pero que ella valoraba.

Meditaba en todo eso mientras preparaba el altar en el patio de la casona Domínguez. Cada familia se encargaba de una mesa distinta. Los tíos recordaban a los dos hijos perdidos en el vientre de la madre, aquellos veneraban a los padres de una tía abuela, y ella y Conchita pensaban en su madre, la querida María.

Conchita no la había conocido, pero Margarita se encargó de educarla bajo la sombra de su presencia, contándole pequeñas historias que mamá Tule le narraba, e inventando otras, con tal de que Conchita no creciera sin evocar la figura materna que había perdido al nacer, pero que sellaba su existencia.

Margarita, por su parte, jamás olvidaría a su madre. A veces la confundía en sus rezos y terminaba hablándole a María de Domínguez y no a la virgen de Guadalupe. En algún momento temió idealizar a su madre convirtiéndola en una fantasía, pero los recuerdos que perduraban en el baúl de sus memorias delineaban una María fuerte, cariñosa y con los dos pies plantados sobre la tierra.

Por lo mismo, se lanzaba con toda el alma a brindarle un altar digno para que su visita al mundo resultara placentera. Le intrigaba el hecho de que su padre no le diera importancia al Día de Muertos. Siempre decía lo mismo: «Tu madre no creía gran cosa en los espíritus. ¿Para qué me esfuerzo?»

Entre sus vivencias más nítidas se hallaba el de oír a su madre rezando por las noches, repitiéndole hasta el cansancio que Dios la amaba, y entregándose al servicio de los más necesitados. María no fue una gran devota de la religión en el sentido de asistir a una iglesia. En el pueblo, si es que su mente no le fallaba, habían sido constantes fieles de la parroquia, pero en Oaxaca no lograba descifrar su inclinación por una iglesia en particular, ni un santo, ni una virgen. Siempre cargaba el librito de Juan.

Conchita extendió un mantel blanco. Ella anudó carrizos y ramas para formar un arco sobre la mesa que decoró con flores de cempasúchil. Ordenó velas, una foto antigua de María y su comida predilecta. En unas cazuelitas colocó mole, atole, calabaza, tejocotes y pan de muerto. No olvidó el papel picado, las calaveras representando a su padre, a Margarita, a Conchita y al mismo Leo, así como una caja de chocolates. Su madre también amó el cacao.

Terminando su labor, Margarita se sentó en el suelo, rodeada de los altares de su familia, para contemplar la bóveda celeste del anochecer otoñal. Los turistas empezarían a arribar en grandes grupos, inundando el restaurante con sus billetes y sus cámaras fotográficas. El día anterior se había dedicado a decorar Donají con calaveras en cada rincón y muchas velas para crear un ambiente digno. El dos de noviembre acudirían al cementerio de San Miguel para limpiar la tumba de su madre.

Margarita suspiró. ¿Qué sucedería después de la muerte? ¿Dónde andaba su madre? Mamá Tule creía ciegamente en que ya había salido del purgatorio, a falta de muchas penas que cumplir. La abuela, que por cierto había avisado que vendría hasta Navidad, temía a los duendes que se robaban las almas para jugar con ellas.

Pero en el librito leyó que los muertos vivían. Jesús predicaba la vida, no la muerte. No encontró ningún indicio de lo que solía atestiguar en las iglesias donde la muerte se deletreaba en todas partes, desde el crucifijo central hasta los oscuros pasillos rodeados de imágenes. El Evangelio de Juan más bien festejaba la vida.

Tomó una extraña decisión. Corrió a su habitación, agarró un lápiz y volvió a leer el librito subrayando la palabra vida. La encontró cuarenta y siete veces. A medianoche siguió su experimento. Volvió a leer buscando muerte. El resultado dio diez. No sabía mucho de la Biblia, «pero definitivamente no predicaba la muerte sino la vida y la vida eterna». ¿Qué relación tenía todo eso con el Día de Muertos que en su ciudad tanto veneraban?

★ ★ ★

La familia decidió cerrar Donají para acudir al panteón. Leo no tuvo otra opción que acompañarlos. Detestaba pensar en la muerte, aun cuando iba de la mano con el humor mexicano. Mamá Tule le había regalado una calavera de azúcar con su nombre, su suegro le consiguió un esqueleto pintando con todo y caballete, y Conchita le había compuesto una rima típica de la estación.

Estaba Leo pintando
cuando la Muerte lo encaró:
«Tu hora ha llegado
de salir para el panteón».
«No aún», contestó el desdichado,

«amo a Margarita y sin ella no me voy».
«Entonces tráela contigo,
así de una vez se van los dos,
tú pintarás el infierno,
y Margarita me cocinará arroz».

Todos en la familia aplaudieron la recitación ya que era conocida la poca destreza culinaria de Margarita, cuya mayor pesadilla se resumía en el arroz. Pero ni las bromas ni la buena comida de la temporada permitían que Leo se relajara. No le gustaba meditar en el fin de su existencia, siendo que a duras penas conseguía sobrevivir día tras día.

Aun le atormentaba su falta de valor para hablar de Margarita con los suyos. Le enfadaba haberla comparado con los modales finos de sus parientes, sobre todo porque entre más tiempo pasaba con ella, más se enamoraba. Y ese sentimiento agriaba la tarde alrededor de la tumba de María de Domínguez.

Barrieron y desyerbaron alrededor de la lápida. Conchita talló la piedra hasta sacarse callos en las manos y don Epifanio retocó las letras que anunciaban la fecha de su nacimiento y muerte. Margarita se dedicó a las flores. Eligió una combinación de alcatraces, cempasúchil y gardenias y las dividió en dos jarrones que puso en cada esquina.

—Olvidaste el libro de rezos —le reclamó Conchita.

Y explicándole a Leo, agregó:

—Siempre nos echamos unos rosarios y otras oraciones que mamá Tule nos enseñó de niñas.

Margarita se encogió de hombros:

—No creo que mi mamá los oiga.

Conchita abrió los ojos de par en par:

—Pero son para Dios, no para mi mamá. Tenemos que sacarla del purgatorio para que su alma no ande en pena.

—Ella está bien, querida.

Margarita abrazó a su hermana con tanta ternura que Leo sintió un nudo en la garganta. El padre de las muchachas no insistió y se alejaron del gentío. En la casa, don Epifanio se retiró a descansar, Conchita llamó por teléfono a una de sus amigas y Leo ayudó a Margarita a cocinar una merienda sencilla.

—Mis tíos irán a dos o tres misas, les pedirán a los mariachis que canten junto a las tumbas, comerán unos tamales y volverán un poco ebrios.

Mamá Tule se había ido a su pueblo, así que prácticamente se hallaban solos.

—¿Y ustedes? ¿No hacen lo mismo?

—Hoy no tengo ganas. En el fondo, ni mi papá cree en todo esto y Conchita, con tal de salir mañana a pasear, no discutirá dos veces.

Leo meneó la cabeza:

—¿A qué se debe el cambio?

—Ese día que te vi en el parque leyendo una Biblia me enfadé. No sé por qué, así que no preguntes. Regresé a casa y encontré un libro de mi madre, llamado Evangelio de Juan. Desde entonces lo he leído y algo en mí arde cuando escucho sobre Jesús.

Él se llevó un trozo de jícama a la boca. Leo no había pasado del salmo de la tía. Ni siquiera sabía qué era un evangelio, o que había un libro llamado Juan. Margarita disertó sobre sus descubrimientos, que si la palabra vida se repetía con más frecuencia que la palabra muerte, que si Jesús había resucitado a Lázaro, que si Jesús mismo había vencido a la muerte, y Leo no comprendió nada.

—Por eso, he decidido creer.

Así, se repite a cada rato: «El que cree al que me envió, tiene vida eterna», «todo aquel que cree en él, tiene vida eterna».

—¿Qué es creer?

Leo se mostró dudoso. Nunca había visto esa parte de Margarita tan apasionada por un tema y en paz consigo misma.

—Creer es creer, Leo. ¿Cómo quieres que te lo explique? Solo sé que desde que tomé esta decisión, me siento distinta. Es el primer año que no lloro ante la tumba de mi madre, ni me da miedo morirme. Algo pasó. No sé qué es, pero me gusta.

A él no le gustaba tanto pues se consideraba en desventaja, como si de pronto Margarita hablara un idioma que él no comprendía. Ella lucía confiada y alegre, y no dejó de silbar mientras calentaba el chicharrón que cenarían. Su padre y Conchita también se sorprendieron de su liviandad, pero se alegraron.

—Es mejor verla así que rezando como loca —rió su hermana.

Fue un alivio abandonar la casa e internarse en su bungaló para meditar. Doña Ofelia andaba en el panteón, algunos huéspedes bebían en las terrazas y Leo se puso a pintar. Sin ton ni son, tomó una brocha e invadió el lienzo de rojo y negro. Formó una calavera, luego otra más hasta plagar el rectángulo en un congestionamiento de cráneos, como el que se exhibía en una pared cercana al zócalo capitalino.

¿Qué era la muerte? ¿Qué significaba creer? ¿En qué o en quién? Lo último que recordó antes de dormirse fue una frase del salmo de la tía: *No dejarás mi alma en el lugar de los muertos, ni permitirás que vea corrupción.*

Capítulo
12

Margarita regresó con dolor de cabeza. Tomó dos aspirinas. La cabeza estaba por estallarle. Temió que el restaurante, su familia y ahora Leo la llevarían a la tumba. En los negocios, aunque las ventas iban bien, debía hacer las cuentas, pensar en renovaciones, lidiar con el personal y manejar la publicidad. En pocas palabras, casi todo. Su padre se dedicaba a llevar gente y dar la cara en el gobierno, sus tíos metían las manos en la cocina, en el comedor y hasta en la limpieza, por lo que no debía quejarse, pero en ella depositaban su confianza, lo que la presionaba a dar lo mejor de sí.

Conchita pasaba una época complicada. Andaba medio enamorada de un chico deportista; sus dos amigas ya tenían novio, lo que no ayudaba a la causa y no salía muy bien en sus calificaciones. Margarita atribuía sus problemas escolares a la flojera y el descuido. Por soñar con galanes no estudiaba como antes y, además, necesitaba elegir una carrera, algo que la hacía temblar de pies a cabeza. La última vez que platicaron del tema, ella mencionó diseño de modas. ¿De qué le serviría eso en Oaxaca?

Y para aumentar sus penas, estaba Leo. Cierto que lo amaba, pero en días como ese prefería no comentar lo positivo de un noviazgo. Leo tenía una personalidad muy sui generis. Quizá su temperamento lo inspiraba a realizar esas hermosas pinturas que tantos elogiaban, aunque a ella solo la confundía. Un día reía a carcajadas, al otro se molestaba por cualquier detalle; dos tardes después se refugiaba en su cuarto a oscuras para lamentar su falta de talento. ¡Vaya montaña rusa!

Recordó las horas pasadas. Leo había ido al restaurante para cenar. Su padre prometió cerrar, así que Margarita se afianzó de su brazo para dar una vuelta por el parque cercano a la casa de Ofelia. Se acomodaron en una banca y ella le preguntó por su viaje a México, un asunto que él había pospuesto y en lo que ella no había insistido debido a las fiestas de noviembre.

Advirtió peligro, pero no hizo caso.

—¿Y les contaste de mí?

—No me dejan hablar; se contestan sus propias preguntas.

—Entonces no saben que existo.

—Yo no lo pondría así —la tranquilizó.

Margarita imaginaba a Leo sorbiendo su sopa en silencio, a su madre parloteando como guacamaya y a su padre perforándolo con la mirada.

—¿Qué les dijiste que vendrías a hacer a Oaxaca?

—Les recordé que aquí me inspiro. Pero ni creas que quisieron ver mis pinturas.

—Leo, ¿te avergüenzas de mí?

Leo la contempló con irritación, aunque ella percibió un poco de miedo en sus pupilas.

—¡Claro que no! Ahora que vaya en Navidad, les contaré de ti. Es más, hasta te tomaré unas fotos.

Margarita sintió un hueco en el estómago. Luchó porque las lágrimas no la traicionaran. Leo jamás lograría aceptar que su novia era de procedencia indígena. Por un instante, decidió ya no vestir trajes típicos sino pantalones negros y blusas de oficina, se cortaría el cabello hasta la barbilla, se maquillaría como enseñaban en las revistas, pero se reprendió a sí misma. De hacerlo, negaría su herencia, su convicción y su postura que por años había mantenido a pesar de las críticas y las privaciones.

Equivaldría a matar una parte de su persona la que, según el mismo Leo, lo había cautivado. Entonces, ¿por qué se apenaba de su apariencia? ¿Qué existiría en la ciudad que lo tornaba tan huraño y distante? Comprendió que para conservar la paz, sería conveniente evitar charlar de su familia, pero ¿por qué?

La familia la traía uno en la sangre, en el pensamiento y en el corazón. Su identidad iba de la mano con sus parientes. Ella no se calificaría completa sin la memoria de su madre, la presencia de su padre y la realidad de Conchita. Si borraban su apellido Domínguez, la dejaban desnuda y sin raíces para sostenerse en esa tierra cruel y traicionera. ¿De dónde más se alimentaría de valor? ¿A quién recurriría en caso de pruebas?

Pero Leo deseaba volverse una vara arrastrada por el viento, lejos del suelo que lo nutrió, ajeno a las semillas que lo germinaron, y eso lo hería, aunque él desechara el diagnóstico. Por eso se apegaba tanto a los Domínguez, y por lo mismo no se atrevería a abandonarlo o perdería la brújula para siempre. Vagaría en la inmensidad sin rumbo fijo hasta perderse en un hoyo negro, como los del espacio. Si Margarita lo lastimaba, si su relación finalizaba, Leo renunciaría a vivir con los pies en la tierra y permitiría que la nada lo envolviera.

En ocasiones, en esos días de miseria cuando él se deshacía en autocompasión, Margarita temía que acariciara la idea del suicidio. Ella no se consideraba propensa a esos males. Era una luchadora, una amante de la vida, pero Leo poseía un rincón oscuro, un sitio privado al que ni ella ni nadie tenía acceso, en el que solo Dios conocía las monstruosidades que lo atormentaban.

Algún día le había llamado valiente. En noches como esa, lo catalogaba como un niño indefenso que evadía las sombras o un viejo cansado de batallar en una sociedad que ni lo comprendía ni lo estimaba. Antes de dormir, tomó el libro de Juan. Tal vez allí encontraría alguna respuesta.

★ ★ ★

Al otro día, Margarita rompió el sobre con emoción. La señorita Betsy le había escrito de nuevo.

Querida Margarita:

Me ha hecho tan feliz recibir noticias. Por supuesto que la más importante es tu contacto con el librito de Juan. Pero no te quedes solo con parte de la información. Compra una Biblia completa en español y sigue leyendo. Hay mucho que debes aprender.

Aún no sé las fechas en que estaré por México, pero yo te aviso. ¿Y qué me cuentas de ese muchacho pintor que tanto ha removido tu corazón?

Tu amiga Betsy

Sonrió ante la mención de Leo. Cuando había escrito esa carta, aún no eran novios, así que tendría que ponerla al tanto. Lástima que ni ella ni la señorita Betsy favorecían la comunicación por Internet. ¿Y dónde conseguiría una Biblia? Decidió acudir a la biblioteca que nadie en su familia utilizaba. De hecho, los libros pertenecían a los antiguos dueños de la casona, quienes eligieron vender el mueble con parte de su herencia. Les quitó el polvo a muchos de ellos para poder descifrar los títulos. ¡Cuántos!

Ni ella ni los suyos se las daban de lectores. Consideraban el pasatiempo de la literatura como aburrido. Les gustaba más la música, el baile y, por supuesto, la conversación. Aunque no harían mal en rescatar lo que los libros ofrecían. «La Navidad en las Montañas», «Poemas de Sor Juana», «Cuentos de Grimm», «Don Quijote de la Mancha», «La Celestina». Ninguna Biblia.

Ya casi se daba por vencida cuando descubrió un libro pequeño, de tapas rojas y letras doradas. «La Santa Biblia» ¡Por fin! Una nube de polvo voló al soplarla. Estornudó, y para su desgracia, las páginas no estaban completas. Se encogió de hombros. De algo servirían. ¿Por dónde empezar? Por el principio. Se acomodó en el sillón del fondo y con la luz de una lámpara leyó: *En el principio creó Dios los cielos y la tierra.*

★ ★ ★

No había entrado por voluntad propia como en otras ocasiones. Se hallaba en su santuario personal consciente de que el verdadero Leo dormía en la casa de Ofelia, pero que otro se encontraba frente al dios de piedra con manos sudorosas y cabello desordenado. El ser de ultratumba exigía su sacrificio habitual; Leo se sintió como animal acorralado. ¿Dónde conseguiría algo digno de ese monstruo?

Recordó a la niña y a la anciana. ¿Dónde daría con ellas para arrastrarlas al holocausto? ¿Y si ellas lo agredían como de costumbre? Se pasó los dedos por las mejillas. Trató de despertar una, dos, tres veces. Sus párpados se negaban a abrirse, su respiración aumentaba. De pronto, alguien se asomó.

Leo reparó en la mujer y la reconoció al instante. ¡Margarita! Ella se dirigió al altar de roca y no vaciló en avanzar hacia las fauces abiertas del dios. Leo le rogaba que se detuviera, no valía la pena sacrificarse por él, ni por nadie. Su sangre no calmaría la sed del dios pues cada día pedía más y su hambre no conocía límites.

Margarita no lo escuchó, o si lo hizo, no dio señal alguna de haberlo hecho. Continuó por la senda polvorienta que los pasos de Leo habían trazado desde niño. Leo, con ojos llorosos, la observó extenderse sobre la piedra. Ella cerró los ojos; él sollozó. El cielo rugió con un trueno, un relámpago atravesó la oscuridad y la garra del dios arrancó el corazón de Margarita.

Leo despertó. A tientas buscó el interruptor de la luz. Había sido una pesadilla, pero quizá algo del encanto o el terror de aquella noche lo impulsó a que al otro día Margarita y él visitaran Monte Albán. Ella guiaba a un grupo de turistas. Él se mantenía cerca, sin intervenir, pero tampoco sin alejarse demasiado. Las imágenes de la pesadilla se confundían con sus experiencias en la ciudad. Pensaba en las raíces indígenas de Margarita y en su brillante intelecto, en su capricho de vestir como en la sierra y en su hábil administración de un lugar turístico como Donají. Le sorprendía lo mucho que sabía de Monte Albán, pero lo poco que dominaba asuntos de moda, entretenimiento y sociedad. Hacía unos días Leo le había enseñado a jugar cartas.

Ese dualismo lo acercaba y lo repelía. No lograba conciliar a la mujer segura con la indígena tradicional. No permitía caricias excesivas, hasta contaría con los dedos los besos que le había robado. Un escalofrío la recorría cuando Leo jugueteaba con sus trenzas o cuando un beso travieso se posaba en su cuello. Ella se erguía, lo frenaba y hasta allí llegaban sus intentos. Ella prefería sostener sus manos. Dicha situación lo irritaba, pero al mismo tiempo picaba su curiosidad y producía en él un reto a vencer.

—Estas figuras humanas están relacionadas con el arte olmeca —le recitaba a su auditorio de regiomontanos—. Son contemporáneas a las esculturas de La venta y corresponden a la cultura de Monte Albán I.

Leo reprimió un bostezo que ella descubrió y le lanzó una mueca divertida. Por fin los turistas se marcharon para sacar más fotos, y Margarita y Leo se acomodaron en la tumba ciento cuatro. Ella mordió un chocolate; Leo se entornó los ojos.

—Te aburrí.

—Ya sabes que no me gusta oír las grandezas de los zapotecas, sino admirar lo que resta de la civilización.

Margarita se rascó la espalda.

—¿Necesitas ayuda?

Puso su mano sobre sus hombros y ella se apartó de inmediato.

—No, gracias.

Él tragó saliva. Tenía ganas de reclamarle sus poses de santa, pero prefirió dormitar. El sol le daba en la cara y eso le infundió energía. Pero la escena de Margarita sobre la piedra del sacrificio le vino de repente y lanzó un grito.

—¿Estás bien, Leo?

—Tengo que pintarte —dijo, sin más preámbulo.

Margarita frunció la frente.

—Es en serio. Déjame pintarte. Mañana mismo empezamos.

—Pero...

—Por favor.

Algo le indicaba que si plasmaba esa repugnante figura de muerte y sacrificio, no se haría realidad.

—Serás mi princesa Donají. Te retrataré ofreciendo tu vida por un pueblo entero, negando tu amor por el príncipe en aras de un amor mayor.

—Leo, no me gusta posar, y además, ya me pusiste en tu primera pintura, y sin mi permiso.

—Te lo ruego, Margarita. Es muy importante para mí.

«Si no lo hago, podría perderte. Necesito capturarte en un cuadro para liberarte de mis pesadillas», gritaba en su interior.

—Está bien. Si tanto te inquieta, lo haré.

Él sonrió. Podría tratarse de su obra maestra.

Capítulo

13

Margarita palpó por primera vez el desquiciante fuego que impulsaba a Leo para pintar sin descanso. Durante dos semanas solo abandonó el bungaló para comprar más pintura, comer con la familia y visitar Monte Albán para copiar un detalle de los danzantes. A ella la obligó a no moverse durante horas, pero no cruzaron palabra. No hablaron de su familia, ni del restaurante, ni de Conchita.

Conchita pasaba otro mal momento. Margarita descubrió que se había perforado el ombligo y armó una escena. Sus familiares no le dieron importancia al asunto y su padre la dejó a cargo de su hermana, como desde niñas, pero Conchita le aplicó la ley del hielo. Por lo mismo, le irritaba que Leo la forzara a guardar silencio para concentrarse en su dichosa pintura que, en su opinión, iba tomando una forma muy atractiva. Al principio se decepcionó de las tenues líneas sin sentido; más tarde le intrigó la aparición de un cielo con relámpagos, un altar de piedra con grabados de dioses mitológicos y Margarita, vistiendo como una prehispánica, extendida sobre la cama de dolor.

Faltaba poco para el último toque, algo que se debatía en una mezcla de colores y manchas borrosas. Desafortunadamente, su paciencia se agotó.

—¿Falta mucho? Debo ir a la escuela de Conchita y mamá Tule me pidió unas yerbas.

—Quédate quieta.

—¡Pero si ya terminaste conmigo! Ayer vi que estoy completa: piernas, brazos, cabeza; y no olvidaré que traigo los ojos abiertos. ¡Si me estuvieran sacrificando ten por cierto que los cerraría!

—Pero aún no termino —él se exasperó—. Estoy en tu vientre.

Margarita se hartó:

—¿Por qué no tomamos un descanso? Salgamos al patiecito a platicar.

—No puedo. Y ahora, ponte en tu lugar o no respondo.

Ella se puso en pie y tomó su bolsa.

—Escucha, Leo. Estás obsesionado con esta pintura. Desde hace dos semanas no conversamos, ni pasamos tiempo juntos más que para esta gran obra de arte. ¿Y sabes? ¡La odio! He detestado cada minuto de estar aquí porque en mi mente repaso las miles de cosas que debo estar haciendo y que por tu culpa no he logrado. ¿Y me has preguntado si algo me incomoda? ¡Por supuesto que no! El mundo se cerró para ti. Solo están una princesa muerta, un lugar abandonado y un...

—¿Qué? —su voz sonó fría.

A punto de decir «pintor frustrado», cerró los labios para no herirlo, aun cuando se lo tenía bien merecido.

—Me voy.

—Margarita, si cruzas esa puerta, aquí terminamos. No me puedes dejar a media pintura.

—¡Y dale con la pintura! Pensé que serías más romántico. Pero no me importa tu arte, sino mi hermana que se hizo una perforación en el ombligo. La orientadora me citó. ¿Qué tal si ya trae un tatuaje?

—¿Uno real o como el otro?

—¿Cuál otro? Leo palideció y Margarita explotó:

—¿Qué me ocultas?

—Fue antes de que nos habláramos —se defendió Leo—. Traía un tatuaje temporal en el tobillo, el que incluí en la esquina del cuadro de Monte Albán.

El estómago de Margarita ardió y sus sienes retumbaron. Leo se aprovechaba de su familia para escalar peldaños. Incluyó su rostro cuando ella dormía, puso el tatuaje de su hermana, pintó a su tía, a doña Ofelia y ahora a la princesa Donají.

—¡Me voy!

Azotó la puerta y regresó a su casa.

★ ★ ★

Cinco días después de su pleito con Margarita, Leo terminó la pintura. Admiró su creación, consciente de que se trataba de su mejor obra, no solo por su contenido emocional, sino por su calidad técnica. La envolvió con cuidado y limpió su cuarto. El sol lastimó sus ojos al salir de su guarida en la que había estado recluido las últimas semanas.

Doña Ofelia le indicó que tenía una llamada y la tomó en la recepción.

—¿Leo?

—Hola, mamá.

—Falta poco para Navidad. ¿Cuándo vienes?

—¿Qué día es?

No daba crédito a que el tiempo hubiera avanzado sin su consentimiento.

—Casi mediados de diciembre. No te perdonaré que pases allá las fiestas y no en tu casa, como Dios manda. Tenemos planeado celebrar el veinticuatro en la casa de tu tío Pancho, y en el intercambio te tocó Sonia. Dice Raquel que ella puede elegir un suéter porque tus gustos son pésimos. El treinta y uno tu padre quiere ir al rancho, pero no es seguro. Fernando hará guardia en el hospital, por lo que será más fácil quedarnos todos en la ciudad. ¿Quieres que prepare romeritos? Sé que son tus preferidos. Bueno, hijo, la larga distancia no es económica, y como tú nunca hablas... Me voy. No tardes. Tu padre manda saludos.

Ni siquiera le había dado tiempo para responder ni de analizar la situación. ¡Ya estaban en diciembre! Agradeció a doña Ofelia sus atenciones y se dirigió al restaurante. Sabía que ese día Margarita iría de compras a la central de abastos por lo que encontraría a Conchita de turno. La encontró en la cocina pelando papas con cara de pocos amigos. Puso el cuadro en un rincón, saludó a mamá Tule y se sentó frente a la chica.

—¿Te castigaron?

Conchita se limitó a fijar la vista en el cuchillo.

—Se me salió, lo juro. Cuando tu hermana explota uno debe defenderse. ¿Ya te quitaste el arete?

Leo comenzó a exasperarse. ¿Por qué había venido? Porque no deseaba enfadar a todos los Domínguez. De hecho, ignoraba cómo reconciliarse con Margarita, y Conchita se le había figurado un prospecto más sencillo.

Mamá Tule le acercó una taza con chocolate caliente y unas tortillas.

—¿Ya estás de vacaciones? ¿Qué día es?

Ella esbozó una delgada sonrisa:

—Vives en tu mundo. Catorce de diciembre, salí hace dos días, y estaré aprisionada todas las vacaciones en el restaurante. Cero visitas a mis amigas o a lugares de perdición. Y tampoco seré mesera, sino sirvienta de mamá Tule para que aprenda a obedecer.

Leo le convidó una pellizcada de su tortilla.

—Suena mejor que mis festividades en la gran ciudad.

—¿Te irás?

Conchita palideció.

—Presión familiar.

—¿Ya lo sabe Margarita?

Leo negó con la cabeza y una punzada atravesó su vientre.

—¿Me perdonas entonces?

—Solo porque es Navidad.

Ella le propinó un golpe juguetón y Leo supo que las cosas estaban bien entre ellos. Terminando de desayunar, se despidió. Más tarde buscaría a Margarita. Tomó un taxi al museo, por flojera más que por otra cosa. Raúl lo recibió con sorpresa.

—Pensé que nos habías abandonado.

—Estuve trabajando.

Destapó el cuadro en la oficina de Raúl, que se le quedó mirando un largo rato. Leo no supo qué leer en su expresión, pero en sus pupilas brillaba una emoción palpable.

—Es lo mejor que has hecho. Me encanta.

El corazón de Leo dio un vuelco. Había soñado con esas palabras porque las creía ciertas y merecedoras.

—¿Cómo le llamarás?

—La princesa Donají.

—¿La llevarás a México?

Leo lo había pensado, pero Navidad se acercaba, lo que se resumía en pagar la renta de su estudio en casa de sus padres, comprar regalos para los Domínguez, los Luján y Javier, insistir con doña Ofelia en un acuerdo de vivienda y trasladarse a la ciudad. En resumen, le urgía el dinero, y si esperaba que algún experto en la capital evaluara la pintura, aun más siendo vacaciones, terminaría mendigando centavos en la catedral.

—¿Cuánto me ofreces?

—Es demasiado buena para el museo o los compradores regionales. Podríamos ofrecerla a clientes extranjeros. ¿Dos mil dólares?

Por primera vez, Leo titubeó. Cierto que Raúl le había ofrecido más de lo que en su corta vida le habían insinuado, pero reconocía en Donají una excelencia con la que jamás había soñado. Clavó sus ojos en el corazón que flotaba encima del pecho abierto de Margarita y en el árbol que germinaba de su vientre, una mezcla de locura, simbolismo y dolor. Hasta juraría que el corazón aún palpitaba, pues de algún modo había logrado plasmar la sensación de movimiento y aun de paz, en medio del caos y la ruina.

Las facciones de Margarita resultaban inconfundibles. Los suyos reconocerían las líneas de expresión, el gesto de valentía, sus puños apretados, sus piernas esbeltas que tanto le costó observar hasta que ella consintió en mostrárselas, pero si arribaba a su casa sin dinero, sin obsequios y sin la renta, sería como aceptar su derrota. Si se marchaba sin dejar a los Domínguez algún presente, equivaldría a mostrar ingratitud. Así era la cultura mexicana o americana, quien fuera que había inventado que en Navidad uno debía despojarse de su sueldo para complacer a otros.

—De acuerdo —susurró.

Raúl, como de costumbre, le extendió un cheque por la mitad del precio. ¿De dónde sacaría tanto dinero si trabajaba para el gobierno? Leo firmó los papeles correspondientes y con una pesadumbre en el pecho abandonó el museo. El cheque en el bolsillo de su pantalón no le brindaba ningún consuelo, ni el más mínimo placer, y su interior ardió al reconocer que aún faltaba enfrentar a Margarita. ¡Feliz Navidad, Leo!

★ ★ ★

Leo alzó el puño y golpeó la puerta de la oficina de Margarita. Hubiera preferido buscarla en su casa, pero el jueves estaba dormida, o eso le dijeron, y esa mañana había desayunado con Javier. Su amigo le recordó lo torpe que era al enfadarse con su novia y lo mucho que tenía que aprender sobre las relaciones personales.

—¡Mira quién habla! Que yo sepa, tampoco cuentas con esposa e hijos —le indicó con un poco de irritación.

—Precisamente, Leo. Parecemos dos ermitaños que hemos olvidado el arte de la convivencia. Y si te doy un sermón, es porque Margarita también es mi amiga. Los aprecio a ambos y no desearía que la linda pareja que forman se desbarate por tu ineptitud social.

—Gracias —masculló de mal humor.

—Amigo, el arte ocupa un lugar importante en tu vida, eso nadie lo niega. Pero el día que te quedes sin manos o la artritis te inutilice, lo único que resta es la familia, una que tú has apartado de ti, así que si no se trata de Margarita y su clan, nadie te llorará en este vasto mundo.

Las palabras de Javier le calaron hasta lo más hondo, y por eso, tragándose su orgullo, volvió a intentarlo. Margarita le permitió el acceso, aunque cuando lo reconoció, su rostro se transformó en piedra. «Bruja», le susurró una voz al oído. Ahora recordaba por qué le había puesto el apodo.

—¿Vienes a despedirte?

Leo le reprochó a Conchita el ser tan comunicativa. Se acomodó en la silla frente al escritorio sintiéndose como un niño regañado. Si su memoria no le fallaba, la última vez que se había sentido así se remontaba a tercero de secundaria cuando decidió decorar las paredes del baño con un mural de protesta en contra del alza de precios en la cooperativa.

—Debo pasar Navidad con mi familia —respondió con torpeza.

¿No se suponía que había ensayado tres o cuatro formas de pedir perdón?

—Haces bien.

Ella continuó escribiendo.

—Le vendí la pintura a Raúl.

Otra equivocación. Lo supo cuando ella giró sus pupilas negras atravesándolo sin misericordia.

—¿Y no me dejaste verla terminada?

Leo lo lamentó con toda el alma.

—Margarita, soy un bruto. En serio. Todo me ha salido mal.

No logró controlarse y emitió un quejido. No lloró, ya que las lágrimas se negaban a salir después de haberlas acostumbrado a congelarse en su sitio por más de veinte años, pero la contracción surgió espontánea y tuvo que doblarse sobre la silla.

—Leo...

—Te llevaré a verla hoy mismo.

—No importa —suspiró ella.

—¿Ya te cansaste de mí, Margarita?

Ella esbozó una media sonrisa que le inyectó esperanza:

—Supongo que los artistas son incomprensibles, pero también irresistibles. Y sí, eres un bruto.

—Te traje un regalo de Navidad.

Sacó una pequeña caja envuelta torpemente en papel cursi. Hubiera elaborado su propio envoltorio pero las prisas lo habían acorralado. Ella tomó el paquete con precaución.

—Ábrelo. No muerde.

Adentro, había una cadena de oro, delgada y corta, con un diminuto cristal pendiendo de ella. Las manos de la mujer temblaron.

—Es hermoso.

—¿Te gustó? —preguntó sin dar crédito a sus oídos.

Por primera vez en su vida había elegido algo decente. Su madre y su hermana siempre criticaban sus elecciones. De hecho, en últimas fechas, rogaba a sus primas, o a su tía, o a quien fuera, que escogiera su regalo de Navidad, ya que no solía tomarse la molestia de indagar por los gustos de la otra persona, y en pocas palabras, rara vez le interesaba.

—Perdóname.

—Y tú a mí.

Ella se puso en pie y lo abrazó con calidez.

—Yo también actué mal. Y bueno, no tengo tu obsequio aquí, sino en mi casa

Se sonrojó.

—No te preocupes.

—¿Cuándo te marchas?

Ella palideció cuando le dio la noticia. ¡Qué tino había heredado de su padre!

—Hoy celebramos la primera posada. Ven a la casa y te lo doy.

Leo asintió. Sabía que no contaba con otra opción.

★ ★ ★

—Te vamos a extrañar, pintor —anunció el tío de Margarita. A Leo no le agradaba mucho el término pintor, pero se aguantaba. Javier acertaba al decir que las gracias sociales no resaltaban en su personalidad, pero trabajaría en ellas. En la familia de Margarita se resumía su única parentela. Dos tías habían adornado un pino natural en el fondo de la inmensa sala. Las primas confeccionaron un nacimiento con figuras de los pastores, las ovejas, los magos del oriente, la familia santa y el bebé.

Mamá Tule preparó mole verde, para variar un poco, chiles rellenos y ponche. Leo repartió pequeños regalos para cada familia, unos portarretratos en plata, y para su sorpresa, debajo del árbol aparecieron regalos con su nombre.

—De una vez ábrelos —insistieron.

Y mientras comían, Leo agradeció algunos suéteres, bolígrafos, un estuche de pinturas de Conchita, un caballete de su suegro y dos estatuillas de dioses prehispánicos de parte de mamá Tule.

—Son originales —le confió en secreto—. Un chamán del pueblo las bendijo especialmente para ti.

La posada tradicional se llevó a cabo con los cantos de los peregrinos, el rompimiento de la piñata y las luces de bengala. Cuando finalmente logró estar a solas con Margarita, ella le dio su regalo personal. Él abrió la caja y se encontró con un libro ilustrado de Monte Albán. Las fotos a color le fascinaron, así como la colección de artefactos hallados en las tumbas, las pinturas y datos curiosos que incluía el ejemplar.

—El mejor regalo de mi vida.

—Te echaré de menos.

—Yo también. Pero vuelvo en enero, eso ni lo dudes. Ya le pagué por adelantado a doña Ofelia, así que no te desharás de mí.

Ella lo abrazó y Leo se preguntó si algún día lograría conocerla a fondo. ¿Ese rechazo a sus caricias más comprometedoras? ¿Su sexto sentido que penetraba al corazón de Leo adivinando sus caprichos y gustos? ¿Un regalo tan excelente? ¿Su diestro manejo del negocio? Salieron de la mano para contemplar los cohetes que sus sobrinos enviaban al cielo estrellado de

Oaxaca, y sintió la nostalgia de separarse de esa casa para enfrentar a los Luján, una propuesta que no lo animaba en lo más mínimo.

Capítulo
14

La temporada navideña empeoraba la congestionada ciudad. El tráfico resultaba insoportable y el metro se le antojaba inaccesible. Si la central de omnibuses no se hubiera encontrado a una distancia poco razonable de su colonia, se habría ido caminando, pero no contaba con esa opción.

Llegó a las nueve de la noche y aun antes de abrir el zaguán, imaginó la escena. Su madre y Raquel verían el *reality show* en la sala, mientras que Fernando, desde la mesa, entre bocado y bocado, criticaría el programa de las mujeres. Nando jugaría en su recámara y Raquel le gritaría cada cinco minutos que ya se acostara, lo que él no obedecería hasta que su madre subiera, y a jalones y empujones lo metiera entre las sábanas a eso de las diez. Su padre, si no había partidos de fútbol o un programa cómico, leería el periódico desde su sillón, o en caso de un juego importante, se encerraría en su cuarto a gritar gol.

En la casa grande encontraría algo similar: la tía Cecilia y la señora Lupe viendo la tele, don Pancho limpiando sus trenes, Sonia escribiendo en la computadora ya fuera tarea o cartas, Emma acostando a Paco y tratando de descansar. Nada nuevo bajo el sol.

Insertó la llave y los ladridos de Puchy y Max anunciaron su presencia. Su madre se asomó y saltó del asiento. Seguramente calentaría un poco de comida. Su cuñado lo saludó cruzando el patio.

—¿De salida?

—Tengo guardia en el hospital. ¿Todo bien?

Leo asintió. No le sorprendió ver sus predicciones hechas realidad. El cuadro lucía tal como lo había proyectado, salvo por la ausencia de Fernando. Su mamá le extendió un plato con *nuggets*. Leo reprimió una mueca. ¡Cómo extrañaba a mamá Tule! Lo pusieron al tanto de todo: la descompostura de la camioneta del tío Pancho, los nuevos canarios de la tía Cecilia, los pleitos entre Nando y Paco, las jaquecas de su madre, los achaques de su padre y hasta quién andaba con quién en el dichoso show.

Leo volvió a su acostumbrado yo, asintiendo, comiendo y perdiéndose en el anonimato. Contempló de reojo el mal decorado árbol artificial, el nacimiento a medias, los adornos pegados sin el menor gusto estético y los tres o cuatro regalos en bolsas del año pasado. Medio escuchó algo de las posadas en la cuadra y de una en la que todos los vecinos cooperarían. Su madre cocinaría arroz y la tía Cecilia tinga; habría piñata, pero no se quedarían mucho rato porque las vecinas las fastidiaban y no debían codearse con la chusma.

Ya en el postre, notó que su padre lo observaba con extrañeza. No solía dirigirle la mirada y Leo supuso que le cobraría la renta o le reclamaría su ausencia. Sin embargo, cuando cesó el monopolio de Raquel y su madre, don Juan preguntó:

—¿Qué te hicieron en Oaxaca?

Leo tuvo que tomar café para no atragantarse.

—¿De qué hablas, papá?

—No sé, dímelo tú. Te veo diferente.

—El ritmo de vida de la provincia tal vez.

Afortunadamente intervino su mamá:

—Ay, Juan, ¡qué cosas dices! Por supuesto que luce más tostado por el sol. En esos lugares uno camina a todos lados, y sin tráfico, hasta el ritmo cardíaco se desacelera. Por cierto, mañana tendremos una reunión prenavideña con mi comadre. No puedes faltar. Ya confirmé tu asistencia.

Huyó lo más rápido que pudo. ¡Margarita, Margarita! ¿Dónde andaba su princesa Donají? Esto era peor que perder un juego de pelota prehispánico. Allí por lo menos la muerte le ponía fin al martirio.

★ ★ ★

—¿Te acuerdas de Julieta? —le preguntó su mamá subiendo las escaleras al cuarto piso del edificio.

—¿La niña de trenzas?

Leo recordó a una niña delgada y de pecas, trenzas rubias y una manía por sacar la lengua cuando algo no le parecía. De niños, Leo y Raquel se vieron forzados a soportarla, pero en la adolescencia marcaron sus límites y no volvieron a frecuentar la casa de la comadre, que los visitaba de vez en cuando y hasta asistió a la boda de su hermana, pero sin sus hijos. Así eran los López Benítez.

—Ya no es una niña, y ciertamente no usa trenzas. No la has visto porque se fue a estudiar al Tecnológico de Monterrey.

—¿Y qué estudió? ¿Cosmetología?

Su madre torció la boca. Leo lamentaba regresar a su hábito de aguafiestas, pero su madre lo exasperaba. Su padre venía dos escalones debajo cargando el recipiente con pierna adobada. Como su hermana se había fugado con su marido a la cena de fin de año del hospital, Nando los acompañaba y ya gritaba desde un piso más arriba, por lo que Leo pronosticaba una tarde fatídica.

—Mercadotecnia, y tiene una maestría en telecomunicaciones. Trabaja en una de las empresas más importantes como coordinadora de sistemas. Mi comadre dice que ha viajado a todos los continentes, y quizá por superarse no se ha casado, como tú. ¿No es una casualidad?

Leo se congeló en el peldaño.

—¿Planeaste esto con tu comadre? ¿Es una trampa para que tu hijo solterón se junte con su hija solterona y las familias se unan?

—¡Leo! —Su madre se abanicó con vergüenza—. ¡Qué mal piensas! Mi comadre y yo no nos hemos visto en meses y queremos reunir a nuestras familias para las fiestas. No me vengas con tus cosas y, por lo que más quieras, no eches a perder la velada.

Margarita le repitió lo mismo mil veces antes de partir, así que prometió intentarlo. La comadre Gaby abrió la puerta y los hizo pasar a un departamento pequeño. El compadre ayudó con las cosas, Nando corrió a jugar con unas figuras de porcelana y su abuela tuvo que regañarlo, a lo que el niño armó una escena y Leo casi lo ahorca. Finalmente la comadre Gaby lo calmó con unos chocolates.

—¿Y tus hijos? —preguntó su madre sin aguardar un minuto más.

—Los dos chicos viven en Veracruz. ¿Te conté que administran un hotel?

Leo analizó a los compadres. Lucían más viejos, más gordos e igual de cómicos. Sus padres combinaban a la perfección. Los dos hombres asentían y gruñían evitando enunciados de más de diez palabras. Las dos mujeres parloteaban, presumían y exageraban para quedar bien.

—Julieta no tarda. Le advertí que llegara a las siete.

Faltaban cinco minutos.

—En estos días de locura, el tráfico es escalofriante y luego debe quedarse horas extras para salvar al mundo de un fallo en la telefonía celular. ¿Y a qué te dedicas, Leo? ¿Sigues pintando?

Su madre respondió por él:

—Está en un período de búsqueda.

—Mi marido necesita gente en su oficina, ¿verdad, cariño?

El cariño asintió.

—Contadores, sobre todo. Eso estudiaste, si no mal recuerdo.

—Leo cuenta con un alma aventurera. No me lo imagino amarrado a un escritorio, pero podría intentarlo.

Leo quiso escapar. Su madre no solo deseaba conseguirle esposa, sino un empleo. Le agradaría cerrar los ojos y ver lo que hacía Margarita en Oaxaca. La imaginaba en Donají orquestando el restaurante con su gran habilidad.

—¡Llegué! —una voz jovial resonó en la puerta.

La niña de las trenzas se había convertido en una mujer alta, demasiado delgada para su gusto, vestida con elegancia, cabello lacio en capas y unas diminutas pecas adornando su piel blanca e iluminando sus ojos verdes.

—¡Julieta!

Parecía que la reina de Inglaterra había entrado, ya que la comadre se puso en pie, el compadre le quitó de las manos los paquetes que traía, Elvia la abrazó con cariño, don Juan inclinó la cabeza, Nando no paró de observarla y Leo, el último en la fila, atinó en darle una mano fría.

—¡Leo! No has cambiado mucho.

—Unos cuantos kilos extras.

—No digas eso. Te van bien.

Su tono sincero lo tranquilizó. El enemigo se resumía en su madre y la comadre. Buscaría aliarse con Julieta para frenar cualquier relación fantasiosa que las mujeres mayores lograran concebir.

Gracias a Julieta, la velada transcurrió de modo placentero. Acaparó la conversación narrando sus incontables viajes, prestándole a Nando unos videos de Disney y obligando a que doña Elvia y doña Gaby suspendieran sus insinuaciones. Al final, después de repartirse unos regalos, las señoras se metieron a la cocina a continuar sus maquinaciones, los hombres desde el sofá encubrieron su aburrimiento sorbiendo café y Julieta invitó a Leo a la terraza. Salieron por la recámara de ella, así que en un vistazo reparó en su arreglo meticuloso y profesional.

Ella se recargó en el balcón y encendió un cigarrillo.

—¿Gustas uno?

—No fumo desde la universidad —comentó Leo, pero tomó uno. El humo lo envolvió en memorias pasadas de sus compañeros, aquel romance fracasado, su frustración por las materias, su resentimiento en contra de su padre por no permitirle estudiar arte y sus días de vago jugando billar en la colonia Roma.

—Me da gusto verte, Leo. Cuando mi mamá me confió que vendrían, pensé toparme con un chiquillo distraído, aburrido y sin nada que platicar.

—Por lo menos no me has sacado la lengua.

Ella lanzó una carcajada sofisticada, pero agradable:

—Lo mismo reclaman mis hermanos. Dime, ¿cómo es que un hombre tan apuesto como tú no se ha casado?

—Misma pregunta —le informó con una bocanada que hizo dos aros.

—¿Cómo lo haces? ¡Nunca he podido!

Ella observó su cigarrillo con desilusión

—Y de los esposos, carezco de tiempo. En mi mundo laboral se ha vuelto casi imposible hallar gente con escrúpulos. Mi madre alegaría que me dan miedo las relaciones. Tiene razón. Sospecho de todos.

Leo contempló la iluminación de la ciudad que competía con el cielo que no asomaba salvo unas cuantas estrellas. ¡Qué diferencia con el panorama de provincia!

—Tal vez debas salir un poco de la metrópoli.

—Me moriría del hastío.

Leo había pensando lo mismo. Ahora odiaba la civilización.

—¿Cuándo vuelves a Oaxaca?

Su madre había comentado su extraña afición por lugares inhóspitos y sin atractivo visual.

—Después de Año Nuevo.

—Quizá podríamos tomar un café o algo así.

Le sorprendió su invitación. En primer lugar, por venir de ella; en segundo, porque durante la cena había deducido que una mujer de mundo jamás se fijaría en un pintor de segunda.

—Supongo que sí.

—Te llamo.

¿No se suponía que dicha frase le pertenecía al hombre? Las relaciones interpersonales no eran su fuerte, mucho menos con el sexo opuesto, lo que lo hizo pensar en Margarita. ¿Qué diría ella de Julieta? Se trataba de una cita amistosa, si se llegaba a concretar, por lo tanto, nada de cuidado.

★ ★ ★

La posada de los vecinos no figuraba como un requisito familiar, pero sin algo mejor que hacer, Leo asistió. Su madre y la tía Cecilia cooperaron con unos guisos, mas no aceptaron convivir con la mayoría, recluyéndose en una esquina junto con otras tres o cuatro señoras que se creían de alcurnia, arrugando la nariz o criticando sin misericordia. Raquel y Emma cuidaban de sus hijos para que no salieran golpeados en la piñata o no comieran de más, mientras que Sonia brillaba por su ausencia al igual que los dos patriarcas.

Leo bebía ponche sobre un banco de plástico. Paco se acercó:

—Tío, ¿quieres un dulce?

—No, gracias. Tú te los ganaste en la piñata, no yo.

—Ya viene la tercera piñata. Tendré más.

Ante la insistencia, Leo tomó unos tamarindos con chile. El niño se alejó y Leo sintió una presencia. Adrián, el hijo del mecánico, se acomodó a su lado, y Leo le dijo:

—Pensé que no vendrías. Emma me dijo que no eres partidario de estas fiestas.

—Vine a dejar los tamales que mi mamá preparó, pero como te vi tan solo, quise acompañarte. Y dime, Leo, ¿cómo es ella?

La pregunta lo tomó desprevenido. Sorbió un poco de su bebida para ganar tiempo, luego se cuestionó si no se trataría de una especie de trampa planeada por su familia, pero ellos no se llevaban con Adrián. Su padre era un simple mecánico, su madre una mujer humilde y callada, y aunque Adrián se consideraba el eterno enamorado de Emma, ella lo había rechazado en más de dos ocasiones, al igual que a Javier. ¡Qué prima la suya! La observó metiendo los dulces a la siguiente piñata con ayuda de Raquel.

—No sé de qué hablas.

—Leo, sé que no somos grandes amigos ya que siempre fuiste más adelantado en la escuela y jugamos pocas veces juntos, pero tu tía Toña nos llevaba a las escuelas de verano, ¿recuerdas?

¡Cómo olvidarlo! Consideraba esas ocasiones como el clímax de sus vacaciones.

—Disculpa por entrometerme.

Adrián se sonrojó y Leo se ablandó un poco. Adrián también apreciaba su arte y sufría la incomprensión de la sociedad como él.

—¿Por qué piensas que existe una mujer en mi vida?

—Cuando te fuiste, tus padres nos informaron que andabas pintando por la provincia. Luego las vecinas dedujeron que algo más fuerte te retendría por tanto tiempo.

—¿Una conquistadora?

—O mucho dinero. Pero cuando volviste con una maletita, tu misma ropa de siempre y ningún auto, concluyeron que se debía a la causa primera. Y no te aflijas, no tienes que responder. Aunque si me lo cuentas, soy una tumba.

Y Leo le creía. Pero en ese momento le costaba armar el rostro de Margarita o el restaurante Donají. Los días en la ciudad, rodeado de los suyos, le provocaban jaquecas. La imagen de Julieta lo asaltaba sin previo aviso, los comentarios de su madre en torno de una vida cómoda en la ciudad, y las mujeres, incluyendo a las vecinas, tan modernas y diferentes a las oaxaqueñas, lo cohibían. No se atrevía a mencionar las trenzas de Margarita en medio de los peinados del momento; pensar en los guisos de mamá Tule agriaría los platillos comunales.

—No hay nadie —contestó con melancolía.

—Ya llegará.

Adrián palmeó su espalda y Leo se sintió miserable.

—Dios te bendiga —se despidió el mecánico.

Leo despertó de su letargo. ¿Dios? ¿En labios de Adrián? Quiso hacerle una pregunta pero él ya estaba en la puerta y no tuvo energías para alcanzarlo. Lamentó haber olvidado en la casa de Ofelia la Biblia de la tía Toña. Solo recordó una frase: *Tú sustentas mi suerte*. ¡Pues qué suerte le había tocado!

★ ★ ★

—¡Abuela!

Margarita abrazó a la anciana con ternura. La madre de Epifanio la contempló con extrañeza. Ella reconocía que esas muestras de afecto no habían sido su estilo, pero últimamente le resultaba más fácil perdonar y mostrar cariño.

—Tienes bien cuidado el restaurante —comentó la abuela dándole una ojeada.

—Hemos trabajado en la decoración. ¿Le gusta el cuadro del fondo?

La abuela entrecerró los ojos:

—Es raro.

Margarita no insistió. Cargó la caja en la que la abuela traía sus pertenencias. Uno de los tíos la había ido a recoger a la estación y ahora descansaría unas horas en Donají mientras alguien se desocupaba para trasladarla a la casa.

—¿Y tu hermana?

Conchita salió de la cocina para propinarle un beso seco.

—Has crecido —suspiró la abuela—. Pero te pintas mucho y ese peinado es muy moderno. No olvides tus raíces, niña.

Margarita distrajo a la abuela antes de que esta pudiera fijarse cómo Conchita movía los ojos en desaprobación. Con una señal la despidió y su hermana huyó en segundos para seguir sirviendo mesas. Encerró a la mujer en su oficina, lejos de los tíos, tías, primos y demás familiares a los que podía fastidiar, ya que por las fechas decembrinas el local se hallaba al tope y requerían de todas las manos posibles. Ella se dedicó a las cuentas mientras la abuela descansaba en el sofá.

—Te ves diferente.

—La edad, abuela.

—A mí no me engañas. Hay algo nuevo en ti.

—¿Será mi novio?

El tío le había contado de Leo, así que no lo consideraba un secreto.

—Tal vez. Aunque el enamoramiento puede ablandar a las personas, pero no tanto.

Margarita alzó la vista:

—¿A qué se refiere?

—A que ya no me odias. Además, no caminas con ese falso orgullo de antes, ni me tratas como al enemigo.

—Abuela, usted nunca ha sido mi enemiga.

—Pero lo era de tu madre y tú heredaste el pleito.

La joven se masajeó los dedos:

—No quiero hablar de eso. ¿Cómo está todo en el pueblo?

—¿Y cómo va estar? Vivimos en pobreza y rodeados de muerte, enfermedad y un poco de todo.

Margarita hubiera deseado recalcar que su padre y sus hermanos le habían rogado una y otra vez que viviera con ellos, mas la vieja testaruda se negaba.

—¿Pero por qué la pobreza?

—Porque el dios así lo quiere, niña.

—¿Cuál dios? —se exasperó evocando los miles de santos e imágenes prehispánicas que poblaban la choza de la abuela. Por eso detestaba visitarla.

La abuela se espantó:

—Suenas como tu madre.

—La señorita Betsy...

—¡Calla! No menciones a esa extranjera que vino a remover todo en el pueblo y que arrastró a los débiles como a tu madre.

Margarita apretó los puños y se contuvo. En otras ocasiones hubiera explotado ante la más mínima crítica sobre su madre, pero algo parecía sujetar su lengua.

—Por culpa de esa señora toda la familia de tu madre está muerta.

—No fue por culpa de la señorita Betsy, sino del cacique, don Julián Valencia.

—Me equivoqué. No has mejorado; sigues siendo la misma grosera de siempre. Costumbre familiar no se quita.

Azotó la puerta y Margarita cerró los ojos con impotencia. Ahora iría a molestar a mamá Tule: que si le faltaba más sal o más cilantro a los frijoles, luego impacientaría a sus tíos, a sus primos, a las meseras... ¿Por qué no aprendía a controlarse?

Capítulo
15

Desde el inicio del negocio los tíos habían dicho que participar en la Noche de Rábanos ayudaría con las ventas y el prestigio de Donají, así que Margarita no tenía alternativa. Habían llevado a cabo una junta familiar que, con la presencia de la abuela, se había tornado más conflictiva que de costumbre. Allí decidieron que el restaurante solo cerraría el veinticuatro después de las ocho, el veinticinco en la mañana y el primero de enero a medio día. El resto del mes, todos trabajarían ya que esperaban una afluencia mayor que la del año anterior.

Se repartieron las diversas obligaciones quedando Margarita exenta el veintitrés, lo que la forzaba a asistir a la Noche de Rábanos con sus primos, en representación de la familia. Al recorrer las calles resintió las festividades. Censuró la comercialización de la fiesta religiosa delineada en las compras exageradas de esas semanas, así como el total desinterés en el nacimiento de Cristo. En vez de infundirles el debido respeto, los villancicos se cantaban frívolamente. Y a la Noche de Rábanos la calificó como una de las estrategias para aumentar la diversión y reducir el compromiso con el niño de Belén.

Sin duda, esa fiesta se ubicaba entre las más originales del mundo. Los participantes de la ciudad y poblados vecinos grababan figuras detalladas y finamente elaboradas en los rábanos, representando a veces escenas completas que concursaban una velada antes de la Nochebuena. Algunos turistas pensaban que los rábanos que utilizaban eran los que se comían en las ensaladas, pero no. Se trataba de unos rábanos de mayor tamaño, de color blanco, que crecían en una planta roja de hasta medio metro de alto y diez centímetros de diámetro cultivadas precisamente para ese propósito.

En Donají se permitía que las cocineras, los mozos, las meseras y los demás empleados compusieran una escena, y ese año habían elegido la familia sagrada, para presentarla en el concurso. En caso de ganar, el dinero iba directamente a ellos y los dueños se comprometían a duplicar el premio. En años pasados, triunfaron en una sola ocasión y Margarita no guardaba muchas esperanzas en cuanto al éxito actual.

Una fila ya bordeaba las tarimas de exhibición por lo que el paso se tornó lento. Sus primos se desbandaron en distintas direcciones para saludar a los conocidos en tanto que Conchita y sus primas fueron por buñuelos mientras sus primos varones argumentaban tener una sed desquiciante. Así, Margarita se halló sola en la procesión que avanzaba para contemplar las artesanías.

Echó de menos a Leo. De haber estado él, habría tenido con quien comentar acerca del clima, reír ante los intentos de Conchita y sus primas por acaparar la atención de unos chicos de la universidad y analizar las figuras «rabaniles», premiando a sus favoritas. De todos modos, disfrutó con las representaciones de la Guelaguetza, de las posadas y muchas tradiciones oaxaqueñas, incluida la comida. Notó que los participantes de Donají no alcanzaban el nivel competitivo de otros y en su mente le dijo adiós al premio. El año siguiente Leo podría ayudar con algunas ideas, a menos que se fugara a la ciudad nuevamente. Pero para entonces serían marido y mujer, y ella lo convencería para quedarse. No le apetecía otra Navidad sin él.

En eso, vio venir a Raúl. Formaba parte del jurado y traía una papeleta en la que hacía anotaciones mientras evaluaba las figuras hechas con totomaxtle. Cuando se hallaba a unos pasos, Margarita le sonrió. Él tardó en reconocerla y cuando lo hizo le concedió una leve y casi imperceptible inclinación de cabeza dándole luego la espalda.

El corazón de Margarita latió con fuerza. La indignación le provocó un intenso calor, y sin importarle los rábanos, se escabulló entre la multitud hasta un sitio olvidado donde hacía unos meses Raúl la había contactado para dar con Leo. Cuando Leo y Raúl se topaban en la calle, o cuando Margarita lo acompañaba al museo para saludar a Raúl, el crítico de arte siempre la había tomado en cuenta, saludándola con alegría y preguntando por el negocio.

Ahora le pareció darse cuenta de que sus atenciones formaban parte de la careta que le mostraba a Leo para conseguir su arte, un mero intercambio hipócrita que utilizaban los grandes magnates para lucir civilizados pero para evitar el roce con la plebe. Seguramente Raúl la despreciaba y la hacía menos por su descendencia indígena; no sería raro que criticara su vestimenta habitual, sus modales toscos, su falta de maquillaje y de elegancia.

Apretó los puños para evitar un grito de angustia. La desagradable experiencia la remontaba a sus días de infancia y adolescencia, siempre rodeada de insultos, burlas y menosprecios. A Conchita no le había ido tan mal, pues a ella le habían comprado ropa más fina y moderna, y su acento nunca tuvo atisbos del dialecto. Ella, sin embargo, recién llegada del pueblo, fue la víctima de sus compañeros en la primaria. Le decían «india» o «apestosa». Nunca se interesó por averiguar si en verdad olía mal o diferente, pero las niñas machacaron sus trenzas y se rieron de su madre. Su padre vistió camisas recién llegado a Oaxaca, pero María jamás abandonó sus huipiles. Su padre adoptó el español; su madre se comunicó con Margarita y los suyos en su dialecto.

—¡Margarita!

Toparse con el rostro sonriente de Javier le ayudó a enjugar sus lágrimas. Su abrazo la hizo sentirse protegida y se propuso olvidar a Raúl no sin antes dedicarle un minuto más. Le advertiría a Leo que mantuviera las distancias con ese individuo. Javier la invitó a servirse un helado a un establecimiento cercano y hacia allá se dirigieron, charlando animadamente.

—¿Por qué tan sola?

—Mis primos y mi hermana me abandonaron. Supongo que soy muy «vieja» para ellos.

La carcajada de Javier le regresó la paz.

—¿Extrañas a Leo?

—Le hubiera encantado esta noche artesanal. Aunque no conozco los orígenes de esta tradición.

—Para eso estoy yo —le dijo él con afabilidad—. Inició en tiempos de la colonia. Los frailes que arribaron a Oaxaca trajeron consigo frutas y verduras de Europa. La plantación más grande en esa época se ubicaba en la Trinidad de las Huertas, y cuentan que en cierta ocasión hubo tan abundante cosecha que algunos rábanos se quedaron olvidados y adormecidos. En diciembre, dos frailes extrajeron algunos de esos rábanos olvidados y se sorprendieron por su tamaño y su forma. Así que seleccionaron unos «monstruos» y «demonios» para venderlos en el mercado como curiosidades. Estas raíces deformes llamaron la atención del público y pronto comenzaron a tallarlas. Si no me equivoco, a finales de mil ochocientos se organizó el primer concurso.

Margarita probó su helado.

—Eres una mina de información, Javier.

—Gracias por el cumplido. Y dime, ¿cuál te gustó más?

Se ruborizó:

—No terminé de inspeccionarlas.

—Entonces vamos antes de que anuncien a los ganadores. Juguemos a ser jueces por un día.

Margarita obedeció para no ofenderlo, pero Javier, suspicaz, le dijo:

—A ti te pasa algo. Cuéntame.

Y ella le contó.

★ ★ ★

Afortunadamente, a la siguiente mañana Javier partiría a la ciudad de México y podría olvidar la escena. Se encontraba en una de las tantas fiestas que ofrecía la crema y nata de la sociedad para aprovechar los festejos navideños. No faltaba la bebida en abundancia, los vestidos costosos y las conversaciones triviales. Aquellas discutían si irían a una playa o a Europa, otros planeaban un viaje a las Vegas y unos más presumían de sus nuevas adquisiciones en bienes raíces.

Javier, con un traje negro y una corbata que lo ahorcaba, desentonaba por completo. Bebía lentamente de su copa para evitar hablar, y solo la presencia de Susana lo tranquilizó unos instantes. Sin embargo, Raúl echó a perder la velada. No olvidaba lo que le había hecho a Margarita, y se preguntaba si mencionaría algo al respecto, pero el cínico lo saludó como si fueran grandes amigos.

Lo incluyó en su círculo selecto, donde abundaban los más allegados al gobernador actual y otros políticos. Javier trató de no involucrarse, ni siquiera de molestarse por la trivialidad y el lenguaje soez que parecía parte del vocabulario del selecto grupo de poderosos, hasta que uno comentó:

—No olviden lo que escribió Esteban Maqueo, ese oaxaqueño del siglo pasado que resume nuestra filosofía, «México sería un país treinta veces más rico, importante y respetado, si en lugar de once millones de indígenas hubiera extranjeros de cualquier nacionalidad».

Las sienes de Javier le punzaron, pero en ese justo momento apareció un diputado que le pasó un cheque con muchos ceros para las composturas de Monte Albán por los pasados temblores. Javier se odió a sí mismo. Esos «regalos» lo ataban a ese círculo traidor, pero ¿cómo zafarse?

Para colmo, esa noche en su casa encontró un recado de Carlos. Se había marchado por las vacaciones. Iría a la ciudad de México y Javier adivinó a qué. No a estudiar o a visitar familiares, sino a ganar dinero de algún modo deshonesto. ¿Qué pasaba en su país?

★ ★ ★

Leo reprimió un bostezo. Se encontraba en la sala de la casa grande, la del tío Pancho. La tía Cecilia y su madre discutían si debían servir primero el pavo o el jamón al horno, Emma jugaba con Paco y Nando en el suelo, Sonia hojeaba una revista; Fernando, don Pancho y don Juan discutían qué equipo de fútbol fracasaría la próxima temporada; y Raquel y la señora Lupe se esmeraban en decorar el pastel de última hora.

Él se recluía en la esquina más apartada, con un álbum de fotografías en la mano que no veía, pero que le servía de excusa. La tía Cecilia tenía pésimo gusto decorativo. La inmensa sala, dos veces la de sus padres, se distinguía por dos juegos distintos de sofás, con estampados que no combinaban, paredes plagadas de fotografías antiguas y un árbol a la mitad, que además de estorbar el paso, tampoco iba con el estilo de la casa. Un piano arcaico, que nadie sabía tocar, se ubicaba a un metro del pasillo que conducía a las escaleras.

Su madre llamó a los comensales y, alrededor de la mesa redonda, la conversación no mejoró. Las mujeres intercambiaron notas de la farándula y de la vecindad, que si la costurera les cobraba de más, que si el borracho Hernández cenaría con doña Petra o se iría de juerga, que si los padres de Adrián cerrarían el taller, y que si el actor de telenovelas saldría de la cárcel.

Los hombres se concentraban más en la comida, pero de vez en cuando añadían algún detalle, en especial su cuñado Fernando. Emma parecía la sirvienta. Doña Cecilia la hacía pararse para traer el salero, una cuchara sopera, o cualquier cosa que hubiera olvidado. Leo intentaba ignorar este ritual cada vez que la familia se juntaba.

Adivinaba que después del festín, volverían a la sala con el postre y el café para abrir los regalos, y así sucedió. Sonia agradeció el suéter que Raquel había elegido y él dio las gracias por la corbata que el tío Pancho le obsequió. ¡Como si las usara! Hasta parecía una broma de mal gusto de parte de la tía Cecilia, la encargada de adquirirla, o un reproche por su estilo informal. Siempre criticaban sus pantalones bombachos, sus camisas desfajadas, sus playeras y sus gorras.

A cada rato le venían a la mente los Domínguez preguntándose qué estarían haciendo. Margarita le había contado que solían cerrar temprano, luego cenar en la casa rodeados de cohetes, música y mucha comida. Se le antojaron los guisos de mamá Tule, los bailes con música tradicional y moderna, y hasta los chistes simplones del tío más gordo, el tal Román.

—¡Leo! ¡Te estoy hablando! —le reclamó su madre.

—Perdona. ¿Qué decías?

—Olvidé un regalo para Nandito.

—Iré por él. ¿Dónde está?

—En la mesita junto a la vitrina.

Leo aprovechó para fugarse. Ese año no le había comprado nada a su sobrino, ni al hijo de Emma y preferiría ahorrarse las disculpas o los ojos inquisitorios de los dos niños. Aunque para Paco tenía un juego de pinceles que había guardado, pero se los daría más tarde ya que no había nada para Nando, que no se conformaría con cualquier cosa. Su lista para los Santos Reyes era más grande que la del supermercado.

Encontró el regalo de su madre, pero sus ojos tropezaron con el teléfono. Sacó su cartera y marcó el número de Oaxaca. Si luego su padre le cobraba la llamada, la pagaría. Sonó dos, tres, cuatro veces. El reloj marcaba las once.

—¿Bueno?

—¡Conchita! ¡Habla Leo!

—¡Cuñado! El ruido de allá afuera no deja oír nada. Te paso a mi hermana. ¡Feliz Navidad!

¿Feliz? Del otro lado de la bocina se escuchaba la alegría. Oyó los gritos buscando a Margarita, las carcajadas cuando Conchita anunció que le hablaba un hombre, las explosiones de los cohetes, los berrinches de los más pequeños y la música ranchera amenizando la velada. Leo cerró los ojos. Si estuviera allí, se acomodaría junto a su suegro para charlar, comer, beber un poco y reír.

—¡Qué sorpresa!

La voz de Margarita aceleró su corazón. Nunca imaginó que un hombre pudiera sentir mariposas en el estómago, pero eso parecía sucederle.

—¿Cómo estás?

—Mamá Tule preparó un mole delicioso y ya no me cabe nada. Mi abuela trajo una cantidad industrial de dulces de leche, ¡subiré unos cuatro kilos!

—Espero que no.

—Eres más goloso que yo.

—¿Dónde andabas?

—Del otro lado del patio, organizando las piñatas. A mi tío se le ocurrió sacar la guitarra. ¡Quieren que cante una de Selena!

Leo se contagió de su buen humor.

—Disfruta la noche, Mago.

—¿Y tú, Leo? ¿Cómo estás?

—Bien. Ya sabes.

No, ella no sabía sobre sus patéticas Navidades ni de su aburrida familia.

—¿Cuándo regresas?

—El dos de enero a más tardar.

—¿Qué harás en estos días?

—Algo se me ocurrirá. Mi madre siempre encuentra desperfectos que su hijo puede componer.

—Desconocía ese talento tuyo. Habrá que explotarlo.

—¿Abren Donají mañana?

—A medio día. Mi familia desconoce la palabra vacaciones. E imagino que algunos andarán tan crudos que me tocará a mí y a otras de las mujeres ordenar las cosas.

El grito de su madre lo perturbó.

—Debo colgar.

—Te quiero, Leo.

—Yo te quiero a ti, Mago.

Justo a tiempo colocó el auricular en su sitio. Emma entró con el ceño fruncido:

—¿Qué tanto hacías?

—Mi madre nunca deja las cosas donde dice —se excusó mostrándole el regalo, consciente del rubor en sus mejillas.

Al volver a esa habitación lúgubre y silenciosa, Leo quiso llorar. ¿Por qué debía complacer a su madre en todo? ¡Debería estar en Oaxaca!

Capítulo
16

Julieta pidió una mesa al fondo. Leo vestía unos pantalones oscuros, una camisa fajada y zapatos de vestir. Se había peinado, o por lo menos lo había intentado, y el espejo reveló que pasaría la prueba. Cuando su madre lo vio salir, abrió la boca, pero él se adelantó:

—Iré a visitar a unos amigos, nos vemos después.

No permitió que lo alcanzara en la puerta, sino que corrió hacia el metro. Julieta le había prometido no revelarle a su madre sobre la cita, y quedaron de verse en la tienda de música del centro comercial. Ella arribó cinco minutos después que él y eligieron un restaurante italiano.

Pidieron un plato para compartir, Leo pensando que quizá Julieta era un poco tacaña o considerada, si es que a él le tocaba pagar, aunque tratándose de una mujer moderna, dedujo que dividirían la cuenta. Sin embargo, cuando trajeron el platillo comprendió la sabiduría de su acompañante. Dos o tres comerían de dicha porción.

Entre un poco de buen vino, una suculenta lasaña y un pan italiano, charlaron sin estrés ni preocupaciones. Ella le contó de su trabajo, él de su arte. Ella se interesó por sus proyectos sobre Monte Albán, a él le atrajeron sus dones de mando. En cierto modo se le figuró a Margarita, una mujer competitiva en el mundo laboral que conservaba su feminidad.

—Y dime, ¿no hay alguna mujer en tu vida?

—Sí.

Ella emitió una risita de sorpresa:

—Háblame de ella. ¿Son novios?

Leo imaginó una escalofriante situación. Si, por algún extraño motivo, Julieta estaba interesada en él y él le confiaba su relación con Margarita, quizá ella reaccionaría con ira, y como venganza se lo contaría a su madre, lo que llegaría a oídos de los Luján. Si, por otro lado, la pregunta surgía del corazón de una amiga, no había que temer. Pero su conciencia le dictó prudencia. Alguna vez escuchó decir que siempre se debía pensar mal de todas las personas.

—Solo somos amigos. En Oaxaca no tengo familia, así que me han adoptado. ¿Y tú?

—Te podría mencionar algunos pretendientes, pero como no pienso darles el sí, no tiene caso.

Durante el café, ella sacó un paquete de cigarrillos. Desde la reunión en casa de la comadre, él no había dejado de fumar, por lo menos dos cigarrillos al día. Eso no le agradaba, ni Margarita lo aprobaría. Se prometió dejarlo una vez que pisara Oaxaca. Al abandonar el restaurante, Leo se preguntó qué hacer. En un acto caballeroso, él pagó la cuenta, aunque su bolsillo ardió como fuego. Aun con el adelanto por «La Princesa Donají», no se consideraba libre de presiones económicas, y si aumentaba los regalos a ambas familias, su situación se tornaría peligrosa.

No le apetecía regresar a su estudio solitario, con las miradas de su madre detrás de las cortinas o con la amenaza de que los niños decidieran visitarlo. ¿La invitaría al cine? Ella solucionó el enredo.

—¿Llevas prisa?

—Ninguna.

—¿Una película?

Él asintió. Ella pagó los boletos. Sus codos se rozaron y la función comenzó. La imagen de Margarita resurgió con el aroma de las palomitas. Leo sufrió el resto de la cinta y no por el hecho de que a la heroína le descubrieran una enfermedad mortal sino por cuestión de escrúpulos. Batalló con su hombre interno que le indicaba que Margarita no apreciaría su escapada, pero se respondía que ni terminaría enamorado, ni la engañaba. Al contrario, se distraía en sus vacaciones, como ella lo haría también.

«Mentira», le reclamaba una voz. Margarita se encontraba trabajando en su negocio para mantenerlo algún día. ¡Pero nadie la obligaba a esclavizarse! Él le rogaba que se divirtiera más, que disfrutara el dinero, aun así, el perfume de Julieta lo mareaba y embotaba sus sentidos. Meses atrás ni una sola mujer lo había mirado dos veces. De repente, se encontraba entre dos maravillosas y opuestas damiselas que prometían rescatar su alma.

Tocó a la puerta de su mundo imaginario. Se le negó la entrada. Ni visiones ni fantasías lo liberarían de las decisiones reales que debía tomar. No supo a qué hora Julieta insertó su brazo en el suyo. ¿Cómo zafarse? No se comportaría como un maleducado. Y así del brazo, se encaminaron al auto. Ella le ofreció un aventón. Él lamentó no poseer su propio vehículo. En las películas, el hombre dejaba a la chica en su casa, no al revés.

Ella se detuvo en el zaguán. El reloj marcaba las doce y media. Dudaba que su madre lo aguardara despierta o que la señora Lupe se asomara desde su habitación.

—La pasé de maravilla, Leo. Es una pena que te vayas tan lejos.

—Son solo unas horas de distancia. Y le he prometido a mi madre visitarla más seguido.

Una gran mentira que detestó de inmediato.

—Cuando andes por aquí, llámame.

—Lo haré.

A punto de abrir la puerta, en un impulso se acercó a Julieta y le propinó un beso en los labios. Ella no se molestó ni lució asombrada como Margarita. Todo lo contrario, respondió con tal pasión que Leo fue el que terminó espantado y torpemente escapó del aprieto. Una vez en la seguridad de su departamento, meneó la cabeza. ¡Qué Julieta tan aventada!

★ ★ ★

La abuela se despidió de Margarita en la puerta de la mansión Domínguez.

—Visítame uno de estos días. Necesito hablar contigo.

—Sí, abuela.

—No eres la misma de antes y me preocupas.

—Pero he cambiado para bien —se defendió Margarita.

—Eso habrá que constatarlo.

La señora se metió a la camioneta de su tío, y sin otra palabra, se marchó. Margarita recogió su bolsa y se encaminó a Donají. Por esperar a que la anciana desayunara, empacara y demás, se le había hecho tarde. Su padre se había adelantado con algunos de los otros, mientras el resto se dedicaba a reordenar la casa.

Las fiestas de diciembre alteraban la rutina, lo que le provocaba fuertes dolores de cabeza. Y para colmo, ese treinta y uno de diciembre recibirían una tropa de visitas, entre turistas y oaxaqueños, para despedir el año. Debía llamar a los mariachis para confirmar su participación, así como pagarle por adelantado al imitador de Juan Gabriel. Las chicas de la familia trabajarían como meseras, a condición de conservar sus propinas, sus primos se encargarían del estacionamiento y la limpieza de mesas, una de las tías la ayudaría como anfitriona, las otras vigilarían la cocina, mamá Tule dirigiría la preparación de los tres tipos de mole que ofrecerían esa noche, y su padre, con los tíos, llenarían los huecos. De solo pensarlo, sus sienes punzaban cual granadas a punto de explotar. Se tomaría unas aspirinas o no llegaría viva al primero de enero.

El día transcurrió con una mezcla de frenesí e histerismo. Mamá Tule se dio cuenta de que le faltaban algunos ingredientes, así que Margarita mandó a sus primos a la central de abastos para solucionar el desastre. Una lámpara se fundió y su padre la cambió, no sin sufrir una pequeña caída de la escalera y lastimarse la espalda. Lo llevaron al médico, que indicó una torcedura. Lo untaron con una pomada, lo vendaron y quedó inmovilizado, pero se negó a volver a la casa.

—¿Y qué voy a hacer allá solo? Siéntame en la caja registradora. Yo me encargaré de cobrar.

Margarita confiaba más en su padre que en su tía, y si no la quitaba de allí era para no ofender al tío. Así que el accidente resultó a su favor y le alegró un poco la tarde. Verificó la cantidad de uvas, y felicitó a su prima por la decoración del salón, sobre todo porque movió la pintura de Leo a un sitio más prominente, lo que le daba un toque de elegancia. Hasta ese instante en que sus ojos se posaron sobre su silueta dormida, Margarita emitió un quejido. Ignoraba si la presencia de Leo la tranquilizaría o la alteraría más, pero aseguraba que tenerlo a su lado equivaldría mucho más a ese vacío que experimentaba al recordarlo.

Tal vez Leo se refugiaría en su estudio para perderse en su mundo, pero preferiría que se encontrara en Oaxaca, sin importar sus extraños humores o sus... ¿Ya le habría confesado a sus padres sobre su relación?

—¡Margarita! El señor Peña volvió a llamar. Quiere una mesa para cuatro. Ya le repetí que hemos reservado todo, pero insiste tanto... —le dijo su tía con el auricular en mano.

Más tarde trataría de llamar a Leo. ¿A dónde? ¡No le había dejado ningún número telefónico!

Por fin dieron las diez de la noche. Los invitados arribaron luciendo sus mejores galas, el ambiente festivo la embargó y la música de la marimba armonizó con la comida. Le preocupaba que el conjunto musical no llegara, pero uno de sus tíos le había propuesto una solución: que el primo Lorenzo cantara. Ella accedió. Su tía le hizo una seña con la mano. Unas visitas importantes se acercaban. Margarita saludó al dueño de un prestigioso hotel, a su esposa, sus dos hijos, ¡y a Raúl! No había visto su nombre en la lista. La repasó con velocidad.

—Me parece que no apuntamos a Raúl —le susurró el magnate—. Pero te daré el doble por un lugar para él.

Margarita no tuvo opción. Rápidamente añadieron una silla, cubiertos y platos para el crítico de arte, y ella rogó no cruzarse con él durante el resto de la velada. Sus deseos se cumplieron hasta que las doce campanadas resonaron con gritos de felicitaciones, uvas y fanfarrias. Margarita, al lado de Conchita, mordió la última uva pidiendo al cielo la felicidad para los suyos, y sobre todo para su amado Leo.

Los compases de la guitarra animaron a los presentes. Todos se pararon a bailar con el conjunto musical que sí había aparecido, aunque quince minutos tarde, lo que ella descontaría de su pago final, mientras el tío Santiago la jaló.

—Venga, sobrina, aunque esté lejos su amorcito, baile conmigo.

Ella se unió al grupo de danzantes, y en uno de tantos cambios de pareja, se vio al lado de Raúl.

—¡Hola, Margarita! Hace mucho que no nos vemos.

Ella planeó recordarle la Noche de Rábanos, mas no le dio oportunidad.

—Por cierto, ¿cuándo vuelve Leo?

Así que su interés residía en su novio o lo que Raúl pudiera conseguir a través de él.

—Pronto. Supongo que te buscará para otra pintura.

—Entonces me apuraré para juntarle el dinero pues aún le debo una parte. Con estas fiestas, me lo he gastado todo.

Afortunadamente, un primo se interpuso y la guió a otro rincón de la habitación o lo habría pateado.

—¡Prima! ¿Por qué esa cara de pocos amigos? Es Año Nuevo.

—Me duele la cabeza. Voy a la oficina.

Dudaba que alguien la hubiera descubierto en su fuga, si acaso su padre, que vigilaba todo desde la caja. No encendió la luz, sino que se sumergió en la oscuridad para aliviar la migraña. No podía tomar más pastillas, sobre todo por la combinación con el poco vino que había tomado. La luz del teléfono parpadeaba. Se acercó. Vio un mensaje grabado y apretó el botón.

—Mago, soy yo, Leo. Supongo que con tanto ruido de fiesta no oíste el teléfono. Son las doce. Pienso en ti. Todo normal con mi familia. Mi papá ya se durmió en el sillón y mi mamá está viendo la tele. Raquel, su marido y el niño festejaron con la familia de Fernando; el tío Pancho y anexas visitaron a un pariente en el norte de la ciudad. Pero no me compadezcas. Sobreviviré. Aun así, te extraño. Nos vemos mañana en la tarde. Más bien, hoy, porque tú escucharás esto el primero de enero.

¡Hoy! Margarita lloró de dicha.

Capítulo
17

—¿Dónde andabas? —le preguntó Margarita a Leo al tiempo que cerraba los libros de contabilidad.

—Fui con Raúl por mi dinero.

Le mostró el cheque y Margarita no evitó una mueca.

—¿Qué sucede?

—Nada.

Leo meneó la cabeza:

—Esa no te la creo. Anda, vamos de compras. Necesito ropa nueva.

Ella alzó las cejas.

Leo se impacientó.

—¿Y ahora qué?

Ella se mordió el labio. Leo había regresado diferente. Tanto así que lo notaba más arreglado y más seguro de sí mismo, lo que no debía criticar ni lamentar; todo lo contrario. Sin embargo, un presentimiento la atemorizaba. ¿Qué había propiciado el cambio?

—¿Me acompañas o voy solo?

Su frialdad la hirió, y a punto de dar el sí, se frenó. ¿Qué conocía ella de marcas o de moda? ¿Cómo luciría paseando por esas boutiques en sandalias y blusa de manta? Los jeans no disimularían su poco gusto, ni tampoco esconderían sus facciones toscas. No le apetecía sufrir vergüenzas ni las miradas burlonas de otras mujeres. Leo jamás comprendería por ser hombre. Solo una mujer conocía ese sabor agrio que provoca la lástima en las pupilas de otra mujer que se considera superior o de mejor clase.

—Ve tú. Tengo trabajo.

—¿Qué pasa, Mago? Raúl me comentó que en Año Nuevo te encontró distante.

Su paciencia se agotó.

—¿Sabías que tu querido Raúl me vio en la plaza durante la Noche de Rábanos y pasó de largo? Me trató como a cualquiera.

—Seguramente no te reconoció.

—Yo sé que me identificó con la claridad con que tú descubrirías a Javier. No me agrada, Leo. No me preguntes por qué, pero me produce escalofríos.

—Estás celosa —susurro él con aires paternales que no le quedaban.

—¿Tengo razones para estarlo? ¿Qué pasó en tu casa que volviste distinto?

Él se rascó la cabeza.

—Bien dice mi padre que las mujeres hacen una tormenta en un vaso de agua.

Margarita reprimió las lágrimas que amenazaban con inundarla.

Leo se puso en pie y tomó su mochila:

—Te llamo en la tarde.

★ ★ ★

Leo aborreció la posición en la que él mismo se había puesto. Se encontraba en el departamento de Julieta recogiéndola para una fiesta del Día del Amor y la Amistad. ¿Cómo había llegado a eso?

Sencillo. A Julieta le había prometido visitar la ciudad en esa semana y ella había aceptado la invitación a esa celebración romántica en casa de unos amigos. Leo le mintió a Margarita diciéndole que su mamá andaba un poco enferma, el único pretexto que ella habría creído pues no concebía pasar sola su primer catorce de febrero en que tenía novio.

Todo ese enredo lo agotó, y sentado en la sala de la familia de Julieta, se concentró en sorber su refresco. Le había encargado a Javier un ramo de rosas, unos chocolates y un oso de peluche que, según sus instrucciones, su amigo le entregaría a Margarita a las siete de la tarde en el restaurante. De cualquier modo, sabía que ni con todos los regalos del mundo apaciguaría su sentimiento de culpabilidad y traición. No debía hallarse en ese sitio, sino en Donají con su novia.

—Mi novia —repitió en un murmullo.

En eso, Julieta apareció radiante, con un vestido entallado de color rojo, su cabello suelto, su maquillaje impecable, ¡una diosa! «Pero no la princesa Donají», le reclamó su corazón.

—Se nos hace tarde.

Ella lo guió al auto y condujo; él continuó maldiciendo su cobardía. Arribaron a una casa de tres pisos en una colonia de renombre, pero a Leo no le emocionaron las esculturas de mármol en el jardín, ni los bocadillos franceses, ni los candeleros europeos, ni los invitados de alcurnia. Julieta trató de involucrarlo en la conversación, mas a la media hora se dio por vencida y Leo terminó, como de costumbre, solitario. Se refugió en la fuente rozando las hojas de los árboles y preguntándose quién era.

Tocó a su mundo interior y se le permitió el acceso. No encontró los monstruos de piedra ni el altar de sacrificio, solo un cuarto oscuro. ¿Dónde estaban sus pesadillas? Ni siquiera sus locuras le brindarían consuelo esa noche. Las imágenes de su existencia lo asaltaron. Raquel, Emma y Sonia brincando la cuerda en el patio del 33, Leo pintando en las escaleras metálicas que daban a la azotea. Niños y niñas jugando en el recreo, Leo pintando en el pasillo entre los baños. Chicos y chicas de secundaria coqueteando en el callejón de moda, Leo pintando desde las ramas de un árbol cercano. Un grupo de amigos de la preparatoria tomando cerveza en el billar, Leo golpeando la bola negra con su taco. En sus escasos meses en la universidad sus compañeros estudiando, Leo deambulando por los pasillos de un lugar que no le interesaba.

Sin embargo, los últimos seis meses los calificaría como los más hermosos de su vida. Esa sensación de ser un ente vagando por el infinito había desaparecido con la presencia de Margarita, como si ella sostuviera el hilo del cometa. ¿Y qué había hecho él? ¡Engañarla!

Julieta lo encontró meditabundo.

—Lamento echar a perder tu noche —le confesó él.

—Descuida. Debí preverlo. Sigues siendo el mismo desadaptado social.

«Y tú la misma pelada que sacaba la lengua», quiso añadir.

—Tengo novia —le informó.

Ella se encogió de hombros:

—No la mencionaste antes.

—Discúlpame.

—Olvídalo, Leo. Toma un taxi

Le extendió un billete.

—Traigo suficiente.

Se incorporó con dignidad. No permitiría que ella pagara su transporte. Apagó su cigarrillo, un vicio que intentaría vencer con la ayuda de Margarita, cerró la reja y alzó los ojos al cielo.

—Perdóname, Margarita. Esta noche debió haber sido tuya.

★ ★ ★

Margarita recibió a Leo en su oficina. El solo hecho de mirarlo la quebró en dos. Apenas el día anterior él le había confesado la existencia de Julieta. Le juró que nada había pasado entre ellos, salvo un beso y una confusión de sentimientos que en esa fiesta se había aclarado. A ella le dolió escuchar la historia, pero le consoló que él aceptara su error. El Día de San Valentín lo había extrañado, pensando que él velaba por la salud de su madre cuando en realidad andaba en la ciudad con esa mujer de mundo, pero mamá Tule la obligó a tomar perspectiva.

—Taba confuso, pero volvió. Fue una prueba, niña. Una prueba que pasó.

Así que decidió perdonarlo y se lo dijo por la mañana a través del teléfono, y ciertamente no esperaba que él apareciera tan pronto en Donají, pero ahí lo tenía enfrente. Arrugó la nariz por instinto. Olía a cigarrillo.

—Prometo que lo dejaré. Pero es paulatino.

Él se defendió ocupando la silla opuesta.

—Mago, me he equivocado mucho contigo, pero haré las cosas bien. El próximo domingo es el cumpleaños de mi papá, y si mal no recuerdo, tu amiga Betsy viene al país. Te propongo que salgamos el sábado temprano. Pasamos a saludar a tu amiga y el domingo vamos a mi casa para que te presente como mi novia y prometida.

Ella no daba crédito a sus palabras. ¿En verdad la quería presentar a los suyos? Eso sí no lo había imaginado.

—Lo pensaré.

Él asintió y le propinó un beso en la frente antes de retirarse. No le gustaría escapar para olvidar sus problemas, pero la propuesta de Leo la emocionaba. Entonces, ¿por qué no había aceptado de inmediato? Porque al mismo tiempo le aterraba toparse con los Luján. Tanto sabía de su intolerancia y desprecio que no auguraba una bienvenida calurosa, ni una comida placentera. Al contrario de los suyos que habían cobijado a Leo sin preguntas ni discriminación, los Luján distarían mucho de imitarlos, aunque tal vez su posición social y sus buenos modales evitarían un rechazo abierto.

El resto del día la pasó meditabunda y cabizbaja. Quería encontrarse con la señorita Betsy, pero su mente la torturaba. Dos opciones: perder a Leo o perder su orgullo. Optó por lo segundo. Y esa noche, en su habitación, cerró los ojos y pidió al Dios de la Biblia que la fortaleciera y la ayudara. Bastante había hecho Jesús transformando su duro corazón en uno blando. Reconocía que hacía unos meses hubiera estallado si Leo le contaba su traición, así que no dudaba del poder de Dios para auxiliarla en la futura entrevista con el clan de Leo.

Se acostó con una sonrisa. Mañana le daría el sí. No contó con que Leo no aguardaría hasta horas razonables, sino que en la madrugada la despertó al son de mariachis. Al escuchar la música, repasó las fechas de cumpleaños de todos sus familiares. Ninguno cumplía años. Seguramente se trataba de los vecinos, pero se oían demasiado cerca. ¡Conchita! El temor de que algún galán de su hermana viniera a pretenderla la expulsó de la cama y abrió la cortina de par en par. Se sonrojó al ver a un Leo sonriente.

Conchita entró a su cuarto, luego sus primas, sus tías, al rato hasta su papá andaba acompañando al mariachi con su voz de barítono. Los tíos abrieron las puertas, mamá Tule sacó pan dulce y preparó chocolate caliente, de modo que en unos minutos parecía una fiesta.

—¿Y a qué se debe el concierto, sobrino? —inquirió uno de los tíos.

—Vengo a que Mago me perdone y me dé el sí.

Todos silbaron y ella se sonrojó.

—¿Ya te propuso matrimonio? —susurraron sus tías.

—¡No! —dijo Margarita—. Quiere que lo acompañe a la ciudad.

Ante su desconcierto y el bramar de su parentela, Leo sacó una caja de sus chocolates favoritos. Margarita lo acusó de conspirar con los Domínguez.

—Sabes que sí, tonto —le dijo con una mueca.

El grito de júbilo de los Domínguez debió despertar al mismo gobernador. Don Epifanio ordenó traer una botella para brindar, los tíos sacaron las guitarras y Donají no abrió el día siguiente sino hasta las tres de la tarde, algo inaudito en su historia.

Capítulo

18

A Margarita le alegró que Leo decidiera viajar en autobús. Ninguno de los dos contaba con dotes de conductor, así que se ahorraron muchos problemas. Salieron tarde gracias a que los tíos pidieron información de última hora sobre dónde guardaba los recibos o cuál era el descuento que le ofrecía a los clientes consentidos. Mamá Tule también cooperó quejándose amargamente que una de sus nuevas ayudantes ignoraba la diferencia entre el cilantro y el perejil, y aunque Margarita le rogó que guardara sus quejas para el lunes, su madrina continuó con su letanía.

Así que abordaron el autobús hasta las once de la mañana, y seis horas después arribaron a la ciudad de México. Margarita sujetó el brazo de su novio con tal fuerza que él respingó. Le confesó que se trataba de su primera salida de Oaxaca y le intimidaba la afluencia de personas y el hecho de que todos parecían saber por dónde transitar.

—Y eso que aún no has visto el centro —dijo Leo, con simpatía.

Él cargó las dos pequeñas mochilas y la guió al metro. Ella agradeció vestir pantalones de mezclilla, una blusa de manta y sus sandalias. Reparó en que Conchita había tenido razón al recomendarle zapatos deportivos y temió unos cuantos pisotones, pero afortunadamente no sufrió ningún machucón. Se trasladaron de inmediato al hotel de la señorita Betsy. Habían quedado de verla a eso de las tres, pero ya casi daban las seis. Se bajaron en la estación Hidalgo y Leo paró un taxi que atravesó Reforma hasta un pequeño hotel en la calle de Guerrero. Margarita no dejaba de temblar del miedo.

Le asombró el panorama con edificios más altos que las pirámides, calles repletas de automóviles, tiendas cuyos nombres extranjeros no se atrevería a pronunciar y una actividad desenfrenada. Alguna vez escuchó que en la ciudad no dormían, y no lo dudó al contemplar vendedores ambulantes, familias paseando, novios robándose besos y personas con rostros cansados que volvían de sus trabajos.

—¡En sábado!

—Ni digas, Mago, que los tuyos solo cierran los lunes por la mañana.

—Pero manejamos un restaurante.

—¿Y cuántos negocios de comida crees que encontrarás aquí?

Le faltarían dedos para los cientos que se necesitaban para alimentar al monstruo de metrópoli que denominaban Distrito Federal. En la recepción, Leo preguntó por Betsy Simmons. Dos minutos después, Margarita se hallaba abrazando a una mujer pequeña, arrugada, vestida con sencillez pero irradiando alegría.

Leo le dijo a Margarita que pasaría por ella más tarde, pero la señorita Betsy miró su reloj.

—Necesito hablar con ella. ¿Y si se queda conmigo esta noche? En mi habitación hay dos camas.

A Margarita le pareció que Leo respiraba con más soltura. Hasta ese momento reparó en que quizá temía la reacción de su familia, sobre todo si debían hospedarla. Así que acordaron que la recogería el domingo después del desayuno. Le dejó su mochila y se despidió con un beso. Margarita sufrió al observarlo partir. Se sentía protegida con la señorita Betsy, pero Leo se había convertido en su mundo, su ancla y su ángel guardián.

—Vamos arriba, querida. Más tarde cenaremos en un lugar chino.

Ella asintió sin desviar la vista de la puerta por la que había salido su amado Leo. ¿Cuándo había comenzado a depender tanto de él?

★ ★ ★

Leo suspiró con alivio. Había debatido todo el trayecto en la carretera en qué hacer con Margarita esa noche. Hasta había pensado en rentar una habitación para no tener que pisar la casa de los Luján. Ignoraba cómo reaccionaría su parentela, por lo mismo prefería una estrategia militar: llegar, cumplir la misión y retirarse.

¿Y ahora? ¿Debería ir al 33? ¿Y si adelantaba la sorpresa o su madre lo interrogaba? ¿Qué tal si Julieta había abierto la boca? Su madre le había llamado tres semanas antes. Él prometió con solemnidad asistir al cumpleaños de su padre, pero no avisó la hora de su aparición. ¿Qué hacer?

¡Claro! Javier le había encargado llevarle a su madre una bolsa negra. ¿Qué contenía? Ni idea, pero sería el pretexto perfecto para que la señora le ofreciera una cena casera y hasta la antigua cama de Javier. Miró el reloj. Estaría en Tlalpan a eso de las siete, platicarían, merendarían, demasiado tarde para volver sin automóvil, por lo que ella le pediría quedarse, él aceptaría y asunto arreglado.

Sonrió ante su buena fortuna.

★ ★ ★

—Mañana es el cumpleaños de mi papá. ¿Ya tienes un regalo? —le preguntó Raquel a Emma.

—Un portaplumas. ¿Y tú?

—Habanos. Lo mismo de siempre.

Emma y Sonia se sonrieron. Entre ellas bromeaban que Raquel no soltaba más dinero del necesario, ni siquiera para sus familiares más allegados. Las tres entraron a la galería de arte. Sonia debía hacer un trabajo para la universidad sobre una exposición de arte moderno y nacional. Le rogó a Emma que la acompañara y ella accedió, sobre todo porque su mamá había prometido cuidar de Paco y eso le daría unas horas de libertad. El dilema consistía en conseguir un auto ya que su padre se había llevado la camioneta para ir a una tienda de trenes al otro lado de la ciudad.

—Invita a Raquel.

Sonia torció la boca:

—Esa presumida no sabe nada de arte y, además...

Pero finalmente, sin otra opción, Fernando se quedó en casa con el niño y Raquel manejó hasta el área de museos donde se estacionó en un lugar privado.

—Nos dividiremos la tarifa —las amenazó.

Así que allí se encontraban las tres, sin una pizca de interés en las pinturas y las esculturas que allí se mostraban.

—A Leo le gustarían —comentó Emma.

—Y hablando de mi hermano, más vale que mañana se aparezca o mi madre lo enviará a la Inquisición. Según mi papá no vendrá.

—El tío Juan siempre exagera —se quejó Sonia.

—¡Qué feas pinturas! Si esto es arte moderno, prefiero la Mona Lisa y esas cosas —dijo Raquel y señaló un lienzo con manchas negras.

—Supongo que debes hallar el sentimiento del autor o su mensaje. Se titula «Desesperación» —le explicó Emma.

—Desesperación la que da observarla mucho rato. Hasta me dolerá la cabeza. Por cierto, cuando acabemos este martirio, ¿cenamos en ese lugar chino que tanto nos gusta?

—Nos lo merecemos —añadió Sonia—. En serio que mi profesor nos castigó con este trabajo. Miren este par de amantes. Yo ni les veo forma de hombre y mujer.

—Lo que sucede es que al besarse se vuelven una sola persona. Por eso no alcanzas a distinguir sus siluetas.

—Ya, Emma, no te hagas la sabelotodo.

—¡Guao!

La sorpresa en la voz de Raquel alertó a las dos hermanas.

—Esta sí me gusta.

Las tres se detuvieron frente a un cuadro mediano.

—Intenso. Hasta parece que yo estoy allí —dijo Sonia.

—Me encanta. La mujer se me figura a Macaria. Miren qué dolor se percibe en sus facciones.

—Y al mismo tiempo valentía. ¿Cómo se titula, Emma?

—«La Princesa Donají».

—¿Qué significará? —preguntó Sonia.

—No da explicaciones. El artista se llama Caso Alfonso.

—Será Alfonso Caso.

—Da lo mismo. Escribiré sobre este.

—¿Ya terminaste? Me muero de hambre.

—Vamos.

★ ★ ★

Charlaron de Leo, de la familia de Margarita y comieron hasta hartarse. La señorita Betsy pagó en la caja mientras Margarita iba al baño. Se observó en el espejo con tristeza. La vida citadina le inyectaba nostalgia por lo suyo. Las mujeres que la rodeaban la hacían sentirse inferior y menospreciada, y aunque la señorita Betsy le repetía que imaginaba cosas, ella reconocía su posición en la escala social.

Al encaminarse a la salida, observó a tres mujeres. Ellas no la vieron pues la ocultaba un maceta con tallos largos. Calculó que dos de ellas tendrían su edad, la tercera parecía más joven. Envidió sus ropas finas, su porte al caminar, sus rostros confiados y su clara desenvoltura en un mundo que les pertenecía. Agachó la cabeza para que nadie la mirara y respiró con alivio al abandonar el restaurante y atravesar las calles oscuras.

Las tinieblas le infundieron tranquilidad y se alegró al encerrarse en el cuarto de hotel con la señorita Betsy. La mujer se acomodó en el pequeño sillón y Margarita se tumbó en el suelo para estirar sus piernas.

—Entonces, ¿has leído la Biblia?

Margarita le habló de Génesis, de Juan, de su propósito de creer solo en Cristo y de acercarse a Dios en oración. Los ojos de la señorita Betsy se humedecieron.

—He pedido tanto por este momento. Tu madre debe hallarse feliz en el cielo.

—¿Mi madre está allá? En Juan dice que los que no creen son condenados.

—¡Pero ella creyó! Quizá fue la única en el pueblo que aceptó el mensaje de las Escrituras.

—Ella nunca dijo nada —le contó Margarita con melancolía.

—¿Te acuerdas del regalo?

Sacó de su maleta un libro.

—Tu madre lo preparó para ti.

Margarita arqueó las cejas. La cubierta no tenía ningún título, pero la primera página lo explicaba todo. Leyó en el dialecto: «Nuevo Testamento». Un rápido vistazo comprobó que iba de Mateo hasta Apocalipsis, todo en la lengua de su pueblo.

—Pero...

—Te lo explicaré. Conocí a tu madre el año en que llegué al pueblo. Una misionera británica no era bien vista, mucho menos en un poblado con tanto dolor y sufrimiento. Conoces la historia de tu familia mejor que yo. En ese entonces tus abuelos habían bajado del cerro para protegerse de los matones de don Julián Valencia. Tu madre, de no más de trece años, se encargaba de su hermano menor, pues sus dos hermanos mayores ya trabajaban. Entonces comenzó la matanza. Primero tu abuelo, luego tus tíos. María sufría viendo cómo su familia se desintegraba, parecía que cada semana asistía a un funeral de los suyos. Yo intentaba acercarme a los vecinos, pero ellos me cerraban el paso. A veces solo conversaba con el cura del pueblo, nadie más. La situación de tu familia se tornó grave, así que el cura sugirió que María limpiara mi casa a cambio de unas monedas. Ella accedió.

La señorita contempló las luces de la ciudad y Margarita la imitó. No negaría que existía cierta belleza en el paisaje urbano.

—Tu madre no hablaba nada de español. Y para eso, yo tampoco. Entre las dos nos ayudamos. Yo le enseñé lo poco de español que sabía; su ayuda para traducir el Evangelio de Juan resultó vital. Nos sentábamos horas y horas trabajando frase por frase. Podría asegurar que tu madre memorizó cada capítulo. Poco a poco me hice de un lugar con los niños. Les contaba historias bíblicas, ellos escuchaban, pero siempre hubo oposición, y no del cura ni de los maestros de la escuela, sino del cacique y sus secuaces.

—Es porque no desean que sus vasallos se superen —interrumpió Margarita irritada.

—Dos años después, llegaron Epifanio y los suyos. Desde el principio, tu padre se enamoró de tu madre y ella me confesó que lo quería. La madre de Epifanio, tu abuela, se opuso a dicha unión. Pero tu padre luchó con todas sus fuerzas, y como tu abuelo había muerto y él era el hijo mayor, su voluntad se impuso y se casó con María. Se organizó una boda sencilla y temí que no la dejaría venir conmigo, pero me equivoqué. Ella continuó ayudándome. Una tarde, cansada del pánico a la muerte, me suplicó que orara por la salvación de su alma. Le expliqué que ella misma debía acercarse a Dios. Así lo hizo y aquella muchacha tímida recibió una mirada de dulzura, valor y tenacidad.

Margarita acarició el libro con ternura.

—La muerte siguió persiguiendo a su familia hasta que solo quedó ella. Tu padre, que realmente no tenía problemas con don Julián Valencia, decidió salir para proteger a su mujer. Tú ya habías nacido. Creciste y...

—Yo la recuerdo a usted. Me sentaba en sus piernas para escuchar historias. Me enseñó cantos en inglés, en español, poesías y muchas cosas más.

—Mi corazón se partió cuando María y tú se despidieron. Pero antes de partir, ella me hizo prometer que algún día terminaría de traducir la Biblia y se la entregaría a su hija. Aún no nacía Conchita.

—¿Y siguieron en contacto?

—Nos escribimos un tiempo. Me enteré de su muerte por medio de tu abuela. Pero aquí está la recompensa de sus logros. No solo su hija tiene en sus manos la Biblia, sino al mismo Dios de la Biblia en su corazón.

—Pero no está completa.

—Pronto lo estará.

La señorita Betsy se arregló para dormir, pero Margarita no lograba conciliar el sueño. ¿Cuándo llegaría ese ejemplar a manos de los de su pueblo? Es más, ¿sabrían leer? Betsy le aclaró que contaba con decenas de ejemplares en su maleta. Los miembros de su organización deseaban realizar una presentación formal de la traducción y le darían la fecha para que ella asistiera. Margarita se preguntaba qué tanto sabría su padre de la labor de su madre y, sobre todo, ¿la acompañaría de regreso al pueblo para regalar ese material escrito que tal vez lograría convertirlo de una tierra de sangre en un oasis de paz?

Capítulo
19

Desde temprano, todos se prepararon para la fiesta. La costumbre de dividirse el festín reducía los gastos. El arroz corría por cuenta de Emma; la tía Cecilia se encargaría de la ensalada, Sonia del aperitivo, Raquel del postre y Elvia de los chiles en nogada, el platillo predilecto de don Juan.

El patio se acondicionó con mesas. Se barrió a conciencia, cada familia cooperó con los adornos y los invitados arribaron a eso de las once. El tío Juan se sentó en el trono desde donde impartía gracia, una sonrisa y fingida emoción. Los parientes aguardaban el festín, y en tanto la hora se acercaba, se servían refresco, repartían aperitivos e indagaban sobre las vidas de los demás.

—No es posible —le dijo Sonia a Emma en un momento que se escaparon a la cocina en busca de más cubiertos—. La pesada de Úrsula se casa en tres meses. ¿Lo puedes creer? Siempre quise ganarle y ahora me sale con que su futuro marido es un político.

Emma rascó los cajones en vano. Ni una cuchara más.

—El dichoso galán cuenta con una casa en Acapulco. ¡Cómo la odio!

Dieron las dos y el tío Juan autorizó que se sirviera la comida, aunque Leo no aparecía por ningún lado.

—¿Dónde anda mi hermano? No le puede hacer esto a mi papá —Raquel se desesperó.

—Tranquila, no debe tardar.

—Pues más le vale. Mira que hacerse el importante no le queda en lo más mínimo.

El timbre sonó y todos voltearon a la puerta del zaguán. Solo se trataba de la comadre de la tía Elvia y su hija Julieta.

—¿Es esa la niña que nos sacaba la lengua? —preguntó Emma.

—La misma. Ahora ni quien la baje de su nube con eso de que gana diez veces lo que un simple ingeniero en informática. Cuenta con maestría y no sé qué más.

Don Pancho ya iba por su segundo plato cuando la puerta se abrió. Nadie había tocado el timbre, así que Emma dedujo que se trataría de Leo. Se adelantó unos pasos para recibirlo, pero apareció de la mano de una mujer. Justo en ese instante el compacto de los *Teen Tops* que amenizaba la fiesta, por elección del tío Juan, se detuvo en la última canción. Los ojos de los presentes se centraron en la figura de la acompañante de Leo, una mujer bajita, morena, con una gruesa trenza, ojos oscuros, cejas pobladas, una falda, sandalias y una blusa artesanal.

—Podría ser Frida Kahlo —comentó la abuela de Emma, que despertó de su letargo.

—Bienvenidos.

—¡Hola, Emma! Ella es Margarita, mi novia.

La palabra «novia» causó estragos. La tía Elvia saltó de su asiento y se dirigió a su comadre:

—Es una broma. Debe haber algún malentendido.

Raquel se acercó a Leo:

—¿Qué pretendes? ¿Causarle un ataque cardíaco a mi papá? Por lo menos hubieras avisado que traerías a una novia.

—¿No mueren todos porque me case? —él comenzó a enojarse.

Por alguna razón, Emma no se movía de allí y tampoco le quitaba los ojos de encima a Margarita.

—Margarita, ella es mi hermana Raquel.

Raquel ni siquiera le tendió la mano sino que se dio media vuelta de un modo grosero. Emma lo sintió por la chica y notó en sus pupilas el dolor del rechazo.

—Pon música —le ordenó Emma a Sonia.

Sonia actuó con rapidez y la voz de José José calmó los ánimos. Emma los guió a dos sillas desocupadas. No quería separarse de Margarita por miedo a que alguien la agrediera, así que mandó a Paco por comida. Su madre, Cecilia, sonreía con cinismo, disfrutando la humillación de Elvia, su acérrima enemiga. Su padre, don Pancho, meneaba la cabeza con pesimismo y el tío Juan no había emitido palabra desde la llegada de Leo, que aprovechó que Margarita se encontraba con Emma para dirigirse al sillón. Emma no alcanzó a escuchar, pero no hubo abrazo de felicitación ni sonrisas.

Emma sentó a Paco junto a Margarita y el niño le mostró unas tarjetas de futbolistas que coleccionaba. Emma intentó aproximarse a Leo, pero Julieta se le adelantó.

—¿Por «eso» me cambiaste? —le preguntó con ironía y burla.

—Cállate, Julieta, que nadie sabe que salimos.

Julieta agarró su bolsa.

—¿Se van? —la tía Elvia palideció.

—Tenemos otro compromiso con amigos de las Lomas —anunció ella, con altanería.

La comadre asintió:

—Julietita juega canasta por las tardes con la esposa del embajador de Rusia, una gran amiga.

Sonia se colocó unos pasos atrás.

—Se lució nuestro primo. ¿No se te hace conocida?

—No empieces, Sonia. Mantengamos la compostura por el bien de Leo.

Cuando Julieta y su madre se retiraron, la tía Elvia no ocultó su furia.

—¿Y trajiste algún regalo? —le reclamó a Leo—. No respetas a nadie, Leonardo. Juan, ¿quieres otro chile?

—Mamá, deja que te presente a Margarita.

La jaló del brazo, pero la tía Elvia se resistió.

—Más tarde.

—¡Ahora!

Los dos se encararon. Raquel interrumpió:

—Mejor partamos el pastel.

Nunca se habían escuchado «Las mañanitas» con tal desgano. Solo las voces infantiles de Nando y Paco le brindaron un poco de alegría. El tío Juan no le regalaba ni una mirada a Margarita y decidió ignorar a Leo. La tensión aumentaba con el paso de los minutos.

—¡Qué nuera tan refinada te conseguiste, Elvia! —le susurró su cuñada Cecilia.

La tía Elvia comprimió los puños y Emma lamentó que su madre se comportara como una niña. Leo volvió al lado de Margarita.

—¿Quién falta por pastel? —gritó Raquel.

—Leo y Margarita —le comunicó Paco.

Nadie se movió de su lugar para llevarles los platos.

—Y dime, ¿hablas español? —la abuela de Emma no midió su lengua al dirigirse a Margarita.

Leo se puso tan rojo como un jitomate.

—¡No soportaré más insultos! Vámonos, Mago.

Ella se incorporó. Tal vez fue el modo en que lo hizo o la expresión en sus facciones, pero Emma, Sonia y Raquel lanzaron una exclamación:

—¡Es la de la pintura!

—¿De qué hablan? —quiso saber Leo.

Emma no lograba articular palabra, Raquel recogía el pastel que se le había caído, así que Sonia, con su habitual frialdad, anunció:

—Ayer fuimos a la galería del centro a una exposición de artistas mexicanos y vimos a «tu» novia en un cuadro. Por cierto, casi desnuda.

Las gotas de sudor se asomaron en la frente de Leo.

—¿Qué pintura?

Margarita se afianzó del brazo de Leo como para frenarlo.

—¡Yo qué sé! Se llamaba «Donají», de un tal Alfonso Cano o Caro. Y por cierto, la vendían a muy buen precio. ¡Cinco mil dólares!

A pesar de que Emma se ufanaba de conocer a su primo, jamás había sido testigo de una reacción igual. Por un momento temió que a Leo le daría un ataque o que se desplomaría. Sus ojos se desorbitaron, su pecho se infló y su frente se plisó en segundos.

Margarita le dijo:

—Leo, mírame.

Él se había doblado ante la reacción. Ella lo forzó a levantar la cara.

—Pediré un taxi.

Leo la siguió cual niño. Los dos perros ladraron desde la azotea y nadie supo qué hacer. Hasta que se cerró la puerta, Raquel preguntó si alguien apetecía otra rebanada de pastel.

★ ★ ★

—¡Leo!

Margarita sujetó su mochila con incredulidad. Habían conseguido un taxi en la esquina. Leo le ladró al chofer una dirección. Le preocupó la agitación de su pecho, las venas brotadas en su frente y sus ojos enloquecidos.

—Tranquilízate. Por favor.

Él no la miraba.

—Leo...

Él sacudió la mano y Margarita decidió guardar silencio. Tampoco se encontraba en óptimas condiciones. Su cabeza le estallaría en cualquier momento debido a tantas emociones contenidas. Primeramente pensaba en su plática con la señorita Betsy y el hermoso regalo de una madre ya fallecida, luego en un desayuno cargado de placer al escuchar de labios de la señorita explicaciones claras y profundas acerca de algunos pasajes bíblicos, seguido por oraciones sinceras de los corazones de ambas.

Más tarde arribó a la fiesta que preferiría olvidar. Las lágrimas se agolparon en sus ojos al evocar el desprecio de la familia de Leo. La habían humillado. No solo la habían relegado a un rincón, sino que la ignoraron en sus conversaciones y la minimizaron con sus comentarios sarcásticos.

—Servido, señor.

En sus meditaciones no había prestado atención a la ruta hasta que el taxi se detuvo frente a una galería de arte. Margarita palideció.

—No, Leo, por favor. No te lastimes más.

Su novio le extendió un billete al conductor. Sin pronunciar palabra abandonó el vehículo y Margarita no tuvo más remedio que seguirlo. En la puerta los detuvo un policía. Leo parecía demente, con el cabello revuelto y una expresión de rabia. El oficial les indicó que no podían ingresar con las mochilas, también debían pagar una cuota. Leo sacó su cartera. Margarita dejó sus pertenencias y recogió un número de clave.

Leo peleaba con la cajera:

—Falta dinero, señor.

—Pues cuente bien.

Sus dedos temblaban al repasar uno y otro billete. Finalmente obtuvieron sus boletos e ingresaron a la amplia sala repleta de cuadros y estatuas. Leo ni siquiera sabía por dónde caminar. Como un niño perdido o un animal al que sueltan en una jaula, paseaba sin ver nada ni encontrar lo que buscaba. Margarita repasó el panfleto.

—Por aquí —le indicó.

Había decidido unirse al delirio o terminarían los dos en un manicomio. De pronto, aun cuando ella lo había negado con toda su alma, sus ojos se posaron en «La Princesa Donají». El dolor comprimió su pecho e imaginó que la herida penetraría más hondo en Leo. Lo tomó de la mano y juntos contemplaron la infamia.

La etiqueta de abajo leía:

Título: «La Princesa Donají»

Autor: Caso Alfonso

Precio: 5,000 dólares

Estatus: Colección personal de Raúl González

Si tuviera al farsante de Raúl enfrente no dudaría en romperle la nariz o en morderle la oreja. No supo cuánto tiempo permanecieron inmóviles delante de la pintura, ni tampoco reparó en el rostro de Leo hasta que su cálida palma se convirtió en un témpano de hielo.

—¿Estás bien?

Le espantó el color ceniciento de su piel, el descenso de su temperatura y la irritación en sus ojos.

—Dios mío, ayúdame —sollozó.

Trató de moverlo; Leo parecía de piedra.

—Debemos irnos, querido. Reacciona.

Creyó que se desmayaría, pero medio arrastrándolo lo recargó sobre un pilar. Pidió ayuda a un policía que prácticamente lo cargó al taxi, mientras ella buscaba su equipaje.

—¿A dónde, señorita?

Su garganta le ardía. ¿Y si Leo se moría? Palpó su frente que ardía en fiebre. Entonces reconoció el restaurante chino. ¡Se encontraban cerca del hotel de la señorita Betsy! Tardaron más en bajar a Leo que en el trayecto. Margarita pagó con las monedas que le sobraban y un botones la auxilió. La recepcionista la recordaba.

—La señorita inglesa salió y no ha vuelto —le informó.

Un vistazo a Leo la inquietó.

—Por favor, necesito acostarlo en algún lado.

—Yo...

—Se lo ruego.

—Va contra las políticas del hotel.

El botones sentó a Leo en un sillón. Leo no abría los ojos ni daba señales de despertar.

Margarita oró:

—Señor, te lo ruego, envía a alguien. No sé qué hacer.

Se sentó al lado de Leo y masajeó sus manos. Si mamá Tule estuviera allí le indicaría qué hierbas darle o cómo regresarlo al mundo de los vivientes. En el pueblo matarían un chivo o derramarían sangre para deshacerse del duende maligno, pero el caso de Leo no se resumía a espíritus del inframundo, sino a seres de carne y hueso que lo habían traicionado.

Piensa, Margarita. ¿Qué hacer? ¿Acudir a la familia Luján para más desplantes o para que le recriminaran que ella había provocado el infortunio? ¿Ir a un hospital? ¿Cuánto le cobrarían? Volteó con súplica en su mirada; la recepcionista comprimió los labios.

—Está bien.

En el cuarto de la señorita Betsy, Margarita recuperó un poco de calma. Mojó una toalla y bañó la frente de Leo. No paraba de hablarle y él intentaba abrir los ojos o pronunciar alguna frase.

—¡Margarita! —la voz de la señorita Betsy, veinte o treinta minutos después, la desmoronó. Se echó a llorar como una niña y trató de explicarle todo, confundiendo los eventos y los nombres. La señorita se hizo cargo de la situación, forzándola a serenarse, explicarle todo y, al mismo tiempo, rebuscando entre sus cosas hasta dar con unas pastillas que Leo tragó en su inconsciencia.

A Margarita la mandó recostarse en el sillón. Una amiga que la acompañaba compró comida en un lugar cercano y poco a poco el frenesí cesó.

—No morirá, querida; pero fue un golpe duro.

—¿Qué hago?

—Llama a su casa. No hay otra opción.

¿A los Luján?

★ ★ ★

—¿Qué le has hecho a mi hijo?

Elvia miraba a Margarita con tal furia, que ella sintió que la atravesaba sin misericordia. De no ser porque la señorita Betsy la acompañaba, no dudaba que la habría abofeteado. El cuñado de Leo revisaba sus signos vitales en el consultorio casero que tenía en la casa. Margarita se enteró que el cuarto de arriba era el estudio de Leo, pero nadie le ofreció echar un vistazo, ni siquiera les regalaron un vaso con agua.

El padre de Leo se acercó a Fernando, el ginecólogo.

—¿Se pondrá bien?

—Puede ser el azúcar, la presión la tiene altísima. ¿Recibió alguna fuerte impresión? —se dirigió a Margarita.

—Seguramente lo envenenó —añadió doña Elvia.

—¡Señora! —exclamó Betsy sin poder contenerse más—. Me ofende a mí y a mi protegida.

Abrazó a Margarita con ternura, pero ella no se dejó doblar. No lloraría.

—Debemos llevarlo al hospital —sugirió el médico.

Don Juan asintió y don Pancho ofreció la camioneta más grande. Las primas de Leo se encargaron de ir por algo de ropa y la hermana de Leo marcó en su celular para avisar que solicitaban una cama. Nadie hacía caso de Margarita. De pronto, sin que supiera cómo, se encontró sola en medio del patio, con la señorita Betsy y la prima de Leo, Emma, que trataba de evitar que el perro más grande saliera corriendo detrás del vehículo.

Una canción vino a la mente de Margarita.

«¡Qué lejos estoy del suelo donde he nacido!»

Margarita no pertenecía a la ciudad, ni a la familia Luján. Quizá Leo jamás volvería a Oaxaca. ¿Y si moría? Si no lo hacía por enfermedad, lo haría por dolor. La angustia de comprender que Raúl lo había timado se había grabado en sus facciones con profundidad. Leo no olvidaría. ¿Se repondría del golpe?

—Debemos irnos —le susurró la señorita Betsy.

Se despidieron de Emma, que no ofreció mantenerlas informadas, aunque tampoco lucía molesta, sino más bien confundida. En el taxi, otra frase de la canción: «Intensa nostalgia invade mi pensamiento». Margarita deseaba llorar, dejar de sentir y no haber conocido a Leonardo Luján. Igual que la canción, ella se veía sola, triste, cual hoja al viento. Por culpa de Leo había salido de Oaxaca. ¿Para qué? Bien había insinuado Javier en una conversación que sostuvo con Leo, que la falta de compenetración del agua con el aceite no solo se daba en términos químicos, sino también en personalidades. Margarita y Leo no eran el uno para el otro. Se había enamorado de una falsa ilusión.

Esa noche, en el cuarto de hotel, mientras la señorita Betsy bajaba por unas botellas con agua, Margarita tarareó la canción que anidaba en su pecho. «¡Oh tierra del sol, suspiro por verte!» Entonces tomó el teléfono y marcó el número del restaurante.

—¿Hija?

—¡Papá!

Debía volver a casa.

Parte 2

Muere el sol en los montes
con la luz que agoniza,
pues la vida en su prisa
nos conduce a morir.

Pero no importa saber
que voy a tener el mismo final
porque me queda el consuelo
que Dios nunca morirá.

Voy a dejar las cosas que amé,
la tierra ideal que me vio nacer;
sé que después habré de gozar
la dicha y la paz que en Dios hallaré.

Sé que la vida empieza en donde se piensa
que la realizada termina..
Sé que Dios nunca muere y que se conduele
del que busca su beatitud.

Sé que una nueva luz habrá de alcanzar
nuestra soledad.
Y que todo aquel que llega a morir
empieza a vivir una eternidad.

Dios nunca muere (Macedonio Alcalá)

Capítulo
1

Cuando Leo despertó tenía una sola idea en mente: recuperar su pintura. Pero se encontró con un cuerpo abatido que no le permitía levantarse de la cama donde su mamá lo había colocado. No le permitieron subir a su estudio ni salir al patio para tomar el sol. Su cuñado, el ginecólogo, diagnosticó una depresión crónica, aunque su especialidad nada tenía que ver con el alma; pero a Leo no le importó el nombre ni el remedio, solo se dejó envolver por ese manto de oscuridad que le resultaba más atractivo que la realidad.

Su madre le había dicho:

—Te lo dije, hijo. Esa mujer nada más vino y te entregó como un juguete usado. No se ofreció a ayudar, sino que se marchó enseguida, como si le pudieras contagiar la peste.

Leo no lo había creído, pero Raquel había ratificado la noticia. Y el silencio de los días posteriores confirmó sus sospechas: Margarita lo había abandonado. Ni un mensaje por teléfono, ni un recado con Javier. Margarita no lo había amado.

Leo siempre había reconocido su personalidad suicida, pero no intentaría ninguna tontería hasta lograr recuperar su pintura. La sed de venganza que hervía en su pecho resultaba en su única motivación para sorber los caldos de pollo que Elvia le preparaba y para soportar las miradas acusadoras de su padre.

Solo Emma le traía un poco de dicha por las tardes, cuando lograba escapar de sus obligaciones y se internaba en el cuartito con un Paco juguetón. Le contaba de los vecinos, de las travesuras de Paco en el jardín de niños y de las nuevas películas. Siempre había sido fanática del séptimo arte.

Finalmente, Leo decidió realizar una caminata. Aprovechando que su madre andaba en el supermercado con Raquel, se amarró una bata de baño alrededor del pijama. Las pantuflas de su padre le quedaban un poco chicas pero avanzó sin grandes dificultades hasta la puerta. Los dos perros se encargaron de ladrar y anunciar su presencia, pero para su fortuna, nadie estaba en la casa grande, ni la tía Cecilia ni la señora Lupe. Abrió lentamente y aspiró profundo. Se encaminó al patiecito trasero, el de las lavadoras. Entonces sintió el llamado que provenía del cuchitril de la tía Toña.

El tío Pancho jamás quitaba la llave de la puerta, así que abrió con facilidad y se tumbó sobre una de las sillas de plástico. ¡Qué agotado se sentía! Recordó la Biblia que había dejado en Oaxaca, en la casa de Ofelia. Pero no hacía falta tenerla a la mano para evocar el pasaje que ya casi había memorizado: *Se multiplicarán los dolores de aquellos que sirven diligentes a otro dios.*

Imaginó a Raúl retorciéndose en el averno, rodeado del fuego de los mismos dioses prehispánicos que atormentaban a Leo por las noches. Y con la misma fuerza volvieron sus ansias de golpearlo y reclamarle su engaño. No descansaría hasta lograrlo. Entonces la voz de la tía Toña susurró: «Ten cuidado, Leo».

Él se tapó la cara. No le quedaba nada más en la vida. En el fondo, sabía bien que no volvería a pintar, mucho menos algo con la calidad de «La Princesa Donají». Su futuro estaba truncado sin Margarita, sin su arte, sin esperanza. Solo la vaga ilusión de apropiarse de su obra lo tranquilizaba, y aun cuando su pecho se comprimió, las lágrimas se negaron a salir y con derrota se escabulló de regreso a su cama.

★ ★ ★

Después de un ligero mareo, supo que sobreviviría.

Vestido con unos pantalones de mezclilla y una sudadera, se dirigió al metro. La estación no se encontraba tan cerca como lo había imaginado, así que tuvo que caminar varias cuadras hasta la galería. Rogó que el guardia no lo reconociera como el loco de unas semanas atrás que había acudido con una mujer de procedencia indígena, y al parecer no lo hizo. Leo pagó su entrada, ingresó al frío edificio y se encaminó al área donde se ubicaba su pintura. Su boca se comprimió, sus palmas sudaron, su visión se nubló del coraje.

Margarita, su princesa Donají. Había recibido dos mil dólares que se había gastado en menos de seis meses, mientras que Raúl la ofrecía en cinco mil. ¿Ya la habría vendido? ¿Y si conseguía lo suficiente para comprarla de regreso? ¡Pero era suya!

—A mí también me impresiona —le dijo un hombre a su lado y Leo tembló.

El hombre con acento extranjero y una barba rubia se presentó:

—Soy el organizador de la exposición. Esta es una de mis favoritas.

¿Debía confesar ser el autor? Pero, ¿cómo demostrar que era Alfonso Caso? Sus credenciales lo identificaban como Leonardo Luján.

—¿Y quién es el afortunado dueño?

El hombre barbudo lo miró de reojo.

—No puedo revelar más datos de los que aquí se muestran. Usted conoce a las clases altas, sobre todo en México. La mayoría ignora el sabor del verdadero arte, pero al contemplar sus billetes y anhelar las élites sociales, se rodean de objetos de buen gusto. Pero no se apure, lo cuidará bien. ¿Conoce al artista?

—No.

—¿Y cómo saber si es su nombre real? Muchos se esconden detrás de un seudónimo, lo que es una pena. Solo hacen más complicada la búsqueda.

—Y lo peor es que pueden perder sus mejores obras bajo el anonimato.

—Eso nunca —le explicó el hombrecillo con convicción—. La prueba más importante del arte es el tiempo. Quizá cuando Caso Alfonso muera, se dé a conocer su verdadera identidad. Y si lo merece, su pintura adquirirá su verdadero nombre.

Leo se sentó sobre la banca más cercana. Empezaba a perder fuerzas. Entonces, el barbudo posó su mano sobre su hombro:

—Tarde o temprano, el bien triunfa.

¿Qué le habría querido decir? Entonces lo dedujo. Tal vez Raúl, en un ataque de pánico, le había advertido que el pintor visitaría la galería para reclamar la obra o para crear un escándalo. ¡Qué poco lo conocía! Leo ni siquiera conseguía ganar un pleito familiar. ¿De dónde sacaría las agallas para un proceso legal que en nada le beneficiaría? Después de unas horas en el museo, con la mente perdida en su mundo y con el sueño plagando sus párpados, se puso de pie. En la salida, el guardia le entregó un fólder.

—¿Y esto?

—Se lo dejó el señor Lepont.

El barbudo.

En el parque más cercano, Leo analizó las dos hojas tamaño carta. Parecían bajadas de la Internet o de una enciclopedia virtual. Resumían las vidas de dos artistas de renombre que habían utilizado seudónimos: Il Tintoretto, un artista veneciano, y Hokusai Katsushika, un grabador japonés. ¿Le querría decir algo? Leo solo renovó su convicción de que nada desviaría su único propósito en la vida: ser el dueño de «La Princesa Donají».

★ ★ ★

Javier no había tenido tiempo de ir con Margarita. Quería contarle que Leo estaba mejor de salud, aunque ignoraba si a Margarita le interesaría el dato pues la última vez se había encogido de hombros con desgano. Según ella, Leo había preferido a su familia.

Sin embargo, su entrada a la ciudad de Oaxaca se complicó. Una marcha detuvo al taxi.

—Son los maestros —le explicó el conductor—. Están exigiendo el cumplimiento de su pliego petitorio.

Javier sonrió ante las elevadas palabras del hombrecillo de piel tostada. Seguramente repetía lo que anunciaban por el radio, y tampoco le asombró el hecho de la toma de las calles del centro histórico. Desde que Javier había pisado el estado, reconocía que los maestros solían demostrar su inconformidad con protestas, así como los indígenas, los transportistas, los comerciantes y todo el que con un poco de voluntad reuniera un grupo representativo.

Precisamente el día anterior habían celebrado el Día del Maestro. ¿Habrían recibido regalos? La mención de la fecha lo hizo palidecer. ¡Cuánto tiempo desde la última vez que había visitado a Margarita! En febrero ella había viajado a la ciudad de México, ¡y ya era mayo!

Media hora después, cuando finalmente decidió caminar, doña Ofelia lo recibió con un abrazo efusivo.

—¡Ya te echaba de menos! Además, no te has llevado las cosas de tu amigo el pintor y no he podido rentar el bungaló en meses. ¿No volverá Leo?

—Dudo que hayas tenido muchos clientes —rió Javier.

—Tienes razón, pero de todos modos no sé qué hacer con tanta pintura regada. Y dejó un cuadro bien bonito; parece algo del juego de pelota, pero no estoy segura. El otro, de unas calaveras, da miedo.

Javier los analizó con detenimiento. Sin ser «La Princesa Donají», conservaban cierta pasión que vendería bien en algunas galerías. Le avisaría por si Leo deseaba que se los enviara a la ciudad. A su mente vino la figura de Raúl González. Javier había acertado en su apreciación por el hombre refinado que ocultaba un corazón de ladrón. La misma Margarita había intuido su maldad, pero ni ella ni él habían podido salvar a Leo del engaño.

¡Margarita! No podía posponerlo más. Iría en ese mismo instante a Donají.

★ ★ ★

Margarita sujetaba el Nuevo Testamento entre sus manos. Las lágrimas empañaban su visión, pero no paró de leer: *La paz os dejo, mi paz os doy; yo no la doy como el mundo la da.* Repitió la palabra «paz» hasta que sonó a rezo. ¿Cuándo dejaría de llorar? Lo hacía a escondidas, lejos de los ojos curiosos de su familia, pero ellos adivinaban su pena. ¿Qué había hecho para perder a Leo? ¿Por qué no la llamaba? ¿Ya no la quería? ¿Había jugado con su corazón?

La familia entera se había ofendido, de modo que removieron los cuadros de su autoría y borraron todo indicio de su presencia. Su nombre estaba prohibido; su mesa de costumbre se había restringido a las emergencias. Pero, ¿cómo borrarlo de su corazón? ¿Cómo arrancárselo? Hubiera deseado que la pintura de «La Princesa» se hiciera realidad y que alguien le extirpara los latidos para olvidar a Leo. Pero los meses pasaban y aun cuando el tiempo cooperaba con la cadencia de la rutina, sus pensamientos la traicionaban.

Alguien tocó la puerta de la oficina y ella se limpió la cara. Abrió con cautela. La imagen de Javier no mejoró su humor. ¿Qué hacía allí? Lo hizo pasar y él conversó del clima y otras trivialidades hasta que mencionó el nombre de Leo.

—Ya puede caminar y sale un poco de su casa.

Margarita alzó la mano:

—Javier, realmente no me interesa. Prefiero no enterarme de lo que hace o no hace.

—Pero…

—Lo digo en serio. Yo te aprecio y te respeto; no me obligues a romper nuestra amistad.

Javier apretó los labios, pero dejó el tema a un lado. Más tarde, mientras mamá Tule lo agasajaba con un mole coloradito, Margarita se escabulló de nuevo a la oficina. Cerró los ojos y le rogó al Jesús del Nuevo Testamento que le regalara esa paz que prometía, porque de lo contrario, se volvería loca.

Capítulo
2

Leo abrió el paquete con desesperación. Por fin se había librado de la casa de sus padres y se hallaba en medio del caos de su estudio. Javier le había enviado las pinturas por medio de un servicio de paquetería especial, así que se encontraban firmemente afianzadas y envueltas. Tardó más de diez minutos antes de contemplarlas al fin.

El arqueólogo había tenido razón: no eran «La Princesa», pero tampoco carecían de calidad. El «Juego de Pelota» reflejaba destellos de talento y un pedacito de aquel corazón en llamas que Leo había despertado en Oaxaca. El de «Cráneos» danzaba con la furia y el desconsuelo de la muerte.

Leo se sentó sobre la cama con un suspiro. No podía pintar. Su mamá le había comprado hierba de San Juan para su depresión, su padre no le cobraba la renta, Raquel se limitaba a contarle del nuevo *reality show* en la televisión; en suma, todos, a su manera, intentaban ayudarlo y devolverle la cordura. Pero, ¿sería posible?

A veces le pesaba despertar. Le costaba trabajo concentrarse y prefería dormir, lo que se había convertido en su vicio y en su refugio. Sin embargo, de madrugada, cuando todos roncaban y él debía imitarlos, despertaba con miedos e imágenes turbulentas que le robaban la tranquilidad. No volvía a conciliar el sueño hasta las seis o siete de la mañana cuando sus familiares iniciaban sus actividades diarias.

Leo vivía todo al revés.

De repente, en un arranque de inspiración, decidió lo que debía hacer con su vida y con su arte. En primer lugar, vendería el «Juego de Pelota» y los «Cráneos». Con ese dinero y el que lograra juntar con su otro plan tendría lo suficiente para comprarle de vuelta «La Princesa» al impostor de Raúl. Corrió escaleras abajo por unas cajas que su mamá había arrumado desde Navidad. Paco jugaba con los perros en el patio. No había ido a la escuela por un dolor de estómago que por lo visto desapareció milagrosamente.

—¿Qué haces, tío? —le preguntó.

—Nada importante.

Subió las escaleras de dos en dos y empezó a empaquetar sus pinceles, los lienzos en blanco, la pintura en botes, el caballete. Paco, sin el permiso de su abuela, se asomó por la puerta. Leo no logró regañarlo como el resto de su parentela, pero estaba consciente del peligro que esos niños corrían al trepar las escaleras metálicas que algún día causarían un accidente mayor.

—¿Qué haces? —le preguntó, con ojos espantados.

—Voy a vender estas cosas, Paco.

—Pero… si las vendes, ¿con qué vas a pintar?

Leo no se dejó conmover ante la expresión del pequeño. Si bien Paco parecía ser su único y más fiel admirador, no daría marcha atrás o perdería las escasas esperanzas que albergaba de vencer esos días oscuros.

—Ya no voy a pintar, Paco.

El chiquillo abrió la boca, pero no dijo nada. Con su acostumbrada prudencia, bajó al patio. Media hora después, Leo escuchó la conversación.

—Pero, ¿por qué lloras, Paco?

—Porque mi tío Leo ya no va a pintar.

En menos de cinco minutos, un récord familiar, Leo se enfrentó a su madre, a Raquel y a la tía Cecilia.

—Ni digan nada —les dijo con vehemencia—. Estoy haciendo lo que siempre han deseado; déjenme en paz.

Y con un peso en el estómago, cerró la puerta y continuó su labor.

★ ★ ★

—¿Participar en la megamarcha? —inquirió Margarita con temblor en la voz.

Bernabé asintió al tiempo que se amarraba una pañoleta en la cabeza, quizá para verse más revolucionario. Un año menor que ella, de pronto a Margarita se le figuró un hombre y no un joven inmaduro.

—Debemos apoyar a los maestros. Este plantón es una muestra de nuestro descontento. Ya basta de injusticias. Tú deberías apoyarme más que cualquiera, Mago.

Pero ella había cambiado. Seguía detestando la discriminación y aún pensaba que los indígenas recibían demasiados maltratos de parte de la sociedad y de los caciques. Sin embargo, creía que los cambios resultaban más efectivos por medio del amor y el ejemplo que por la violencia. ¿No había hecho eso Jesús? En el librito de Juan había leído que ante sus acusadores prefirió callar. No los insultó, aun cuando ellos se lo merecían.

—Es peligroso.

—¿Peligroso? Están convocando a toda la ciudad. ¡Y debemos derrocar al gobernador! Todos los políticos nos han traicionado, y el partido en el poder protege a los caciques y a los extranjeros que explotan a nuestro pueblo.

Margarita se rascó la frente. ¿Qué hacer?

—¿Y qué del restaurante? Yo soy la encargada.

Bernabé la contempló con suma tristeza:

—No te voy a obligar, Mago.

Pero ella leyó en sus pupilas la decepción y se tragó sus lágrimas. Él se marchó, seguido por una tropa de primos y primas que más que política veían una oportunidad para escapar de sus obligaciones en el negocio. Las clases de por sí se habían suspendido en muchas escuelas y Margarita agradeció que Conchita anduviera con su padre en un pueblo vecino en busca de nuevos manteles.

Mamá Tule salió de la cocina.

—¿Y ora? ¿Qué mosca te picó?

—Supongo que no habrá mucho trabajo. La ciudad entera andará marchando en las calles.

—¿Y tú por qué no juiste?

—No lo sé, mamá Tule. Yo misma no lo comprendo.

La mujer de amplias caderas y piel morena solo atinó a darle una palmadita en el hombro. Así que la mañana transcurrió con lentitud y Margarita se dedicó a revisar los libros de contabilidad mientras mamá Tule y algunas meseras limpiaban los saleros. De repente, se escucharon los gritos de la gente y los voceros que exigían derechos, libertad y la renuncia del gobernador. Margarita salió de la oficina, pero mamá Tule y las meseras ya tapaban las ventanas para contemplar el desfile.

Margarita las imitó y descubrió al peluquero de don Epifanio, a la dueña de la panadería de la esquina y a dos amigas de la preparatoria. Sus primos no se veían por ningún lado, pero no dudaba que ocuparan la retaguardia. En efecto, ¡cuánta gente! No había imaginado tal cantidad de ciudadanos que en muestras de solidaridad marchaban al lado de los maestros. Muchas mujeres sostenían sombrillas sobre sus cabezas para protegerse del sol, unos más cargaban pancartas o coreaban al portavoz.

Ella solo supo que un escalofrío recorrió su espalda. En cierto modo le alegraba notar al pueblo unido, pero algo dentro de ella se movía con preocupación. ¿Qué le pasaba? ¿Estaría volviéndose una amargada? Unos meses atrás Margarita habría caminado al frente, luciendo sus trajes típicos y pidiendo que Julián Valencia desapareciera del mapa. Pero él había muerto, y curiosamente, ella ya no experimentaba ese odio que se había enraizado durante su infancia. ¿Por qué?

★ ★ ★

—Así que no sabes nada sobre Carlos —dijo Javier, con melancolía.

Susana acarició su abultado vientre. En unos días dejaría de trabajar para disfrutar su licencia de maternidad. ¿Qué haría Javier con tanto trabajo? ¿Y dónde andaba ese muchachillo? El radio sonaba desde la otra habitación anunciando la segunda megamarcha, en la que se calculaban hasta cien mil personas.

—En la primera hubo ochenta mil. O eso dicen —comentó Susana.

Javier volvió al presente.

—¿De qué hablas?

—De las marchas. ¿Qué opinas de ellas?

—No lo sé, Susana. Todo este movimiento me confunde. No creo que esta gente realmente esté apoyando a los maestros, sino que reclaman derechos que les han quitado desde hace años. Hay tantos campesinos sin futuro, estudiantes influenciados por las revoluciones pasadas y presentes, líderes sindicales buscando sacar provecho de todo esto...

—Y para colmo yo te dejo solo con un montón de trabajo —sonrió su compañera.

Javier lanzó una carcajada que le sentó bien.

—¿Tú qué piensas, Susana?

—Yo soy esposa de un empresario, no lo olvides. Tengo prohibido dar mis puntos de vista sobre política por cuestiones de seguridad.

Él torció la boca:

—¿Ni siquiera a un amigo?

—Mucho menos a un arqueólogo que ama al pueblo.

Le plantó un beso en la frente y se marchó. Javier se cruzó de brazos. Susana vivía en la mejor zona de Oaxaca y contaba con un guardaespaldas. Manejaba una camioneta equipada, frecuentaba los restaurantes más afamados y viajaba a la playa cada fin de semana. Su esposo tenía casas en Huatulco y Cancún. Sus negocios rebasaban los ceros que Javier lograba vislumbrar en sus pagos mensuales, pero Javier no podía ignorar que la sociedad oaxaqueña se encontraba indignada precisamente ante esos extremos sociales.

Recordó lo que don Epifanio, el padre de Margarita le había dicho:

—Y para colmo, nos remodelaron el zócalo. ¡Como si lo necesitara! Destruyeron la cantera verde para usar ese material barato. Este gobierno no tiene respeto por la tradición, Javier. Y si ellos nos atacan, nos defenderemos.

¿Qué pensaría Margarita de las palabras de su padre?

★ ★ ★

—Pero ¡papá! Ya están usando la violencia. Usted sabe que los de la universidad tomaron la rectoría y se dice que algunos maestros saquearon la cafetería de una oficina de gobierno.

Don Epifanio se retrepó en su sillón, desde donde contemplaba a su hija con creciente enojo.

—M'ija, no me vengas con esas cosas. Violencia es la que se usa en el pueblo cuando dos se pelean por una gallina y se agarran a machetazos. Violencia es lo que don Julián les hizo a los hermanos de tu madre, a quienes mató uno por uno por medio de sus matones que los balacearon mientras este se bañaba en el río o aquel labraba el campo.

—Papá, no podemos permitir que Conchita vuelva a esas marchas. Es lo único que le pido.

Él sorbió su mezcal con toda calma, pero Margarita se quería morir. Había sufrido todo el día imaginando las miles de tragedias que podían sucederse y Conchita había regresado feliz, contándole lo emocionante que le pareció gritar a viva voz una serie de sandeces.

—No lo repetiré, Margarita. Esta familia ha sufrido mucho en manos de los ricos y poderosos. Si mis sobrinos o mis hermanos o mi hija se unen a la voz del pueblo, yo no los detendré. Tú bien sabes de lo que esos blancos gachupines son capaces. ¡Mira no más lo que hizo el tal Leo!

Su rostro palideció y perdió el equilibrio por un momento. ¡Su padre había mencionado el nombre de Leo! No lo había pronunciado desde que había recogido a Margarita en la estación de autobuses. Ella solo le contó lo mínimo, pero todos adivinaron que los Luján le habían hecho un desplante y nadie comprendió el dolor de Leo al ver su pintura en la galería.

—Papá, él no me dejó. Yo...

—¡No lo defiendas! ¿Es por eso que no te has unido a tus primos en las marchas? ¿Porque aún quieres a ese niño mimado que se aprovechó de la buena voluntad de esta familia? ¡No me interrumpas! Ese muchacho jamás pondrá un pie en esta casa. Le rompió el corazón a m'ija, y eso es suficiente para ganarse mi eterno desprecio.

Se empinó el vaso con mezcal y Margarita cerró los ojos. ¿Cómo defender a Leo? Es más, ¿por qué defenderlo? Su padre tenía razón. Leo le había arrancado el alma con ese cuadro que Margarita desearía no haber visto jamás.

Capítulo
3

—¿Estás segura que se trata de Carlos? —le preguntó Javier.

Margarita asintió nuevamente. Repasó con la mirada el restaurante casi vacío, con algunas sillas sobre las mesas y algunas moscas rezumbando en son de burla. Ya nada era igual en Oaxaca. El plantón ahuyentaba a los turistas y a los locales; los días transcurrían con tanta lentitud que resultaba escalofriante. Pero Margarita regresó su atención a su único cliente, que sorbía el caldo en profunda concentración.

—No había podido venir, pero tampoco nos visitas gran cosa en Monte Albán. Dime, Mago, ¿podrías llevarme con Carlos? Tú sabes qué día es mañana.

Por supuesto que Margarita lo recordaba. Javier cumplía años y siempre venía a comer en Donají, donde se dejaba consentir por los Domínguez; pero ese año la mitad de la familia se encontraba ocupada en el conflicto y probablemente ni siquiera se acordarían de esa fecha tan significativa para el arqueólogo.

—De todos modos siempre paso con unas cazuelas para que coman —dijo, y se encogió de hombros—. ¿Por qué tanto interés en ese muchacho?

Javier se limpió la boca.

—Yo mismo no lo entiendo. Supongo que salvarlo a él equivaldría a salvar a toda la comunidad. Estoy loco, Mago. No me hagas caso. ¿Y has sabido algo de Leo?

Ante la mención del nombre, ella se puso en pie y empezó a recoger el pan de la mesa.

—Dale una oportunidad. Esto es solo un malentendido. ¡Él te quiere!

Pero Margarita no deseaba escuchar una palabra más, por lo que recogió la cazuela de barro en que mamá Tule había preparado un delicioso mole para los huelguistas, aunque alcanzó a escuchar a su amigo:

—Hablas del amor al prójimo y te niegas a tenderle la mano a un artista medio loco.

Desechó esas palabras mientras ella y Javier recorrían las calles de la ciudad, que más bien simulaban campamentos improvisados donde delegaciones enteras convivían en relativa paz. Algunos hasta tenían estufas de gas o braseros donde calentaban sus tortillas; había mantas, catres, roperos y televisores. Los niños veían las caricaturas, las mujeres conversaban en susurros y los hombres discutían sus estrategias. Las mantas mostraban la hoz y el martillo, los rostros de Lenin, Marx y Ché Guevara. Y aunque Margarita no lo confesaría en voz alta, no tenía la más mínima idea sobre los orígenes del tal Ché o sus logros, aun cuando su primo Bernabé prácticamente lo idolatrara.

Bernabé se ubicaba en el zócalo, donde convivía con algunos primos y dos tíos que hacían guardia con él durante el día, pero a diferencia de Bernabé —que se quedaba a dormir por las noches—, los tíos regresaban a la casona Domínguez para reposar. Su padre andaba jugando dominó con unos compadres junto a la catedral y Conchita tomaba un helado con sus compañeras del colegio, que aprovechaban el plantón para faltar a clases y conocer nuevos amigos.

Javier observaba todo en silencio; Margarita no se atrevió a preguntarle su opinión porque temía que ahondara en el tema del amor al prójimo. Margarita, debido a sus lecturas del Nuevo Testamento, había concluido que si bien no participaría activamente de las marchas y las manifestaciones, no dejaría que esa gente muriera de hambre, razón por la cual el restaurante alimentaba a muchos de ellos con algún guiso de mamá Tule.

Pero eso no implicaba que estuviera de acuerdo con muchas cosas, principalmente con la destrucción de su bella ciudad. Le molestaba la basura acumulada en esquinas o desbordándose de botes; envoltorios regados, papeles al aire, pancartas inservibles o que se iban cayendo de las paredes. Los plásticos rojos, azules, blancos, negros, y las láminas y cartones, opacaban la perfección del arte colonial y ni siquiera los pocos balcones sobresalían en medio de la enredadera de cableado y cuerdas; los cables para robar luz eléctrica, las cuerdas para sostener sus tiendas.

Por fin arribaron al cuartel de Bernabé. Él y otros amigos bebían cerveza, lo que Margarita desaprobó. Uno de ellos casi le arrebató la cacerola mientras otro reproducía unas tortillas con las que acompañaron el guiso. Margarita ni siquiera tuvo que preguntar por Carlos, pues el muchachillo se asomó.

—Huele bien.

Sin embargo, cuando se topó con Javier, titubeó:

—Don Javier... ¿qué anda haciendo?

Javier tardó en responder pero le comentó que lo andaba buscando. ¿Podían platicar? Carlos aceptó y ambos se apartaron del grupo. Bernabé, hundido en sus disertaciones sobre el gobierno, ignoró a su prima mayor y ella, visiblemente ofendida, se dio la media vuelta. ¿Acaso valía la pena amar al prójimo cuando uno recibía semejantes desplantes?

★ ★ ★

—Yo estoy bien aquí, don Javier. Perdone que no le avisara, pero se complicó la cosa. Verá, debo luchar con el pueblo.

—¿Y qué defienden? —le preguntó Javier adivinando la respuesta.

Carlos encontraba en el plantón una salida a su soledad. Recibía alimentación, compañerismo y una causa.

—Ya sabe que el gobernador es una rata —masculló con desprecio.

Javier sonrió ante la expresión del joven, una parecida a la suya. Suspiró al reconocer que él mismo había militado bajo la bandera izquierdista durante su época universitaria. Como tantos otros, le rezaba al Ché

Guevara por las noches y maldecía al capitalismo de día. ¿Tan fácilmente olvidó sus convicciones y principios? ¿Quién tenía la razón?

A través de la lectura se enteró que muchos opositores a los gobiernos jamás habían comprendido al cien por ciento las filosofías que predicaban, pero, ¿eso lo excusaba a él? En medio de su nuevo puesto en Monte Albán, olvidó por un momento que la desigualdad existía y cubría a su país con una sombra amenazadora. Hundido en las glorias del pasado ignoró las miserias del presente. Sin embargo, un vistazo al plantón le trajo a la memoria sus ideales de juventud: educación para todos. Para él, no existía un mejor remedio.

—Deberías entrar a la escuela y no pasártela en un plantón, Carlos. ¿Hasta qué año estudiaste?

—Cuando reprobé tercero de primaria dejé la escuela para siempre.

¡Tercero! Ni siquiera había concluido la primaria. Javier sintió una fuerte punzada en la cabeza.

—Don Javier, relájese. Verá que nos la pasamos bien aquí. ¿Qué tal un jueguito de dominó y más tarde un partidito de fut?

Javier pensó rápido. Aprovecharía la situación.

—Escucha, Carlos, si me quedo, ¿me prometes algo?

Él lo contempló con sospecha:

—¿Como qué?

—Como intentar la escuela en septiembre. Conozco un programa en el que no tendrías que regresar con niños más chicos, sino acudir a clases especiales. Yo te ayudaría.

—Está bien.

Y así, Javier conoció a los maestros que protestaban, jugó dominó y un poco de fútbol, hasta que la noche lo alcanzó desprevenido, y ante la insistencia de Bernabé y de Carlos, se quedó a dormir con ellos. Solo una noche, se dijo a sí mismo. Nada malo ocurriría por pasar unas horas bajo el cielo estrellado de Oaxaca, en una tienda improvisada, escuchando la radio en el fondo con ecos de protesta y de vez en cuando melodías de cantina. Al día siguiente, catorce de junio, celebraría su cumpleaños con Margarita y luego se volvería a Monte Albán.

★ ★ ★

No supo qué la despertó primero, si los gritos o los golpes a la puerta principal, pero Margarita se amarró una bata alrededor de la cintura y corrió escaleras abajo. El tío Santiago se calzaba sus botas.

—¡Bernabé! Debemos ir por él.

—¿Los estarán matando? —gritaba la tía Regina con histeria.

Don Epifanio miró a su hija con espanto.

—Todos quietos; debemos serenarnos. ¿Qué tal si…?

Pero los golpes en la puerta alarmaron a Margarita y no resistió el impulso de abrirla. Tres mujeres, cubriéndose la boca, le rogaron asilo. Margarita las hizo pasar y la tía Josefina reaccionó, ayudándolas con los dos niños pequeños que traían.

—¿Qué pasa allá fuera? —preguntó el tío Román—. Todavía es de madrugada.

Las mujeres tosían tanto que no articulaban palabra. Mamá Tule ya había despertado, y con su sabiduría característica las forzó a beber agua. Una vez que recuperaron el aliento, contaron su historia.

—Estábamos durmiendo cuando llegaron los policías. Nos golpearon para que nos paráramos pero salía un humo rojizo y empezamos a estornudar. Nos lloraron los ojos, los niños gritaron… Solo alcancé mi rebozo —contó la maestra.

La otra añadió:

—Le prendieron fuego a las maletas. ¡No nos queda nada!

El tío Santiago enrojeció de un modo aterrador.

—¡Vamos a darles su merecido!

Los tíos Román y Lorenzo accedieron. Corrieron a la parte trasera de la casa en tanto don Epifanio se asomaba por una de las ventanas.

—Hay un helicóptero. Se ve clarito. ¿Qué hace?

Margarita se colocó a su lado y casi se desmaya. ¡Un policía disparaba desde las alturas sin ton ni son! Los tíos entraron de nueva cuenta con palos en las manos y unos tubos de acero. Margarita no quería ni pensar lo que se proponían hacer, pero alguien más suplicaba ayuda. La tía Josefina descorrió el cerrojo y cinco mujeres más, intoxicadas y al punto del desmayo, se escabulleron con otros niños envueltos en mantas y sábanas. Mamá Tule continuó en su labor de rescate, ofreciendo trapos mojados. Conchita y sus primas ya se encontraban preparando café por instrucciones de la nodriza.

—¡Vamos! ¡Qué esperamos! —gritó el tío Santiago.

Los primos y los tíos tomaron sus armas y enfilaron rumbo a la salida. Margarita esperaba que su padre los detuviera, pero en contra de todo pronóstico, don Epifanio agarró un palo de escoba y los siguió.

★ ★ ★

Javier corría sin dirección. Por medio de la radio les habían informado que los granaderos atacaban a los manifestantes, pero no calculó que ingresarían con tal rapidez a aquellas inmediaciones. Destruyeron las tiendas de campaña, lanzaron petardos y granadas de gas pimienta. Él no podía toser, ni respirar. Se cubría la boca y la nariz con la manga de su suéter, pero su preocupación por Carlos era mucho mayor.

El niño, sin el menor asomo de cautela, tomaba las granadas y se las devolvía a los granaderos antes que explotaran. Algunos imitaron sus acciones, y en medio de la confusión, Javier intuyó que los policías comenzaban a desorganizarse. Los maestros gritaban maldiciones, daban órdenes certeras y se reagrupaban. Uno sacaba fotos, el otro traía su cámara de video; los maestros no tardaron en reubicarse.

En la esquina ardía una pila de ropa, cajas y propaganda a la que los policías prendieran fuego, pero esa misma barricada natural envalentonó a los rebeldes, que se protegieron detrás de ella, recogiendo los chalecos antibalas que algún policía dejara olvidado en la premura por huir.

—¡Esto es por Serafín! —aulló un maestro de Huautla de Jiménez. Apenas unas horas antes Javier se había enterado del asesinato a garrotazos de ese hombre dos años atrás a manos de policías del partido en el poder. Solo rogó que ninguna muerte ocurriera en esos instantes, mucho menos la suya.

Sus pies trastabillaron varias veces, pero al final el humo cedió, el sol les regaló sus rayos y la contienda amainó. La balanza se había inclinado a favor de los maestros, que en cooperación con el pueblo, consiguieron que las fuerzas armadas huyeran despavoridas. En su observación imperfecta distinguió a don Epifanio y sus hermanos, a Bernabé y sus primos, luciendo como guerreros prehispánicos en oposición a los españoles. Blandían sus armas primitivas con orgullo, se paseaban con prepotencia y vociferaban con autoridad.

Y en medio de aquel caos, unos segundos antes de dirigirse a la casa de Margarita para tumbarse a descansar, recordó que era su cumpleaños.

★ ★ ★

Leo miró el calendario. Aunque jamás le había enviado una tarjeta de cumpleaños y rara vez una llamada, no se le escapaba de la mente su amigo Javier. Por algo ni los años ni la distancia los convertía en extraños, sino que mantenían un lazo de unión que Leo achacaba a que ambos resaltaban como parias de la sociedad. Marcó el número de la oficina en Monte Albán, pero sonó ocupado. Lo intentaría más tarde.

En eso, pensó en Margarita. ¿Qué estaría haciendo? ¿Sirviendo mesas, haciendo cuentas o discutiendo con Conchita? ¿Conversando con mamá Tule, reconviniendo a don Epifanio o limpiando las cazuelas? Oaxaca sonaba muy distante en esos momentos, sobre todo porque vivía una realidad en contra de toda coherencia.

El dinero que recaudó con la venta de su cuadro y sus implementos artísticos lo infló de determinación. Compraría su pintura a como diera lugar. Pero para eso necesitaba juntar un poco más, y en una muestra de la locura que lo controlaba en fechas recientes, pidió trabajo. Las influencias de Julieta, la hija de la comadre, lo ubicaron en una oficina de renombre, en pleno Paseo de la Reforma, donde Leo se encargaba de la actividad más detestable para un artista: la burocracia.

Debido a sus estudios de contabilidad, alguien opinó que le vendría bien sumar, restar, cotejar, cotizar y envolverse en números rojos y negros que lo mareaban y le provocaban dolor de cabeza, sin olvidar que la corbata parecía ahorcarlo y detestaba ponerse el saco. Y solo la ilusión de que en dos meses, con su sueldo íntegro, lograría saldar unas cuantas deudas y pedir un préstamo al banco para recuperar su pintura, lo mantuvo pegado a esa silla giratoria que rechinaba cada diez minutos.

De repente, escuchó los tacones inconfundibles de las mujeres que anunciaban su presencia en ese piso dedicado a las filas de escritorios de los ratones contables y alzó la mirada. Julieta se encaminaba en su dirección, y muchos de sus compañeros no le quitaron la vista de encima. En verdad era hermosa. A raíz de que Elvia le informara que Leo había cortado todo tipo de relación con aquella «india», y después de sus ruegos por una oportunidad para su hijito, Julieta volvió a dirigirle la palabra. Incluso, en ciertas ocasiones, lo llevaba a su casa, ya que Leo aún no había recuperado totalmente la salud.

Sus ataques depresivos habían disminuido, pero a nadie le confiaba que rara vez dormía más de dos horas seguidas o que su antiguo interés por la comida menguaba peligrosamente. Julieta lo había felicitado por bajar de peso, su mamá lo achacaba a la presión laboral y solo Leo echaba de menos su diente exigente.

—¿Te falta mucho? —le preguntó Julieta.

Su perfume lo empalgó.

—Solo unos papeles.

—¿Quieres ir al cine? Todavía no vemos Misión Imposible III.

¿Cómo decirle que una misión realmente imposible consistiría en quitarle la fatiga que arrastraba día a día? ¿Cómo explicarle que detestaba los filmes de acción, sobre todo cuando el actor en cuestión era Tom Cruise?

—¿Por qué no? —contestó muy a su pesar.

Y solo hasta la noche, cuando el insomnio le hizo el favor de atormentarlo, recordó que no había llamado a Javier para felicitarlo.

Capítulo
4

—Pero se están alejando de los deseos iniciales de los maestros —le dijo Margarita a Bernabé con un poco de desesperación.

Su primo comía en la cocina de Donají, mientras mamá Tule y otras meseras atendían a los pocos clientes regulares que seguían siendo fieles. Margarita, aprovechando la tranquilidad, se acercó a conversar con su primo, pero comenzaba a perder la paciencia. A raíz de los acontecimientos del día catorce las cosas iban empeorando. Después de una tercera megamarcha, el pueblo comenzaba a inquietarse.

—Alguien dijo por ahí que las revoluciones no empiezan en las cafeterías. Es hora de que tomemos las armas. Hemos sido provocados. Tú sabes que hubo muchos heridos aquella madrugada. ¡Hasta tu papá salió con su palo de escoba!

—Uno que ya guardó en el patio. Escucha, primo, solo sé que la violencia no es el camino. Si ustedes responden con golpes, habrá más heridos.

—Es lo que trato de explicarte, Mago. Esta nueva asamblea no se regirá por líderes o cabecillas, sino por gente como tú y yo; dirigentes que tienen que mandar obedeciendo. Se sigue la causa, no a la persona. Verás que triunfaremos.

—¿Y qué es lo que persiguen?

—Antes que nada, la caída del gobernador. En segundo lugar, la unidad de los pueblos.

Margarita aceptó que sonaba bien. De hecho, la propuesta acariciaba la parte de su alma que constantemente luchaba por la igualdad de los indígenas y los mexicanos. Pero prefirió guardar sus impresiones.

—Luego te traigo copia del acta para que la leas por ti misma —le sonrió Bernabé.

Ella no pudo evitar darle un pellizco juguetón. Habían crecido juntos; él siempre bromeando, ella organizando la vida de los Domínguez. A veces le hubiera gustado disfrutar la vida como lo hacía Bernabé, libre de preocupaciones y miedos. Pero él no había tenido que criar a una hermana.

Bernabé se marchó después de concluir su plato y, tal como lo prometió, unos días después volvió con un documento oficial de la APPO, Asamblea Popular del Pueblo de Oaxaca, para Margarita. Esta se fue a leerlo a su oficina, lo que hizo en silencio.

«Ante el ascenso del clima de ingobernabilidad y autoritarismo que caracteriza a la situación actual de nuestro estado, el aumento de crímenes políticos, el incremento de detenciones arbitrarias contra dirigentes sociales… la violación sistemática de los derechos humanos, la destrucción del patrimonio histórico, natural y cultural del estado…»

Enumeraban tantos crímenes que Margarita pensó en el pueblo. Cada uno de los pecados en la lista se había perpetrado bajo la aprobación de don Julián Valencia. Ella nunca olvidaría los relatos de su padre sobre el miedo de salir de la casa. El abuelo, padre de María, pasó más de una temporada en la cárcel, a veces por borracho, como bien se merecía pero la mayoría por gusto y capricho de don Julián. Nadie podía rebatir sus declaraciones ni sus órdenes; les pagaba una miseria, ya que era dueño de casi todos los sembradíos y los terrenos; su tienda, la única en ese entonces, inflaba los precios y les vendía a crédito, hundiéndolos en las deudas más vergonzosas.

Margarita no vivió en carne propia esas desgracias, pero contaba con su propio recuento de injusticias, desde las burlas en la primaria hasta las bajas calificaciones en la secundaria, a veces por simple saña de los maestros. Y lo que más le irritaba, que incluso le provocaba mareos y asco, fue una desagradable experiencia tenida en preparatoria cuando por algún motivo salió tarde de casa de una de sus amigas. Iba sola, aunque ahora no recordaba por qué. Quizá nadie pudo acompañarla o su padre andaría en el restaurante o quiso hacerse la valiente. El caso es que en una esquina, por la que jamás volvió a pasar —pues prefería desviarse aún cuando implicara recorrer más metros—, dos policías la acorralaron.

Uno tocó sus trenzas y el otro la prensó contra la pared. Ella sintió esa mano sucia recorriendo su cuerpo y, aunque gritó, nadie acudió en su auxilio. Solo el Dios de su madre pudo haber hecho el milagro, ya que rogó que la dejaran en paz y un pleito de borrachos en la taberna de la esquina los interrumpió. Pero esos cuantos minutos de humillación se grabaron en su mente para siempre. Desde entonces, Margarita odiaba a los policías, y a los hombres en general. No tardó en enterarse de que novios dizque amorosos, esposos ebrios o amigos aprovechados eran capaces de la misma vileza. Entonces apareció Leo. Pero en eso prefería no pensar.

Dejó de leer. Sus ojos se desviaron al Nuevo Testamento. El día anterior había leído algo escalofriante, más duro que la cuestión del amor al prójimo. Se insistía que un verdadero seguidor de Jesús debía perdonar. Y no solo eso, sino hacerlo del mismo modo que Dios. ¡Imposible! Margarita no lograba perdonar a Leo, ni a esos policías, ni a don Julián Valencia.

¡No se lo merecían! No obstante, la imagen de Cristo en la cruz repitiendo que perdonaba a sus enemigos la atormentaba. Durante años escuchó esa historia cada Semana Santa. Hasta vio películas sobre el tema y su corazón se conmovió ante el martirio de Cristo. Sin embargo, en esas épocas ella desdeñaba la religión y se mofaba de los fanáticos que buscaban una entrada al cielo. Ella misma cayó en la mentira de que debía ganarse la vida eterna por medio de la caridad y, de pronto, conoció la verdad por medio del librito de Juan.

Es más. Experimentó en carne propia la libertad y ese gozo incomparable, indescriptible y real que provenía de saberse amada y perdonada. Llegó a pensar que ese Nuevo Testamento solo repetiría lo que ya conocía, pero se topó con esa orden: perdonar como Cristo la había perdonado a ella. ¡Nunca! No era ni santa ni tonta. ¡Leo la había herido! Esos policías abusaron de su ingenuidad. Mejor tomaría el palo de escoba junto con su padre y se rebelaría contra el gobierno. Afortunadamente, antes de sus sueños de rebelión, debía levantar las ventas del restaurante o quebrarían. Y con un suspiro, se dedicó a las cuentas.

★ ★ ★

A pesar de sus admoniciones, Conchita ensayó para la Guelaguetza, pero a unos días de la celebración se dio el anuncio aterrador: la fiesta se cancelaría. La casa de los Domínguez estalló.

—¿Por qué? ¡Odio a los maestros, al gobernador, a todos! —gritó Conchita.

La prima Lucero, que supuestamente participaría por primera vez en los bailes, la secundó con ira y las dos se encerraron en una habitación.

El tío Román, padre de Lucero, no soportó tal indisciplina.

—¡Salgan ahora mismo y déjense de berrinches! Hay cosas más importantes que unas danzas o ponerse bonitas para presumir.

Margarita contemplaba el enfrentamiento sin saber cómo responder. Ella misma se encontraba indignada pues los maestros tenían capturado el Cerro del Fortín, y el mismo Bernabé se había ufanado de haber destruido parte de la tarima donde se llevaban a cabo los bailes, motivo por el cual el tío Santiago defendió a su hijo.

—En lugar de andar chismeando y perdiendo el tiempo en tonterías, mejor pónganse a repartir comida o folletos. Apoyemos a la APPO como se merece.

Don Epifanio saltó de su asiento al percibir la nota crítica contra sus hijas.

—No es pa' tanto, Santi. Déjate de cuentos que bien que nos gusta a todos la Guelaguetza; esta familia siempre ha apoyado la tradición.

—Eso díselo a estas dos niñitas consentidas.

—No te permito que insultes a mi hija —se metió la tía Engracia.

Las lágrimas se agolparon en los ojos de Margarita. El mezcal que los tíos habían bebido no cooperaba en la disputa, mucho menos la ausencia de Bernabé, que mantenía guardia frente a las instalaciones de la fiesta. Pero Margarita no soportó mucho tiempo e intervino.

—¡Basta!

Los tíos la miraron con enojo, pero ella no se inmutó:

—Todos tienen un poco de razón. Las muchachas tenían ilusión, ¿qué de malo hay en eso? Los de la APPO luchan por nuestros ideales, pero nosotros, los Domínguez, tenemos algo más importante que considerar.

La última frase captó la atención de las tías que silenciaron a sus maridos. Margarita suspiró antes de soltar la bomba.

—Estamos en números rojos.

Mamá Tule salió de la cocina; aún no se iban al restaurante. Y ya ni llevaba prisa, pues con tan pocos turistas no se lograba inspirar para cocinar como antes.

—¿Y eso qué significa? —preguntó.

—Que si no conseguimos dinero, en unos meses no habrá para la renta y tendremos que cerrar.

El tío Lorenzo se rascó la barba.

—Pero, ¿de dónde sacamos clientes? Ya nadie se detiene en el centro.

—Si seguimos regalando comida terminaremos peor que los maestros —se lamentó la tía Engracia, que nunca había estado de acuerdo en que donaran comida a la causa.

Don Epifanio llamó a Conchita, que había escuchado la noticia. Ella y Lucero se asomaron con rostro compungido.

—Ya, ya —el patriarca tranquilizó a la familia—. Algo se le ocurrirá a Margarita.

Ella abrió los ojos de par en par. ¿Por qué a ella?

★ ★ ★

Lo que se le ocurrió si bien no solucionó los problemas económicos del restaurante, por lo menos consiguió que los Domínguez pasaran un día agradable. El lunes asistieron a la Guelaguetza Popular, organizada por los maestros en el Instituto Tecnológico. La más alegre era mamá Tule.

—Así es como debía ser. La entrada es gratuita y los mejores lugares los gana el que madruga.

Y los había forzado a madrugar, así que los tíos se alejaron por algo caliente que los despertara.

—Mira, Mago, ahora sí los bailes serán por la gente autóctona, la del pueblo.

El cielo grisáceo les regaló su sombra. Las delegaciones sonreían y la ciudadanía apoyó a su gente. Es cierto que faltaban los turistas con sus cámaras fotográficas y sus rostros sorprendidos, pero Margarita no los echó de menos. Ellos le recordaban a Leo y su traición.

Conchita lucía más hermosa que de costumbre, quizá porque se hallaba convencida de participar y celebrar las bellezas de su estado. Lucero tampoco pasó inadvertida y Margarita se enorgulleció de ellas. Sin embargo, mientras se realizaba la Flor de Piña, Margarita sintió que se ahogaba, y no por el refresco que bebía, sino por la tristeza.

Se excusó con el argumento de un dolor de cabeza, y se ocultó en un rincón para llorar su pena. Echaba de menos a Javier, que seguía cubriendo a Susana y por eso no había logrado escaparse, pero sobre todo, pensaba en Leo. ¿Por qué la había dejado? ¿Qué sucedió ese día que ella lo depositó en el 33? ¿La recordaría? El peso en su pecho la tumbaba con más furia que el tronco de un árbol. El sabor de la humillación amargaba los convites y el pan de yema que le habían arrojado.

Margarita traía una libretita y una pluma, en la que pensaba anotar sus ideas para levantar el negocio. Las sacó con un solo propósito: obedecer. Ya no podía con esa carga a cuestas que encorvaba su alma. La Guelaguetza

significaba dar, el Nuevo Testamento le decía que tenía que perdonar.
Contaba con dos opciones: hacerlo o rechazarlo. Optó por la primera.

Querido Leo:

El «querido» le supo a hiel, pero continuó.

Te perdono.

¡Qué sencillo! ¡Qué doloroso! ¿Qué decirle ahora?

No sé bien qué pasó. Supongo que los tuyos no me aceptan. Soy poca cosa para ellos. Me imagino el dolor de verte engañado por Raúl, pero igual me siento yo. Sin embargo, pedir perdón no va de la mano con las excusas. Solo sé que te perdono. Y te pido perdón. Perdóname por haberte odiado. No quiero hacerlo más.

Dobló el papel a la mitad. Las lágrimas aún fluían, pero experimentaba algo distinto. No lo llamaría paz, pero sí sosiego.

★ ★ ★

—Pensé que te habías olvidado de Monte Albán —rió Javier.

Margarita le contó sobre la Guelaguetza, sus dilemas laborales y el estado caótico de su ciudad.

—¿Y has visto a Carlos?

—Es uno de los grandes —sonrió con tristeza—. Se codea con los dirigentes. Se ha vuelto la mano derecha de uno de ellos.

Javier meneó la cabeza.

—¿En qué va a parar todo esto, Mago?

—No lo sé, Javier. Pero traigo algo.

Sacó el sobre con la carta para Leo. Ardía como el fuego.

—¿Se la podrías entregar a Leo?

Javier arrugó la frente.

—No sé cuándo lo veré, pero…

—No llevo prisa. Solo hazlo.

—¿Y a qué se debe?

—Tú lo dijiste, Javier. Amor al prójimo.

Cuando ella se marchó, Javier acarició el envoltorio. ¡Qué mujer! Su amigo era un tonto al perderla, pero tal vez aún la podría recuperar. Puso la carta sobre la pila de papeles que pretendía llevar a la ciudad de México en su próxima visita. Allí cumpliría con el encargo.

Capítulo

5

—¿Ya escuchaste, Leo? —le preguntó su padre desde el sillón—. Cientos de mujeres oaxaqueñas marcharon por las calles de la ciudad. Y aquí se viene otro plantón de maestros.

Tres pares de ojos voltearon a mirarlo: los de su madre, los de su hermana y los de su cuñado. Leo trató de fijar la vista en el plato con cereal que tenía al frente, pero el bochorno lo obligó a jalarse un poco el cuello de la camisa para no asfixiarse. Su padre, como solía, había agriado su desayuno.

—Apenas hace un año estuviste allí —comentó su madre.

—¿Habrá marchado la tal Margarita? —masculló Raquel.

Leo trató de masticar a marchas forzadas y logró escabullirse antes de que más imágenes de Oaxaca asaltaran sus pupilas. En el trayecto a su trabajo trató de ordenar sus pensamientos. Le entristecía que una fiesta tan colorida y popular se cancelara, pero por otra parte no deseaba pensar en los Domínguez. Y aun así, el rostro de Margarita se aparecía en la copa de los árboles que bordeaban Reforma, en las vendedoras ambulantes que se extendían frente a Chapultepec y aun en las ventanas de los edificios que bordeaban la elegante avenida. Si hubiera estirado el cuello, aseguraba que se habría topado con un Ángel de la Independencia con las facciones de don Epifanio o el tío Santiago. ¿Qué le había hecho esa familia?

A duras penas logró concentrarse en los números, en las sumas y en las restas, en los cheques y los recibos, en los clientes y proveedores. Su pie tamborileaba debajo del escritorio enfadando a su compañero de enfrente, pero Leo quería morirse. ¡No deseaba encontrarse en medio de esos cuellos blancos que solo movían los dedos al ritmo de las calculadoras! En Oaxaca estallaba la violencia y Leo admiraba la vista desde su décimo piso, cuando en realidad habría preferido lanzarse por la ventana para volar.

Como en sus pesadillas, las fauces de su dios prehispánico lucían más prometedoras que sus horas malgastadas en esa oficina cuyo aire acondicionado terminaría por desquiciarlo. Ni siquiera la bella Julieta podría aquietar su indomable corazón que ardía por recuperar su pintura, y en el proceso, un poco de la vida que había perdido unos meses atrás.

Las horas se sucedieron lentamente, hasta que a la hora de comer, se escapó de sus compañeros y de Julieta, argumentando que debía pagar el teléfono o se lo cortarían. Sus compañeros le creyeron; Julieta no lo habría hecho, ya que doña Elvia se encargaba de las cuentas familiares y Leo ni siquiera contaba con su propia extensión, pero afortunadamente no se topó con ella.

Se dirigió en sentido contrario al área de comida donde Julieta prefería almorzar, y nuevamente tomó el transporte público. Le tocó parado, pero no se lamentó. No se quejó porque su cabeza rozara el techo ni maldijo cuando el conductor frenó más de dos veces casi estrellándolo contra el parabrisas. Cuando vislumbró la calle que buscaba, descendió de prisa, con la mirada hambrienta y el corazón galopante.

La galería continuaba exhibiendo obras de artistas nacionales, así que Leo pagó su entrada y recorrió los pasillos que había memorizado en sus dos visitas pasadas. Sin embargo, en el lugar donde se había exhibido «La Princesa» ahora se mostraba una pintura llamada «Persecución», un revoltijo de líneas, colores y formas sin sentido. Dedujo que la habían cambiado de lugar, así que decidió retroceder y empezar desde el principio. Pared tras pared, cuadro tras cuadro, en una búsqueda frenética, trató de visualizar a Margarita sobre la piedra del sacrificio, ofreciendo su corazón.

Una hora después, se dio por vencido. La pintura se había ido. Acudió al escritorio de informes, pero ignoraban el paradero de «La Princesa».

Pidió por el señor Lepont, pero había salido a comer y regresaría hasta las cuatro. Leo revisó el reloj. Tenía que volver a la oficina.

★ ★ ★

—Debo ir al pueblo —suspiró Margarita.

Mamá Tule la contempló de reojo.

—¿Y ahora por qué?

Hacía unos instantes había recibido a una antigua conocida de la familia que, en apoyo a los maestros, se había venido a la marcha de mujeres, en la que ella no participó por causa del negocio. Sus tíos y tías poco cooperaban con las nuevas ideas que proponía para levantar de nuevo Donají. De hecho, todos opinaban que las cosas se arreglarían después de que la situación en Oaxaca mejorara. Pero para ella, «las cosas» lucían interminables y las soluciones demasiado utópicas para darse de la noche a la mañana. Mientras tanto, los Domínguez perdían el negocio.

El consuelo de don Epifanio se resumía en que hasta los grandes hoteles contaban con pérdidas millonarias, pero el restaurante era el único medio de sostén de la familia, a diferencia de los magnates que eran dueños de consorcios en diversas playas y ciudades turísticas.

—Doña Petra me cuenta que la abuela está enferma.

—¿Y por qué no ha llamado? —preguntó mamá Tule dejando la cuchara y sentándose junto a su ahijada.

—Ya sabes que es una orgullosa.

—Que vayan tus tías o tu padre.

Margarita sonrió:

—¿Y crees que van a querer? Nadie pondrá un pie en el pueblo a menos que sea indispensable, y dudo que consideren una gripa como un asunto de trascendencia. Además, yo sobro en estos lugares. Todos persiguen una causa política menos yo. Quizá me haga bien.

Mamá Tule chasqueó la lengua.

—Sí que eres sabia, mi Mago. Cada vez tas más abusá y te conoces mejor. No sé lo que te pasa, pero me gusta.

—Algo así dijo la abuela en su última visita. Entonces, ¿te molestas si te dejo? Voy a buscar a mi padre y luego a empacar.

★ ★ ★

Leo salió tarde de la oficina, pero en su casa recibió una sorpresa. En su estudio se amontonaban dos cajas con cosas que había dejado en la posada de doña Ofelia. Obviamente no habían enviado su caballete, las pinturas y los lienzos. ¿Qué habrían hecho con ellos? ¿Los habrían tirado? ¿Se encontrarían en el fondo de un montón de basura? Si las vendiera lograría juntar lo suficiente para su pintura, pero ¿dónde estaba «La Princesa Donají»?

Abrió la primera caja. Ahí venía la Biblia de la tía Toña. Se limitó a mirarla. No le interesaba un libro arcaico que no tenía nada que decirle. Arrinconó las dos cajas y descansó. A la mañana siguiente, a primera hora, llamó al trabajo diciendo que llegaría tarde. Debía pasar al médico.

Su jefe directo conocía un poco sobre su crisis de los meses anteriores, así que no se opuso. Leo tomó un taxi a la galería de arte y agradeció a todos los dioses prehispánicos que el señor Lepont estuviera llegando.

—Disculpe…

El extranjero tardó en reconocerlo, pero sus ojos brillaron cuando finalmente se acordó de él.

—Solo quería saber qué pasó con el cuadro de «La Princesa».

Lepont se acarició la barbilla.

—Bueno, se supone que no debo decirlo, pero su dueño se lo llevó. Ignoro los motivos.

¡Así que Raúl la tendría! ¿Dónde? ¿En Oaxaca?

—Pero todo está en venta, muchacho.

Leo comprendió y esa misma mañana llamó a Javier. Sí, el arqueólogo sabía dónde vivía Raúl y podría llevarlo. Pero ¿cómo? ¿Cuándo? Leo iría a Oaxaca, no a ver a Margarita ni a su clan, no a comer las delicias de mamá Tule, sino a recuperar su obra maestra. Pero antes, pediría un préstamo. Quizá Julieta se apiadaría de él. ¿O debía intentarlo en el banco? Consultaría con la única persona a la que aún le tenía confianza, su prima Emma.

★ ★ ★

El pueblo lucía diferente a los años pasados. La modernización iba dejando su huella por doquier. Postes de luz se asomaban donde antes solo se contemplaba el cielo despejado y azul de la mañana. Antenas parabólicas, antenas de televisión por cable, antenas de radio, ¿por qué la abuela no llamaba por teléfono si existían tantas posibilidades? En la tiendita observó los anuncios de las marcas de sodas y refrescos más comunes, así como las frituras y comida chatarra del momento.

Se detuvo con tristeza al presenciar la salida de la escuela: niños corriendo, gritando, diciendo malas palabras, fumando. ¡Iban tan solo a secundaria! ¡Y las mujeres! ¿Dónde habían quedado sus huipiles, sus sarapes, sus huaraches, sus rebozos y sus vestidos? Ahora traían faldas rectas, blusas o playeras que promocionaban fútbol americano. Un negocio tocaba a todo volumen el grito de la moda: unas cumbias que harían sonrosar al padre de la iglesia. Otros chicos bailaban al ritmo del pasito duranguense, incluso creyó detectar unas canciones en inglés que provenían de alguna de las casas.

Sin embargo, la casa de la abuela se sostenía suspendida en el tiempo. Nada había cambiado. El mismo techo de lámina, las paredes deslavadas, las gallinas picoteando fuera, la fosa séptica despidiendo su olor nauseabundo y el perro proclamando su llegada. Después de varias horas en autobús de primera, luego en autobús de segunda, Margarita deseaba un trozo de pan o unas tortillas. Pero al tocar la puerta, solo recibió el murmullo de la vieja.

Tardó en acostumbrarse a la oscuridad.

—¿Eres tú, comadre? —preguntó la abuela.

La luz de la ventana le ayudó a distinguir la situación: el comal apagado, unas tortillas duras sobre la mesa, una silla de plástico, la cama en un rincón con la abuela, un sarape pulgoso sobre ella, el aroma de café frío y platos sucios apilados cerca de una cubeta vacía. ¿Por qué la abuela se negaba a aceptar la ayuda de sus hijos? Viviría en Oaxaca, contando con agua corriente, electricidad y baños servibles.

—Soy yo, abuela —susurró.

La abuela abrió un ojo y la examinó.

—¡Margarita! ¿Qué haces aquí?

—Su comadre me informó que está enferma.

—¿Y ella dónde está? Ya verá cuando la vea. ¡Andar chismeando mis males!

—Se quedó en Oaxaca, por eso vine yo.

—No necesito a nadie. Déjenme morir en paz. Seguramente tu papá te mandó para aliviar su conciencia.

—En realidad, no quería que viniera porque el restaurante...

—Ya, ya, no importa.

Cerró los ojos y le dio la espalda. ¡Qué grosera! Margarita se quedó de pie, con la maleta en la mano y ganas de salir corriendo. Pero no podía abandonar a la anciana en semejantes condiciones. En ese instante, un ataque de tos la sacudió y Margarita corrió a sentarla. Le dio golpecitos en el pecho hasta que la abuela se serenó.

—Iré por agua.

—No hay. Ni tampoco comida. Así que si te quedas, no te quejes.

Margarita adivinó que sería una semana difícil.

Capítulo
6

Leo llegó de mal humor. El taxista amaba y odiaba a los maestros. Apoyaba y censuraba las marchas. Su jaqueca aumentó cuando tuvo que bajarse y caminar hacia la casa de Ofe, pues el taxista se negó a internarse más en la zona céntrica.

—¿Y luego cómo salgo? ¿Qué tal si esos alborotadores pierden la cabeza? A veces les da por agredir a los que no tenemos vela en el entierro.

La frase popular le extrajo una débil sonrisa, pero esta se borró enseguida cuando se detuvo frente al portón colonial. La casa de Ofelia estaba cerrada hasta nuevo aviso. Supuso que la falta de turistas había causado dicha decisión, pero ¿dónde se quedaría? ¿Qué de sus cosas? Además, el cheque que traía en el bolsillo lo ponía nervioso. Lo había hecho al portador, por si Raúl ya le había vendido la pintura a nuevo comprador, lo que implicaba que si alguien lo asaltaba, con la mayor facilidad lograría cobrarlo en cualquier banco y él perdería todo su dinero.

Tocó el timbre, deshizo sus nudillos en la madera, pero nadie abrió. Los trabajadores de doña Ofe quizá se encontraban en el zócalo o en las marchas, buscando nuevos oficios o mendigando por las calles. ¿Qué le había sucedido a esa flamante ciudad? ¿Dónde habían quedado sus linderos coloniales? Sin embargo, no había tiempo que perder. Él traía una sola misión, y nada lo detendría.

Buscó un teléfono público y llamó a Javier.

—¿Estás aquí? Pero… ¡No me avisaste que llegarías hoy!

—Larga historia. Pensaba quedarme con doña Ofe. Solo dime cómo encontrar a Raúl.

El silencio se prolongó unos minutos. ¿Qué pensaría Javier?

—Ten cuidado, Leo. No hagas una tontería. Ahora presta atención. Su casa está fuera de la ciudad. Puedes tomar un taxi, pero dudo que ande por allí. Mejor ve al aeropuerto. Allí se están reuniendo algunos burócratas para poner orden en la ciudad.

Una hora después, Leo se plantó frente a una secretaria. La mujer, a punto de negarle el acceso, abrió los ojos de par en par. Raúl en persona se encaminaba hacia ellos. Ignoraba que Leo estaba allí, pues andaba con aire confiado, coqueteando con dos mujeres en sus treintas que le seguían embelesadas. En eso, los recuerdos lo envolvieron en una telaraña de acero. «La Princesa» en la galería, «La Princesa» en sus sueños, «La Princesa» y Margarita. Leo sabía que era una gran pintura, una obra de arte, pero era mucho más: un pedazo de su alma que había dejado un vacío imposible de llenar. Sin controlarse, se abalanzó en contra del hombre de la barba recortada y lo agarró del cuello.

—¿Por qué? —rechinó los dientes frente a él.

Los gritos de las mujeres alborotaron el recinto.

—No vendrás a ponerte pesado conmigo, Leo —murmuró Raúl—. ¡Guardias!

Dos policías lo obligaron a soltarlo. Leo sintió los dedos de esos servidores públicos hundirse en sus bíceps. Deseaba desfigurar el rostro de ese impostor, anunciar sus fechorías, pero Raúl lo interrumpió.

—Antes de que te arrojen de aquí, escucha. No eres un gran artista. Vender unas pinturas por unos cuantos dólares no te convierte en un Diego Rivera. Careces de estilo propio. Cualquier diseñador gráfico lograría lo mismo que tú con un buen programa de computadora.

—Mentiroso. ¿Qué te costaba avisarme lo que harías?

Raúl emitió una risita:

—Ustedes los bohemios se creen de otro planeta. Jamás te volverás rico ni famoso. Elegiste mala profesión. Solo hasta que te mueras sabremos si contaste con talento o no. Mientras tanto, despídete de tu pintura. Es mía. ¡Y no está en venta!

—¿Ni siquiera por el doble de lo que la vendes?

Los ojos de Raúl se entrecerraron. Leo adivinó que calculaba los precios y sus ganancias. Los policías lo arrastraban a la salida; Leo debía aprovechar la oportunidad.

—Tú mismo lo dijiste —le decía en voz alta—, no soy tan bueno. ¿De qué te sirve mi pintura en tu casa? Con lo que te ofrezco comprarás tres o cuatro cuadros de artistas más importantes.

Ya casi lo sacaban, cuando Raúl intervino. Se acercó a Leo para que nadie escuchara.

—No te creo, pintor. No pudiste haber conseguido tanto dinero en tan pocos meses.

Leo se zafó del apretón y sacó el cheque.

—Y te aseguro que no rebota.

Raúl titubeó.

—No puedo entregártela ahora. La tengo en otra casa, la de Huatulco. Pero tampoco me darán permiso de ausentarme. Estamos pasando tiempos complicados.

Leo percibió el nerviosismo en la oficina.

—¿Cuándo?

—No me des el cheque aún. Un mes, tal vez dos. A finales de octubre cumplo años y celebro en mi casa de playa.

¡Tanto tiempo! Pero Leo sabía que no contaría con otra oportunidad.

—Está bien. Dame tu número de teléfono celular. Te estaré recordando tu promesa.

Raúl le entregó una tarjeta de presentación y se marchó. Leo lo detestó con toda su alma. Si no fuera porque le urgía ver su pintura, lo habría golpeado. ¡Qué patética resultaba la existencia! Siempre se dependía de alguien más para conseguir sus objetivos.

★ ★ ★

Javier recibió a Leo en su caótica oficina. La vida en general no le sonreía, pero dudaba que otros oaxaqueños se encontraran en mejores condiciones. Susana no volvía por complicaciones en el parto que aún la mantenían en cama. Margarita andaba en el pueblo, algo que Leo, al enterarse, ignoró con un levantamiento de hombros. Y Carlos, ¡Carlos! No quería estudiar ni hablar con el arqueólogo. Se encontraba demasiado activo en su guerra, de la que nadie saldría victorioso.

Leo tampoco lucía bien, pero Javier no contaba con las energías para consolarlo o aconsejarlo. ¡Le faltaban mil detalles por concretar en esa semana! Afortunadamente, Leo decidió salir a pasear por las ruinas y lo dejó solo con su enredo. Encontró los comunicados de la APPO, de este o aquel pueblo donde se encarcelaba a peligrosos criminales, más bien aliados de los maestros o manifestantes. Se acusaba a la policía de ignorar los derechos humanos de los oaxaqueños y de pervertir la justicia.

Nada nuevo. Nada viejo. La historia no cambiaba. Decidió salir un rato del encierro y se sentó sobre una banca que daba la espalda a las ruinas y a la cabaña, pero que dirigía su atención al pueblo más cercano y a los cerros pelones. ¿Alguna vez existiría la verdadera paz? Javier a veces ya no creía en nada ni en nadie. En días como esos, ni la educación parecía una salida o una diosa enviada para rescatar a la humanidad.

Sus estudios arqueológicos lo llevaban al pasado, pero el pasado tampoco le ofrecía respuestas. Algún escritor nombró a Oaxaca ciudad apacible, pero ahora ardía en los fuegos de la violencia, la inconformidad y la desigualdad social. El teléfono sonó y entró corriendo. Le ofrecían una tarjeta de crédito. ¿Por qué esas llamadas indiscriminadas a todas horas del día? Le molestó tanto que lo interrumpieran en sus cavilaciones que arrojó una pila de libros, papeles y sinsabores que tenía frente a él.

—¿Y a ti qué te pasa? —le preguntó Leo al entrar en ese instante.

—No eres el único temperamental aquí —se excusó.

Leo le ayudó a recoger el regadero. En eso, un sobre llamó la atención de Javier. La caligrafía inconfundible de Margarita lo hizo ruborizarse. ¡La carta! ¿Cuándo se la había dado? ¿Dos o tres semanas atrás? Tal vez debía esconderla y no entregarla, así encubriría su error, pero ¿no se comportaría como los políticos que tanto criticaba?

—Ten, Leo. Es para ti.

Leo reconoció la letra. Su frente se arrugó y sus manos se comprimieron. Tomó el sobre y lo metió en su bolsillo. Javier no dijo más. No sabía qué decir.

★ ★ ★

Si hubiese querido, Margarita habría podría estrangular a su abuela mientras esta dormía. Después con inventar que la vieja se había sofocado o que simplemente había dado su último suspiro habría bastado. Pero no. Soportaría el suplicio en silencio. Ni la princesa Donají, si es que en verdad había existido, habría sufrido tanto como ella a manos de su abuela.

Cuando intentó poner orden en la casucha, se topó con sus regaños y desvaríos. Que no tocara tal o cual cosa o se agriaba la leche. Que no moviera ese mueble de lugar o se tropezaría por las noches. Que no cocinara con sal pero sí con azúcar. Que no leyera por las noches porque la distraía. Que no necesitaba más focos, solo uno. Que la letrina debía de mantenerse libre de cubetas por si alguien más la usaba, como algún vecino o un borracho perdido. Que un poquito de mezcal la aliviaría de sus males. Que María había sido una mala nuera, robándole a su hijo y llevándoselo a la ciudad. Que los tíos y las tías eran unos malagradecidos. Que Margarita era fea. Que Conchita era una consentida. Que no visitara a los del pueblo. Que no llamara por teléfono. Que se muriera.

Así se lo había dicho la noche anterior. Margarita, a punto de responder, había optado por cerrar los ojos y maldecir en voz baja el momento en que decidió visitarla. El suelo desigual hería su espalda. Pasaba frío y sospechaba que los sarapes albergaban más pulgas que un perro. No comía bien, y a pesar de que traía dinero, el problema consistía en complacer a la anciana pues nada le caía bien al estómago.

Esa noche no fue la excepción. La obligó a sorber un poco de caldo que la vieja criticó hasta el cansancio, luego la recostó y la arropó. La anciana masculló algo en voz baja.

—¿Qué dijo, abuela?

—Nada que te importe.

Margarita se dirigió a la pileta donde lavó los pocos trastes que habían usado. Después apagaría la luz y trataría de dormir, pero aún no conciliaba el sueño.

—¿Y sigues escribiéndote con la inglesa?

El cambio brusco de conversación la hizo tirar un pocillo que se estrelló contra el suelo.

—Como si tuviera tantos —se quejó la abuela—. Contesta, niña. Te pregunté algo.

—Sí, abuela. La señorita Betsy es buena persona.

—Eso dicen todos. Pero no hay buenos ni malos. Yo siempre lo he dicho, la mala suerte persigue a los nuestros desde que abandonamos las tradiciones. Antes no había tanta complicación.

—Siempre ha habido guerra y hambre, abuela.

—¿Tú qué sabes, niña?

—Estaba don Julián Valencia. El padre de usted murió por una deuda.

—Se lo llevaron los chaneques.

La abuela hizo una seña que Margarita desconocía y chasqueó la lengua:

—Tú no sabes nada del mundo, Margarita. No te creas las mentiras de esa inglesa. No te contamines con ideas de otros lugares. Si nosotros, los Domínguez, hubiéramos seguido fieles a nuestros dioses, no me estaría muriendo aquí en la pura miseria.

—Abuela…

—Buenas noches.

Margarita apagó la luz.

—Costumbre familiar no se quita —masculló.

Capítulo
7

—Abuela, déjeme llevarla al hospital.

Un serio ataque de tos le impidió hablar. Margarita la levantó un poco para que pudiera respirar. La noche anterior ninguna de las dos durmió debido a las molestias de la abuela. En un momento le faltaba la respiración y en otro la sentía ardiendo. ¿Tendría fiebre? Pero allí no había termómetro.

—Si traes a un doctor, te desheredo —la amenazó.

Margarita dudaba que la abuela contara con propiedades o joyas, así que no le importaría el castigo con tal de buscarle ayuda. Pero la vieja sabía simular, por lo que cada vez que Margarita intentaba escabullirse para conseguir un vecino o un teléfono, fingía estar al borde de la muerte.

—Los hospitales son lugares horribles. No quiero estar allí —se quejaba—. Además, a todos nos toca nuestro tiempo. Ya quiero descansar.

Margarita se resistía. ¿Dejarla sufrir de tal modo? Preparó infusiones, continuó administrándole el antibiótico que la abuela consumía religiosamente desde hacía un mes y procuraba no contrariarla. Cuando discutían, el pecho de la abuela la torturaba de maneras ingeniosas. Sin embargo, el cansancio empezó a mermar la salud mental de ambas.

Margarita anhelaba salir de ese encierro y caminar o bañarse en el río, al que todos, en recuerdo de la señorita Betsy, apodaban «Las aguas de la gringa». Por supuesto que los americanos y los ingleses no eran lo mismo, pero ¿para qué confundir al pueblo? La señorita Betsy había aceptado el sobrenombre con cariño. Margarita no pensaba cambiar la tradición, solo respirar aire puro y descansar.

Le dolía la espalda, le ardían los ojos. La abuela no cesaba de murmurar, incluso deliraba cuando la fiebre subía. Y para colmo, cuando los vecinos se acercaban para ofrecer su ayuda, la abuela contestaba:

—Todo está bien. Mi nieta está al pendiente de mí.

¡Cómo hubiera deseado gritar que se moría de frustración! Solo unas horas de privacidad, solo unos minutos para conectarse con el mundo de los vivos. Ignoraba qué sucedía en Oaxaca. Solo escuchaba los chismes y la poca información que alguna vecina le transmitía.

—Algo oí sobre un paro. ¿Qué es eso?

—Dicen que siguen disparando. Que ya se murió otro.

—Organizaron un comité de gente bien inteligente para abrir el... ¿cómo se llamaba?

—¿Diálogo?

—Sí, eso.

Cierta noche en que ya no soportó la intranquilidad de su abuela, se sentó junto a ella y encendió el foco que con su luz tenue iluminó el librito de Juan. También traía el Nuevo Testamento, pero prefería empezar con algo menos escabroso. La abuela, entre su conciencia e inconsciencia, no se opuso a la lectura en voz alta. Es más, Margarita creyó que ni siquiera oía. Tal vez ni entendía. Pero el efecto tranquilizador y la cadencia del ritmo serenaron a la enferma, luego a la enfermera.

No se turbe su corazón; creen en Dios, crean también en mí. En la casa de mi Padre muchas moradas hay...

★ ★ ★

Era la quinta noche que Margarita leía en forma sucesiva. Solo así la abuela conseguía dormir unas horas. Iba a empezar la historia de una tal samaritana, cuando su abuela la detuvo.

—¿Qué lees?

Margarita se entristeció. Ahora su abuela se pondría a regañarla, lo que provocaría más tos y más dolor.

—Se llama Libro de Juan.

—¿Cuál Juan?

Ella se sorprendió. No lo sabía. Bueno, suponía que del apóstol de Jesús.

—Me lo dio la señorita Betsy.

La abuela no maldijo ni se enfadó.

—¿Quién es ese Juan?

—Parece que uno de los alumnos de Jesús.

Margarita contempló a la anciana. Su rostro se hallaba más surcado que un campo con milpas. Sus dientes, los que aún conservaba, se caían de podridos y maltrechos. Su cabello blanco enmarcaba sus facciones prehispánicas, el orgullo del clan. ¿Por qué no estaba allí mamá Tule para ayudarla? ¿Qué de su padre? ¿Qué estaría haciendo la familia? ¿Por qué nadie la visitaba o indagaba por la salud de la matriarca? Cierto que una de las primas solía mantenerlos al tanto por medio de recados con tal o cual pariente, amigo, vecino o compadre; dos días atrás había hecho una llamada a la ciudad con el dinero de Margarita, ¡pero ella necesitaba a alguien de carne y hueso!

—Lo que lees está en nuestro dialecto —insistió con aprehensión.

—Bueno, sí…

—¿Habla Dios nuestra lengua?

—Supongo que las habla todas, abuela.

La anciana hizo un puchero, luego se acurrucó.

—Sigue leyendo.

★ ★ ★

Leo sostenía el papel como si cargara la peste. Había esperado hasta esa noche en su estudio para abrir el sobre. No creyó tener valor para hacerlo en Oaxaca. Adivinaba que se trataría de una nota recriminatoria, en la que la bruja vertería todo su enojo. Seguramente le reclamaría su cobardía y le desearía la muerte en más de una forma poco común. Le lanzaría un encantamiento en su lengua o clamaría a los dioses zapotecas y mixtecas para que le enviaran todo su armamento de desastres y enfermedades.

No dudaba que mamá Tule rogara que los chaneques atormentaran su sueño, lo que habían logrado, o que los duendes se robaran su alma, lo que no tardaban en conseguir. Sin embargo, el verdadero contenido lo dejó pasmado. El asombro no cabía en su minúsculo estudio, y solo porque pasaba de la medianoche se negó a salir de su casa. La oscuridad le aterrorizaba dadas las circunstancias. ¿Qué tal si el Dios de Margarita lo hacía caer en un hoyo?

¿Por qué? Daba vueltas sobre el colchón. ¿Por qué le pedía perdón? ¿Por qué lo perdonaba? Lo que Leo había hecho podía calificarse de traición y engaño, dos de los golpes más bajos que un ser humano podría soportar. Solo los débiles perdonaban, se repetía. Los grandes y poderosos se excusaban. Raúl ponía pretextos, nunca oyó que Hitler hubiera lamentado el genocidio.

Nadie perdonaba, sobre todo en la familia Luján. Su padre no perdonaba al tío Pancho por ser el primogénito, el consentido y el heredero de la casa grande. Elvia, su madre, no perdonaba a Juan, su esposo, por no haber superado económicamente a su hermano ni haber logrado un trabajo más productivo. La tía Cecilia no perdonaba a la tía Toña por algún misterio familiar; la señora Lupe no perdonaba al tío Pancho por haber enamorado a su hija, todo porque tenía otros planes para ella que se frustraron gracias al matrimonio. Emma no perdonaba al padre de Paco por haberla embarazado. Raquel no perdonaba a Emma por ser más atractiva. Sonia no perdonaba a nadie por existir. Se creía digna de su propia novela. Y aun sus sobrinos arrastraban sus rencores. El uno no perdonaba que el otro tuviera un juguete más atractivo.

Precisamente el día anterior se habían peleado a golpes. Sus madres lograron separarlos, pero ambos se insultaron una vez más de modo infantil.

—Eres un ¡tonto! —gritó Nando.

—Paco, pídele perdón a tu primo por haber pateado su carrito de juguete —le exigió Emma.

—No. Él me pegó primero.

—Nando, pide una disculpa —le rogó Raquel.

—¡No! ¡Es un tonto!

Y si dos niños de edad preescolar no conseguían una reconciliación, ¿qué esperanzas había para el mundo de los adultos? Entonces, ¿por qué Margarita lo había perdonado? Se tapó la cara con la cobija. No debía pensar. Afortunadamente, el día siguiente era domingo. No había que despertar temprano, pero para su mala suerte, la pesadilla lo visitó.

El dios de piedra lo encaró con furia. Sus dientes afilados relucían; la sangre teñía su cuerpo de piedra.

—No mereces ser perdonado.

Leo aceptó la afirmación. Entonces le recordó, con palabras o sin palabras, no lo supo, los fracasos de su vida: una familia que no lo quería, una carrera no terminada, un arte mediocre, un noviazgo truncado y una vida sin propósito.

—Debes morir —le repitió el dios.

Leo estuvo de acuerdo.

★ ★ ★

A la mañana siguiente, decidió obedecer la visión.

Alguna vez pensó que Juana de Arco había estado loca; sin embargo, ahora, le daba la razón. «Cuando uno escucha voces», se decía, «hay que obedecerlas; que si son de ángeles, de demonios, de duendes o de chaneques, que lo averigüen los sabios».

Él solo se apresuraría a cumplir el mandato, pero, ¿cómo? ¿dónde?

Cerca de su casa se encontraba el parque acuático más grande de la ciudad. Quizá alquilaría un bote, remaría hasta el centro y se hundiría en sus aguas. Si eso no funcionaba, estaba la alternativa del veneno. Mientras se vestía, sus ojos se posaron en la caja con sus pertenencias. Se acordó de la Biblia de la tía Toña. Antes de despedirse del mundo, le gustaría obsequiársela a Emma. No le importaba que la familia se peleara por el resto de sus pertenecías; auguraba que la mayoría terminaría en tiendas de segunda mano o en el basurero.

Pasó la mano por la tapa y la Biblia se abrió como de costumbre en el salmo de la tía. Lo leyó una vez hasta una de las últimas frases: *Me mostrarás la senda de la vida.* Eso necesitaba: una guía. ¿Cómo concluir con su inservible existencia? Encontró su cajetilla de cigarrillos vacía. La repondría antes de su acto final. Quería morir siendo un buen fumador. El reloj anunció las nueve y media. Seguramente la familia continuaría durmiendo, a excepción de su madre que andaría en misa. Mucho mejor. Nadie lo molestaría. Cerró el zaguán casi sin hacer ruido y en la calle respiró profundo.

—¡Qué madrugador! —lo saludó Adrián, el mecánico, que traía un libro bajo el brazo y caminaba entre sus padres. Don Adrián y su esposa se adelantaron; Adrián cruzó la calle y emparejó el paso.

—¿Cómo te va, amigo?

—Bien. ¿Y por qué madrugando en domingo?

—Vamos a la iglesia. ¿No nos quieres acompañar?

¡Por supuesto que no! Sería una burla pisar un lugar sagrado mientras en su mente abrigaba la idea de cometer suicidio.

—No luces bien, Leo.

—No he dormido. Es todo —mintió—. No te quito el tiempo. Tus padres ya voltearon a vernos.

—Escucha, amigo, si en algo te puedo ayudar, estoy para servirte. Puedo faltar un día.

—No es para tanto. Otro día platicamos.

Aunque ese día no llegaría jamás. Sin embargo, ¿por qué agriarle la mañana al mecánico?

—¿Seguro? De hecho, ya sé de qué va a tratar el sermón de hoy. Lo estudié ayer. Mira —le dijo Adrián y abrió la Biblia que llevaba consigo: —Hablarán del Salmo 16, sobre la senda de la vida.

El tema le impresionó, no por lo profundo o misterioso, sino porque esa frase la había leído minutos antes.

—«Me mostrarás la senda de la vida» —repitió, sin querer.

Adrián lo encaró:

—Has leído el salmo de tu tía.

Leo se ruborizó.

—Bueno, yo…

—Ella lo recitaba a cada rato. Antes de morir, andaría yo en los quince años, me regaló una hoja con el salmo escrito con su puño y letra. Ella nos acercó a Dios con su ejemplo y su cariño, Leo. Gracias a su perseverancia, mis padres empezaron a entenderse mejor y dejaron de pelear. Cuando ella se fue…

—Encontró ese lugar de plenitud, gozo y delicias para siempre.

—Ella las obtuvo también en esta tierra. Lo que Dios promete lo recibimos de inmediato. Obviamente, en el cielo se disfruta de la presencia de Dios y la ausencia del dolor, pero la vida que Jesús ofrece comienza aquí.

Los padres de Adrián lucían molestos, así que el mecánico les rogó que se adelantaran.

—¿Quieres platicar en el parque? Es más lindo que a mitad de la calle.

Leo no le confesó sus planes, pero para su segunda sorpresa, Adrián rentó un bote y se dirigieron al centro del lago. Una vez allí, Leo continuó la conversación.

—¿Cuál es esa vida, Adrián?

—Jesús dijo: «Yo soy el camino, y la verdad y la vida».

—Sí, he oído de Jesús. Mi madre tiene un crucifijo en su recámara.

—Pero él no está allí clavado, sino que vive. ¡Resucitó!

Leo meneó la cabeza:

—Demasiado fantasioso.

—Por eso, precisamente, el único requisito es la fe. Dios no nos pide razonarlo, sino creerlo.

Esa palabra le abrió a Leo un mar de recuerdos: a Margarita con su convicción de creer en Dios, su amor por el librito de Juan, su fortaleza en medio de las tormentas y su capacidad de perdonar. ¡Perdonar! Unos minutos antes, en una de las hojas de Adrián que se resbalaron de su Biblia mientras pagaba por el bote, Leo había leído: «Para poder perdonar, hay que saber amar».

—¿Qué es creer? —preguntó a su amigo con un nudo en el estómago. Empezaba a perder la compostura.

Adrián se rascó la barbilla:

—Es aceptar lo que dice la Biblia sin más pruebas salvo tu corazón. Lo único que debes hacer, para conseguir esta vida, es afianzarte de las palabras de Cristo y confiarle el resto. Él dijo: «Todo aquel que cree en mí, tiene vida eterna y no vendrá a condenación, mas ha pasado de muerte a vida».

Su cabeza le punzaba, sus labios temblaban.

—El creer comienza con la convicción de nuestra condición pecadora. ¿Reconoces que no mereces el perdón de Dios?

—Si existe un Dios, entonces he sido un malvado.

Repasó sus mentiras a sus padres, su traición, su egoísmo, sus pensamientos suicidas, su ambición y mucho más.

—Antes, uno llevaba un cordero al altar después de pecar.

—Así que este Dios también exige sacrificios.

Las deidades prehispánicas no estaban muy lejos del Dios cristiano. La sangre debía manchar las piedras para alegrarlos. Todos eran iguales.

—Pero entonces vino Cristo, y se ofreció por voluntad propia como sacrificio único. Esa sangre vale más que todas las demás juntas, pues provenía del mismo Hijo de Dios, de un ser perfecto, inocente y dispuesto a morir. Desde ese instante, no hay más sacrificio. Dios no pide otro, ya que ese resulta suficiente. Nada de lo que tú o yo pudiéramos dar, equivaldría a esa perfección.

En eso concordaba. Nada se compararía a una consagración voluntaria.

—La única condición es aceptar ese sacrificio.

—Debe haber algo más. ¿No sucede que cuando las personas se entregan a tu Dios se vuelven fanáticos?

Adrián le puso la mano en el hombro:

—Imagina que caes al lago.

¡El mecánico era un brujo! ¡Había adivinado sus intenciones!

Continuó:

—No sabes nadar, así que yo me tiro al agua y te salvo. Si te pidiera un favor, ¿lo harías?

—¡Por supuesto! Te debo la vida.

—Eso es lo que hacemos cada día. Obedecemos, seguimos y alabamos a Jesús en gratitud por lo que hizo por nosotros.

Un calor embargó el pecho de Leo. Sabía que no se debía a la temperatura exterior, sino a algo profundo en sus entrañas. Dejó de ver el lago como el instrumento de su fin. Más bien se dejó encantar por la superficie cristalina de las aguas grisáceas, que a pesar de la contaminación provocada por el hombre, aún encendían su adormecimiento estético. La brisa lo refrescó, las risas de algunas familias en embarcaciones cercanas lo embelesaron. ¿Acaso pretendía cortar de tajo la oportunidad de plasmar esa belleza en un lienzo? ¿Se negaría la oportunidad de respirar?

Solo creer. Solo aceptar. Un único sacrificio. Deshacerse del dios de piedra para siempre. Ese dios siempre quería más y más, apelando a los instintos más bajos de Leo y a las atrocidades de su pensamiento. Ese dios lo quería muerto. Jesús lo quería vivo.

—Es hermosa la heredad que te ha tocado —Adrián citó el salmo.

—¿Cómo creo?

—Habla con Dios, a eso se le llama oración.

Muchas veces la tía Toña lo había hecho frente a ellos antes de comer. Era como platicar con un amigo.

—¿Me ayudas?

—Esto es entre tú y Dios. Pero yo estaré aquí.

Después de un profundo suspiro, Leo cerró los ojos y habló para sí mismo: «Dios, muéstrame la senda de la vida. Acepto ese único sacrificio. Dame lo que le regalaste a la tía Toña. Creo, Señor. Creo».

Al abrir los ojos, no notó los colores más intensos, ni el aire más frío o caliente, pero una tranquilidad sincera lo embargó. Le sonrió a Adrián, que tomó los remos para volver al embarcadero y, para su asombro, sucedió lo que en años no había logrado: lloró. Sus sollozos se tornaron en un llanto amargo. ¡Qué vergüenza! ¿Qué diría la gente? Pero un milagro había ocurrido. ¡No había un solo barco a su alrededor! Por algún motivo se encontraban solos, en medio de la nada, y Leo se cubrió el rostro y continuó llorando mientras Adrián le daba una palmada en el hombro.

Leo no lo podía entender. Ni siquiera lloró cuando vio «La Princesa Donají» en la galería, ni cuando Margarita lo dejó. Se enfermó, rabió, gritó, destruyó, pero las lágrimas se negaron a salir. Y de pronto, caían de sus ojos con una fluidez impresionante. Si alguien los hubiera visto, habría creído que se encontraban en proceso de duelo. ¡Y de eso se trataba! Leo enterraba algo, no estaba seguro qué, pero se sentía bien.

Capítulo
8

—Lee otra vez la historia de la suegra —le ordenó la abuela.

Margarita se contuvo de berrear. ¡La leía todos los días! Existiendo tantas historias más, ¿por qué la abuela se encaprichaba con dicha narración? Para no entrar en discusión, obedeció. Los pocos versículos de esa historia pintaban un cuadro sin gran interés para Margarita. No lo podía comparar con la grandiosidad de una resurrección o la emoción de una tormenta.

Jesús llegaba a la casa de Pedro el pescador, su futuro alumno. Su suegra estaba en cama, enferma de fiebre. Entonces Jesús tocaba su mano y ella sanaba. Acto seguido, ella le preparaba de comer. ¿Qué tanto le veía la abuela a esas palabras? Cuando acabó la lectura, la abuela suspiró.

—Las suegras no somos bien vistas. ¿Se habrá enojado Pedro de que Jesús la sanara?

Margarita arrugó la frente. Ahora sí creía que la abuela se iba a morir. ¡Ya deliraba! Un ataque de tos las distrajo a ambas, pero después de un rato, la abuela continuó:

—Tu madre me hubiera dejado morir.

—Eso nadie lo podría asegurar, abuela.

De todos modos, tal vez la vieja no quería seguir viviendo.

—A mí que ni me sanen, que ya estoy cansada de este mundo.

Margarita lamentó el pesimismo de su abuela, pero para no contrariarla, evitó recordarle que Jesús ya no transitaba por el planeta, mucho menos por las calles de ese pueblucho en Oaxaca.

—¿Qué le habrá dado de comer? Yo hubiera preparado un buen mole, del coloradito, y unos tamales y un buen atole. Una comida abundante, digna de un rey.

La abuela hablaba como si Margarita no se encontrara a su lado, y por primera vez, su nieta percibió unas facciones menos duras y una voz más soñadora. Jamás hubiera imaginado que la abuela fuera capaz de tales reacciones.

—Abuela, ¿quiere que le hable a mi papá? Quizá la familia la visite.

La abuela la ignoró y guardó silencio. De pronto dijo:

—Pero Jesús ya está muerto.

—No, abuela —Margarita le tomó la mano—. ¿No se acuerda que leímos sobre la resurrección? Él vive.

La abuela masculló:

—Eso dicen los curas, pero ¡ve nuestra miseria! Si viviera…

No concluyó la frase. Margarita empezó a llorar. No lo había planeado, simplemente las lágrimas la traicionaron.

—Ay, niña, no te mortifiques. Duérmete ya. Déjame en paz.

—Abuela…

—No hables más.

Cuando la abuela ya roncaba, Margarita salió de puntillas y habló con la vecina, que accedió a vigilar a la anciana mientras ella buscaba un teléfono. En una tienda compró una tarjeta y marcó a la casa. Nadie respondió. Intentó al restaurante y don Epifanio la saludó con alegría.

—Papá, creo que deben venir. Falta poco…

—En unos días es el grito de la Independencia. Ya tenemos más clientes, Mago. No muchos, pero por lo menos mamá Tule se mantiene ocupada. Quizá…

—Papá, la abuela no tarda en dar su último suspiro. ¿No quiere hablar con ella antes de que se vaya?

Don Epifanio se quedó callado. Margarita cerró los ojos. ¡Ya casi celebraban las fiestas patrias y ella en el pueblo! ¿Qué sería de Conchita, las primas y los primos?

—No es pa'tanto, m'ija. ¿Aún respira?

—Sí, pero…

—Cuando sea grave nos llamas.

Y colgó.

★ ★ ★

—¿Se vuelve a hablar de otra suegra?

Margarita se rascó la cabeza.

—Solo de una mujer que le leía la Biblia a su nieto.

La abuela ya no masticaba a falta de dientes, pero se negaba a tragarse el jugo que Margarita sostenía en la mano.

—Abuela, debe alimentarse.

La anciana escupió al suelo.

—¿Qué pasó con tu novio, el chilango ese?

—Ya rompimos.

—¿Por ser tú una indígena?

—Por su arte.

La abuela le exigió que la recostara.

—Hay pocos hombres buenos en el mundo. Unos te consideran poca cosa por tu dinero o por tu piel, otros por tu falta de estudios o por tu cara fea. Pero ese Jesús se acercaba a enfermos y a pobres, ¿por qué?

Margarita no sentía muchas ganas de discutir con la abuela. Cada día le costaba más trabajo reír o soñar con un mundo mejor. El suyo se había terminado con la caída del restaurante, su desamor con Leo y la asfixia dentro del jacal de la abuela. A duras penas conseguía bañarse o lavar su ropa ya que el agua escaseaba de un modo aterrador. No se pasaba el peine muchas mañanas e incluso tenía la impresión que había bajado de peso. Pero tampoco deseaba volver a Oaxaca. Lo poco o mucho que seguía captando de los radios ajenos decían que nada mejoraba.

—Ahora entiendo por qué la inglesa, la amiga de tu madre, quería tanto traducir ese librito a nuestra lengua.

—Abuela…

—No me interrumpas. Mejor ve por algo de fruta.

Con la esperanza de que la abuela comiera un poco, aprovechó la orden para dirigirse al mercado más cercano donde se decidió por unas manzanas y unos mangos. Antes de retomar el camino a casa, se sentó bajo un árbol y se comió un mango. El jugo le corrió por la barbilla. Dio gracias a Dios por el lujo que le regalaba y entonces, al contemplar el cielo de un azul intenso, su pecho se comprimió. La abuela hablaba tanto de Jesús que hasta parecería que ya lo amaba. ¡Y ella tan ciega! Debía confirmar que la anciana creyera porque sospechaba que pronto moriría.

Levantó polvo en los senderos por causa de la carrera que emprendió. Por un momento se sintió como el tal Pedro que había corrido a la tumba vacía, aunque ella se encaminaba al lecho de su abuela. Abrió la puerta y dejó la fruta sobre la silla. La abuela dormía con una sonrisa dibujada en el rostro. ¿La debía despertar? Por cortesía se acomodó en silencio a su lado, pero cuando pasaron diez minutos sin ningún ataque de tos, se preocupó. La mano helada le confirmó la noticia. ¿Cómo saber si se encontraba en ese momento en el cielo preparándole un mole coloradito a Jesús? Ese pensamiento la consoló mientras lloraba.

★ ★ ★

A pesar de los ruegos de Margarita, la familia insistió en no abandonar los rituales. Don Epifanio y los tíos se encargaron de los preparativos.

—No tardan en llegar el cura y el cantor —le anunció la tía Engracia.

A ella no le apetecía la liturgia, así es que, aprovechando que sus primas servían el café, se separó del grupo lo más que pudo. Al verla, el viejo de cara rugosa intuyó que se trataría de una vecina.

—Unos vienen, otros van —dijo con una voz rasposa—. La doña era buena. Pronto saldrá del purgatorio.

Margarita no dijo nada. La abuela no había sido buena. Por su culpa, María nunca se integró a la familia ni se supo totalmente amada. La abuela se desinteresó de su familia y prefirió su soledad y amargura. ¿Para qué excusarla? Y aun así, murió con una sonrisa. Los tíos no habían dado crédito a tal hazaña.

El anciano escupió al suelo.

—Algún día será mi turno. Pobres nacimos, pobres nos vamos. Tradición familiar no se quita.

El uso del refrán popular le robó una sonrisa a Margarita.

—Eso me suena a mediocre. Las tradiciones se pueden arrancar; la mala suerte no persigue a todos los que nacimos en este pueblo.

—¿Eso crees, niña? Escucha, un día la esposa del dios del trueno le pidió a su esposo que vigilara el maíz, pero él vio que las plantas se debilitaban. Se pelearon y ella echó polvo de su metate y huyó a la costa. Con ella se llevó buenas cosechas, y con nosotros se quedó la polilla. Por eso en Veracruz prosperan y aquí nos mata el hambre.

Margarita no discutió más.

★ ★ ★

Aguardaron a que se cumpliera el tiempo para el velorio y por fin se dirigieron al camposanto para enterrar a la abuela. Margarita no evitó derramar unas lágrimas, sobre todo al evocar el funeral de su propia madre. Los cementerios, las velas, la ropa negra, todo se confabulaba para rememorarle aquella tarde lluviosa en Oaxaca con el mismo paisaje desolador: tierra abierta, una caja de madera y la familia llorosa.

Don Epifanio era el único que mantenía los ojos secos. Conchita casi le arrancaba el brazo a su hermana, y no porque sufriera gran cosa, sino porque se había enfermado del estómago unas horas antes. Mamá Tule rezaba a sus dioses prehispánicos y el cura leía unas palabras que Margarita no oía ya que sus pensamientos vagaban.

Su primo Bernabé se erguía con altanería, a pesar del funeral. Según le contaron las primas, había ascendido de rango entre los rebeldes y hasta hacía programas en la radio de vez en cuando. El tío Santiago, orgulloso de su cachorro, menospreciaba los intentos de Epifanio por salvar el negocio familiar y más bien se dedicaba a aprovecharse de los desmanes que el pueblo lograba, como adueñarse de unas cajas de licor que según la tía Josefina robaron de un camión.

¿Qué sucedía con su familia? ¿De cuándo acá se convertían en criminales? Siempre habían predicado el valor del trabajo honrado. Eran el ejemplo viviente de los que suben peldaño tras peldaño hasta una posición estable. Pero, de pronto, a todos les gustaba el camino fácil. El primo Alberto cargaba pistola y toda la cosa; el tío Román tomaba más mezcal que antes. ¿Qué diría la abuela al ver su clan en semejantes condiciones?

El ataúd bajó poco a poco sostenido por cuerdas. Se oía el llanto de los presentes, sobre todo de las plañideras, parte de la tradición. El cura recitaba unas palabras en latín y la atmósfera circundante estaba impregnada de olor al incienso que unas primas habían colocado a unos centímetros de ella. Sujetó el brazo de Conchita para envalentonarse. Traía con ella el librito del Nuevo Testamento. Desde el día anterior había pedido permiso para leer unas palabras. Don Epifanio la contempló con sospecha.

—¿Qué tipo de cosas? No quiero que ofendas a los parientes.

—Son del Nuevo Testamento. Se lo leía a la abuela y nunca se quejó.

Su padre se había quedado con la vista clavada en una hilera de hormigas rojas.

—A tu madre le gustaba ese librito. Anda, pero no abuses del tiempo.

Los paleadores empezaron a echar tierra sobre la caja. Las tías aumentaron sus gritos de angustia y las plañideras se dieron vuelo. Don Epifanio le hizo una señal a su hija y Margarita avanzó unos metros, deteniéndose justo a los pies del cofre. Su voz amenazaba con quebrarse y sus ojos se humedecieron.

—¡Dios mío, dame fuerzas!

Abrió el librito donde había colocado el separador. Se aclaró la garganta y leyó en su dialecto: «Jesús fue a casa de Pedro y encontró a la suegra de éste en cama...»

★ ★ ★

Pedir perdón, se decía Leo. Solo eso le faltaba. Su vida había cambiado, aunque aún le costaba trabajo dormir y su familia lo exasperaba. Leía la Biblia de la tía Toña, había dejado el cigarrillo y ya no andaba como si cargara un bulto a cuestas. El trabajo no le fascinaba, pero por lo menos intentaba ahorrar para lograr su meta de no endeudarse y conseguir su cuadro sin necesidad de deberle al banco.

Sin embargo, no dejaba de pensar que seguía sin hacer las paces con Margarita. Le debía una disculpa. Ella había sido valiente al escribirle esa carta. Debía imitarla. Para evitar preguntas en casa, buscó un teléfono público. Insertó la tarjeta, marcó las teclas y aguardó. ¿Habría alguien en el restaurante? Debió haber consultado con Javier. Dos, tres, cuatro timbrazos. Quizá debía colgar. En eso, la voz de Bernabé lo alegró.

—¿Sí?

—¡Bernabé! Soy Leo, Leonardo Luján. Oye, ¿podría hablar con Margarita?

Se escuchó a Bernabé aclarándose la garganta, luego una voz más gruesa. El tío Santiago.

—¿Quién es?

Al parecer Bernabé trató de tapar la bocina, lo que no logró del todo.

—El chilango ese que plantó a la Mago. Quiere hablar con ella.

—¿Ta loco? Cuélgale pues. No tenemos nada que ver con esos gachupines ricachones. Todos son como el gobernador.

—¡Bernabé! —gritó.

La línea murió. ¿Se enteraría Margarita algún día de su llamada? ¿Debía volver a intentarlo?

Capítulo
9

—¿Entraremos al plantón? —le preguntó don Epifanio.

Margarita mordió una tostada para ganar tiempo. Después de dos semanas de luto, en que la familia se movió como en cámara lenta, habían vuelto a la ciudad para enfrentarse a la realidad. Los tíos volvieron primero, para tratar de atender clientes en el restaurante. Mamá Tule los acompañó, pues sin ella no había negocio; pero don Epifanio y sus hijas se quedaron en la choza de la abuela para venderla, empaquetar la ropa que aún servía, tirar la basura y repartir sus cosas. Don Epifanio no había llorado, pero Margarita lo descubrió varias veces besando un collarcito de perlas, regalo del abuelo a su esposa.

Sin embargo, el trabajo en el pueblo se acabó. Los Domínguez se deshicieron de la casa para siempre, dinero que les cayó bastante bien en esos tiempos de crisis, y regresaron a Donají para intentar sobrevivir. Lamentablemente las pésimas condiciones de la ciudad no ayudaban.

Empujados por la desesperación, la ciudadanía, en especial las empresas, los centros comerciales, los hoteles, los taxis y aun los camiones de pasajeros, suspenderían actividades durante dos días en protesta por la crisis.

Y mientras ellos sudaban, sus primos continuaban viviendo una ilusión de Robin Hood. Bernabé y el tío Santiago se encontraban en la cocina, narrándole al resto de la familia sus aventuras como locutores radiales, manifestantes profesionales y amigos del pueblo. Hasta contaban sobre Carlos, el niño al que Javier no lograba rescatar del analfabetismo, y que más bien controlaba el área alrededor de la universidad, donde repartía folletos de propaganda política sin ni siquiera leerlos.

En eso, la tía Engracia regresó del centro a donde había ido por unas verduras. Traía en sus manos unos sobres.

—Cartas, Margarita. Un poco atrasadas pero por lo menos llegaron.

Le tendió cuatro sobres blancos y don Epifanio se alejó para darle privacidad. Margarita sorbió un poco de agua de tamarindo y abrió la primera que anunciaba la concesión de un crédito. ¿Que no sabían esos del banco que en Oaxaca todos se hallaban al borde de la bancarrota? ¿Era una broma de mal gusto? La rompió en mil pedazos y repasó la segunda. Otro engaño para endeudarla con un auto. ¡Ella ni manejaba bien! La tercera le trajo una sonrisa, algo bueno en ese día tormentoso. Provenía de Inglaterra.

La señorita Betsy indagaba por los conflictos magisteriales, la salud de la abuela y el corazón de Margarita. Más tarde le contestaría, dándole algunas de las malas noticias: los maestros seguían en paro, la abuela había muerto y su alma aún sangraba. La cuarta carta le intrigó. El sobre traía impreso su nombre y dirección pero no marcaba remitente. ¿Se trataría de una broma? Escuchó las carcajadas desde la cocina. Quizá debía ir con su familia. Las relaciones estaban algo tensas desde que en el funeral criticaron su audacia por leer en el dialecto esa porción de la Biblia, alegando que la abuela jamás lo habría permitido en sus cinco sentidos y que Margarita había aprovechado la convalecencia de la anciana para embrujarla con ideas de aquella inglesa metiche. Además, se hacían los ofendidos por la falta de interés de Margarita en los asuntos políticos.

Más que interés, ella no deseaba involucrarse en algo que no entendía, sin olvidar que ya no estaba tan segura de los métodos del pueblo por hacerse escuchar. El Nuevo Testamento hablaba de amar a los enemigos, no de amenazarlos. Para no torturarse se dedicó a la carta. Sacó una hoja de papel con tres párrafos, pero al detectar la letra de Leo casi se desmaya. ¿Debía leerlo? La curiosidad triunfó.

Querida Margarita:

Te llamé el día de ayer, pero tu primo Bernabé no te lo comunicó. No culpo a tu familia; deben odiarme, con justa razón, por todo el daño que causé. Y de hecho, escribo para pedirte perdón. Tú me pusiste el ejemplo, y créeme que esa carta tuya provocó en mí los más extraños sentimientos y desencadenó todo un descubrimiento.

Sí, Mago, ahora creo. Entiendo lo que trataste de explicarme hace muchos meses, cuando hablabas del librito de Juan. Mi tía Toña, que en paz descanse, conoció la paz de Jesús, y ahora yo la tengo también.

No sé qué más contarte, porque hasta este momento que te escribo me doy cuenta de cuánto te extraño y lo mucho que te quiero. Haría lo que fuera por recuperarte, pero respeto tu decisión si no me quieres volver a ver jamás.

Leo.

Margarita la leyó una segunda vez, sin reprimir las lágrimas. ¡Leo! ¡Su Leo! ¡Y aún la amaba! ¡La echaba de menos! Por desdicha, antes de reparar en el mensaje más profundo de la carta, dejó que el enojo la dominara y ardió como un chile de esos que mamá Tule usaba para sus salsas extra picosas. Se puso en pie, ocultó la carta en el bolsillo de su falda e irrumpió en la cocina.

—¿Por qué no me lo dijiste, Bernabé?

Su primo la contempló con asombro. Todos los pares de ojos se clavaron en ella.

—¿Decirte qué?

—Leo me habló por teléfono y no me lo pasaste.

—¡Estabas en el pueblo! —se defendió.

—Pudiste darme el recado.

El tío Santiago se interpuso entre los dos muchachos.

—No le grites a mi hijo. Además, yo le ordené que te lo ocultara. Ese hombre te engañó.

—¡Pero me ha pedido perdón! —gritó ella.

Los ojos de Conchita se desorbitaron. Mamá Tule esbozó una sonrisa, pero las tías se santiguaron.

—Seguramente es una artimaña —dijo la tía Josefina.

—¿Ya se te olvidó cómo te humilló su familia? —dijo la tía Engracia.

—Tú lo has dicho: su familia. Pero Leo no es su familia, él me quiere.

—Pues en esta familia no aceptamos gachupines —declaró el tío Santiago alzando aun más la voz—. No nos interesa codearnos con esos capitalinos engreídos que apoyan al gobernador y que permiten estas injusticias. Mientras ellos se regodean en su tranquilidad, Oaxaca exige la guerra. ¡Aquí no hay lugar para Leonardo Luján!

Don Epifanio había entrado, alertado por los gritos, pero en vez de defenderla, agachó la cabeza.

—Papá, ¿usted qué dice?

—Mi hermano —continuó el tío Santiago—, sabe que tengo razón. En esta casa no aceptamos mentirosos. En honor a mi difunta madre lo repito: esta casa apoya a los maestros y rechaza a los capitalistas. ¡Defenderemos nuestra sangre hasta con los dientes!

Margarita se sacudió de rabia, pero en lugar de pelear, sintió un nudo en la garganta.

—¿No comprenden? —susurró.

La suavidad de su voz atrajo la atención de todos.

—Nos estamos comportando igual que los Luján. Estamos haciendo juicios sin los acusados aquí presentes. ¿No deberíamos darle una oportunidad? Yo quiero a Leo.

Don Epifanio se puso en pie.

—Ya basta de tonterías, Margarita. Esta familia está enloqueciendo. Mañana abrimos el restaurante.

—Pero, ¿no cerraremos? —preguntó Margarita.

—¡No! Mi hermano tiene razón. Apoyaremos a nuestra gente, no a los rateros del gobierno. Y segundo, nadie vuelve a mencionar el nombre de Leonardo Luján bajo mi techo, y te prohíbo contactarlo.

Bernabé lanzó una carcajada, sus primos lo corearon y Margarita se refugió en el baño.

★ ★ ★

—Ya, mi niña —la mecía mamá Tule—. Deja de llorar.

—Pero tú los oíste…

—Pus tengo oídos. Taba allí mismo cuando tu padre dio las órdenes, pero no te atormentes. Mira, del paro y todo esto ni te angusties. Es cosa del gobierno y los maestros, no hay nada que podamos hacer. Y en cuanto a Leo…

—¿Crees que mi padre tiene razón?

Mamá Tule lucía cómica sentada sobre el excusado, el único asiento disponible en el baño, y sobre su regazo una Margarita adulta dejándose mecer. Y aunque aquella no era la posición más cómoda, no deseaba salir de allí para enfrentar a los Domínguez. No aún.

—¿Tú quieres al muchacho?

—Mucho. Más de lo que quiero aceptar.

—Tons comunícate con él.

—Mi papá me lo prohibió.

Mamá Tule lanzó una risita.

—¿Cuántos años tienes, niña? Además, para eso están los amigos.

Entonces fue el turno de sonreír de Margarita.

★ ★ ★

—¡Leo! ¡Teléfono! —le gritó su madre.

Él quería decirle que no lo molestara. Eran las ocho de la mañana. Debía irse en unos minutos a la oficina.

—¿Quién es?

—Javier, desde Oaxaca.

El nombre de su amigo lo lanzó escaleras abajo, entró a la casa y tomó el auricular.

—¡Amigo Javier!

—¡Qué tal, Leo! Permíteme tantito. Alguien quiere saludarte.

Contuvo la respiración. Casi grita cuando escuchó el buenos días de Margarita. Aprovechó el teléfono inalámbrico para refugiarse en la cocina, aun cuando notó que a su madre casi le crecía diez centímetros el cuello de tanto estirarse para escuchar. Cerró la puerta.

—Recibí tu carta. Muchas gracias.

—Mago… Escucha… Yo…

—Mi padre no quiere que te hable. Mi familia está molesta contigo y supongo que los tuyos tampoco me quieren gran cosa.

—Debemos hablar; volver a empezar. Mira, Mago, hay una cosa llamada computadora y un maravilloso invento conocido como correo electrónico. Saca una cuenta.

—Pero no tengo conexión a Internet.

—Hay muchos cafés por allí en Oaxaca donde por diez pesos te dan permiso de acceder a tu cuenta. Javier te puede explicar. Sé que es mejor hacerlo en persona, pero estoy trabajando porque necesito el dinero para… bueno, tú sabes.

—¿Y tu arte?

Raquel abrió:

—Necesito leche.

Leo hizo una mueca y salió al patio. Su madre casi lo sigue, pero él se escabulló al cuchitril de la tía Toña, aunque perdió la pureza de la conexión.

—¡Leo! ¿Estás allí?

—Sí, Mago. El caso es que el teléfono tampoco es práctico por razones obvias. Mi madre no tarda en salir con el pretexto de alimentar a los canarios, que de hecho son de mi tía. Solo promete que conseguirás mi correo electrónico con Javier y me escribirás.

—Prefiero las cartas.

—¡Son muy lentas! Anda, Mago.

—Está bien. Lo haré.

El ruido en la línea se tornó insoportable.

—Gracias por llamar, Mago.

—De nada.

Cuando colgó, rozó las paredes del cuchitril.

—¿Lo puedes creer, tía? Es un día especial para mí. Solo me vienen cosas buenas desde que encontré tu Biblia. En su presencia, tía bonita, hay plenitud de gozo.

★ ★ ★

En menos de diez días Margarita se enteró de la vida de Leo: su plática con Adrián, su nuevo trabajo, la presencia de Julieta a quien él ya no quería y su decisión por dejar la pintura y recuperar «La Princesa Donají». Ella le contó de la muerte de la abuela, de los problemas familiares y sobre todo, de las locuras de su primo Bernabé que, en contra de todo pronóstico, se unió a la marcha que partía de Oaxaca a la ciudad.

«Pero él no quiere saber nada de ti. Le dije que si se atoraba te buscara, pero sé que no lo hará».

Leo respondió:

«No te preocupes. ¿Y qué opina tu tío Santiago?»

El tío se sentía orgulloso del muchacho, y el único con cara larga era don Epifanio. Margarita hubiera querido animarlo, pero temía que adivinara que se carteaba con Leo desobedeciendo sus órdenes. ¿Qué sucedería?

Capítulo
10

—¿Para qué te enojas? —le preguntó Leo a Julieta.

Ella estaba parada frente a su escritorio con los puños en la cadera y observando la avenida Reforma desde el ventanal. Leo, con los ojos pegados a la pantalla, leía una carta de Margarita.

—Pero es que estas manifestaciones nos hacen perder tiempo y cordura. Ya ves que el otro día no nos dejaron circular, luego hasta miedo me da traer el auto.

Leo agradecía carecer de esas presiones pues utilizaba el transporte público.

—Se han conjugado muchas cuestiones políticas. Pronto terminarán —la consoló Leo sin prestarle gran atención.

Ella se acercó y Leo minimizó la ventana.

—¿Con quién te escribes tanto? ¿Nueva novia?

Julieta y él sabían de sobra que entre ellos no habría una relación romántica. A pesar de los intentos de ambos, no congeniaban. Sin embargo, se consideraban amigos o, más bien, aliados en contra de aquellos en la oficina que no simpatizaban con el ex artista o la nueva gerente de ventas.

—No es nadie.

—¿Te escribes con un fantasma? Vamos, Leo, confía en mí.

—¿Y si vas de chismosa con tu mamá y por ella se entera mi madre?

Julieta arrugó la frente. Él se cruzó de brazos.

—Ya lo hiciste una vez —la recriminó.

—Pido perdón. ¿Quieres que me ponga de rodillas?

Sacó un cigarrillo y, a pesar de que estaba prohibido fumar en ese piso, como jefa se creía por encima de la autoridad.

—¿Gustas uno?

—Ya no fumo.

—Esa novia sí que te trae loco. ¿Me dirás?

Él suspiró:

—No te agradará la noticia.

Ella abrió los ojos de par en par.

—¿Se trata de la... mujer de Oaxaca?

Él asintió. Solo faltaba un grito de parte de Julieta o una risotada, pero para su sorpresa, la elegante mujer lanzó una bocanada de humo, contempló el techo y sonrió con placidez.

—El amor es inexplicable. ¿Quién soy yo para juzgarte? ¿Significa que dejarás el trabajo?

Leo lo había pensado, pero aún no se precipitaría. Las familias se oponían a su relación, sin olvidar que no tenía nada que ofrecerle a su novia, y la obsesión por recuperar su pintura aún no superaba su necesidad de casarse con Margarita. El reloj marcó la una y media, la hora del almuerzo.

—Pediré pizza —dijo Julieta—. Desde aquí se ven los marchistas. Se les está uniendo más gente; será un caos. ¿Me acompañas?

—Quiero ir a echar un vistazo por ahí —se excusó Leo.

—¡Oh, el amor! —rió Julieta—. Nos vemos dentro de un rato.

Leo ya no le contestó a Margarita sino que salió de la oficina y recorrió algunos metros hasta El caballito, donde la delegación de la APPO aguardaba a más simpatizantes. Intentaba dar con Bernabé, a sabiendas del rechazo del chico, o con Carlos, que según Javier también se incluía en la comitiva. No dio con ninguno de los dos, pero se empapó de la visión: mujeres en huipiles, carteles con leyendas provocadoras, fotografías y muñecos que representaban a este o a aquel personaje político. Leo mordió lentamente la torta que había comprado en un puesto ambulante. La curiosidad lo sacudía y se hubiera unido al convite, pero ellos no avanzaron y tuvo que regresar detrás del escritorio.

★ ★ ★

A las seis y media bajó, se despidió del portero y se dirigió al Senado, donde, según anunciaron por la radio, los de la APPO no tardaban en llegar. Un taxi lo llevó hasta donde más lo pudo acercar y caminó el resto del trayecto. Él mismo no comprendía qué era lo que lo movía a dar con aquella gente, pero un poco antes de las siete se acercó al Museo Nacional de Arte, desde donde escuchaba los cantos, las peticiones a viva voz y el escándalo formado por el grupo de unas tres mil personas, según cálculos.

De pronto, la voz empezó a correr desde el frente de la columna. Los policías no los dejarían entrar al Senado. A unos cincuenta metros de la entrada les impedían el paso. Leo trató de abrirse camino entre la muchedumbre para no perder detalle o para dar con un rostro familiar, pero la confusión empezó a apoderarse de las masas.

—¡Los están golpeando! —gritó una mujer.

—Quieren derribar la valla, pero los contienen con escudo y tolete en mano —informó un maestro que traía el pecho desnudo y en el que había escrito con pintura roja: «Viva la lucha».

—¿Cuántos son? —indagó un hombre canoso, con sombrero y guayabera.

—Como cien, unos adentro, otros afuera, dicen.

—Por acá —indicó uno.

Un numeroso contingente se replegó frente al Palacio de Minería, otros tantos decidieron rodear por la calle de Donceles, donde los aguardaban más policías. Leo permaneció en la Plaza Tolsá. Su mamá se moriría de la impresión si por casualidad le tomaban video o lo entrevistaban, pero él se movía por medio de una fuerza exterior y un impulso interior.

—¡Asesinos! ¡Asesinos! —escuchaba.

En eso, el cinturón de seguridad empezó a debilitarse, pero los policías reaccionaron. Con el garrote golpeaban los pies de los manifestantes y Leo alcanzó a ver una figura caer sobre el empedrado. Se dirigió hacia el joven que se retorcía de dolor. El porrazo le había dado en el tobillo, pero aun más, el pie ya le sangraba, quizá por una herida antigua.

—¿Te ayudo? —se ofreció Leo.

—Me duele —dijo el chico, quitándose el sombrero que cubría su rostro.

—¡Bernabé!

—¡Leo!

El muchacho lo apartó con la mano, pero el dolor lo contuvo.

—¿Qué te pasó?

—Me lastimé en la caminata.

Leo debía sacarlo de allí o les tocarían unos golpes extras, así que puso el brazo de Bernabé sobre sus hombros y este se apoyó en su pie sano. Entre brinquitos y arrastres, lo llevó hasta Bellas Artes. Bernabé gemía de dolor y Leo se preguntó qué hacer. La situación de violencia se había controlado, de modo que los de la APPO comenzaban a organizar cómo y dónde pasar la noche.

—Llévame con ellos —le rogaba Bernabé con voz lastimosa, pero uno de sus líderes contempló a Leo.

—¿Es usted de la ciudad?

Leo asintió.

—Si lo puede cuidar, se lo agradeceremos. Es demasiada presión como para cuidar a un herido.

Bernabé le soltó unas cuantas malas palabras a su jefe, luego insistió que se sobrepondría, pero nadie le creyó. Leo lamentó no contar con un teléfono celular. Los taxis no pasaban por allí, ¿cómo llevar a Bernabé a su casa? A falta de recursos e inspiración, volvió a cargar a Bernabé sin intimidarse ante sus amenazas: los Domínguez lo lincharían, su padre no se lo perdonaría, don Epifanio lo atravesaría con una bala. Uno de la APPO los ayudó hasta que llegaron a una avenida donde un taxi se compadeció de ellos.

—Ya deja de quejarte; pronto estaremos en casa.

★ ★ ★

—Hay que hacerle una radiografía —dijo Fernando.

Leo se rascó la barbilla. Su madre, al igual que la curiosa de Sonia, se asomaba al consultorio casero donde su cuñado atendía a Bernabé.

—Pero ya es noche —comentó Elvia desde su puesto de vigilancia.

—Entonces aguardaremos hasta mañana —indicó Fernando.

En unos minutos, la familia se recluyó en sus respectivas habitaciones y Leo cargó a Bernabé hasta la cama de su cuarto. Solo su madre se aventuró a advertirle que hacía mal en ayudar a esos revoltosos que se oponían al gobierno, y aun más tratándose de la familia de «aquella». Leo se propuso no discutir, por lo que terminó contemplando al primo de Margarita que sudaba copiosamente.

—Déjame ir. No quiero estar aquí —le rogaba.

Leo no se impacientó con sus malos modales. Al contrario, aprovechando su invalidez, le bañó el cuerpo, lo cambió de ropa y lo alimentó. Bernabé comió bastante bien, lo que a Leo le tranquilizó. Habría querido salir corriendo en busca de una computadora para contactar a Margarita. Quizá debía llamarla por teléfono, pero rechazó ambas ideas. Al día siguiente tomaría las decisiones pertinentes.

Sin embargo, Bernardo no resultó ser el mejor de los pacientes. Se quejaba, exigía más agua o anunciaba a los cuatro vientos que Leo lo tenía secuestrado.

—¿Y para qué te quieres marchar? Mañana te reúnes con tu grupo y les exiges lo que sea que necesites —le dijo Leo, en un momento de exasperación.

Bernabé se quedó serio. Su rostro se endureció y clavó los ojos en el techo. Leo había apagado la luz principal. Las sombras que proyectaba el foco de poca potencia de su lámpara cincelaron las facciones del joven de tal manera que Leo perfectamente lo podría haber confundido con una escultura prehispánica.

—No entiendes nada, ¿verdad? Eres como el resto. Me alegra que ya no estés con mi prima.

Leo no se tomó personal la ofensa y achacó sus malos modales a la herida. Aun así le incomodó su postura respecto a Margarita. Se amaban. ¿Cómo explicarlo? ¿Cómo definirlo en palabras?

—Esta es una guerra, Leo. Así de simple.

—¿Y quién pelea contra quién? —preguntó, sin buscar una respuesta.

La voz de Bernabé adquirió tonos más graves:

—Hace mucho llegaron para quitarnos nuestras tierras. Solo por el color de nuestra piel nos arrebataron lo que nos pertenecía por derecho. Nos engañaron con un idioma desconocido; nos cobraron por usar lo que habíamos heredado.

Leo lo examinó de pies a cabeza. ¿Estaría poseído? Lo mismo podría estar hablando un indígena antiguo o un hombre moderno, un hombre de cien o de veinte años.

—Tú nunca has visto la miseria. Nunca has ido al pueblo donde no hay baños, sino letrinas; donde las casas de lámina apenas albergan unos cuantos muebles y cientos de porquerías que nadie usa; donde las mujeres cocinan sobre el anafre y calientan tortillas, en ocasiones la única comida del día. No estuviste cuando los matones del gobierno sacaron al abuelo de la choza y lo golpearon con salvajismo; querían el nombre de uno que amenazaba con levantarse en armas y provocar una nueva revolución. Si mi abuelo lo sabía o no, jamás me enteraré. El punto es que no habló, sino que aceptó la paliza que le rompió la mandíbula.

—¿Tú estabas allí? —inquirió Leo con respeto.

—Yo no había nacido, pero la abuela nos contó la historia más de una vez. Dos o tres veces huyeron hacia el cerro para protegerse de estos o de aquellos; las mujeres eran violadas y los niños maltratados. Tú no sabes, porque eres un gachupín más.

—Pero las cosas han cambiado. Hay leyes...

—¡Sí, hay leyes que nadie respeta! Se sufre más a manos de policías que de matones. Las tácticas son las mismas; solo cambia el uniforme.

—¿Y crees tú que tu movimiento será diferente? ¿Qué sucederá cuando tengan el poder?

Él guardó silencio. Leo se pasó las manos por la cara. De pronto, el cansancio le pegó de frente. Se acomodó en el suelo, sobre unas colchas que había sacado de la casa de sus padres bajo la mirada inquisitoria de don Juan. Trató de ordenar sus ideas. Reconocía la verdad en el discurso del muchacho. Era cierto que ignoraba muchas cosas; no había vivido la miseria, sino una aparente comodidad. Y aun así, a pesar de ese abismo de dinero, palpaba que el rencor de Bernabé hacia su persona se tendía con la misma fuerza que el de su madre por Margarita.

—No es el color de la piel, sino del corazón —comentó muy a su pesar. Bernabé despertó de su letargo y le pidió un poco de agua.

Leo atendió la súplica del herido. La charla prosiguió.

—Margarita solía ser más apasionada que yo. En un tiempo todos creímos que se uniría al partido comunista o socialista, ya que predicaba la igualdad con más fervor que el cura de la Soledad. Pero ha cambiado.

—¿Para bien?

Bernabé arrugó la nariz. ¿Tendría dolores?

—Se ha vuelto cobarde. Ya voy a dormir. Mañana me marcho.

Leo supo que no habría forma de detenerlo, por lo que se cubrió con una manta y se preguntó en qué pararía toda esa guerra, una de la que él, con o sin intención, formaba parte.

★ ★ ★

Leo le contó todo a Margarita. El primo Bernabé regresó a Oaxaca, sin acuerdo ni victoria, y le narró su encuentro. Él terminó la carta con profunda tristeza, luego la repasó nuevamente.

Querida Margarita:

Es imposible. Tu familia y la mía jamás congeniarán. He comprendido que pertenecemos a dos mundos distintos del que no hay posible reconciliación. Me parece que lo más sensato es que cada quien tome su rumbo. Por sobre todas las cosas, deseo tu felicidad, aun a costa de la mía.

Leo.

Uno de sus jefes le pidió un papel. Leo se dirigió a la oficina de su superior para cumplir con sus obligaciones, pero de regreso la carta seguía allí. Solo un movimiento del dedo índice derecho y se sellaría su futuro. Por segunda ocasión, perdería a Margarita. ¿Era eso lo que quería?

★ ★ ★

¿Soñarían todas las niñas con una propuesta matrimonial? ¿Cuántas tejerían sus bodas en la imaginación de sus años mozos? Los ojos de Margarita se anegaron en lágrimas. Ella lo había hecho incontables veces, añadiendo tal o cual detalle y cambiando al pretendiente, pero la escena siempre incluía un jardín con rosas, una fuente saltarina bajo el cielo otoñal y al hombre de rodillas. Ninguna de las tres se cumplió.

Ella se encontraba en su oficina y contemplaba el auricular con una mezcla de espanto y asombro. Leo había llamado al restaurante, algo inusual. Empezó a contarle sus angustias por el negocio, pero Leo no la dejó terminar. Con una música grupera de fondo que provenía de la cocina donde mamá Tule intentaba cocinar, el aroma pesado a cebolla frita en el ambiente y sus ojos cargados de sueño, escuchó la propuesta. Si le hubieran pedido que reconstruyera la conversación, dudaba recuperar más del setenta por ciento. La sorpresa de sus palabras y el patético recuadro para el momento más importante en la vida de una mujer embotaron sus sentidos.

—Mago, te he pedido que seas mi esposa. ¿Por qué no respondes?

¡Porque no debía suceder así! ¿Dónde estaba la música clásica o los boleros tradicionales? ¿Y la naturaleza o el preámbulo para tan vital proposición? Leo se encontraba a miles de kilómetros de allí. Le acababa de confesar que su primo Bernabé no cedería, que los Luján jamás la aceptarían en la familia y que él no había vuelto a pintar.

—Yo...

—Sé que esto es imprevisto, pero no puedo vivir sin ti. Tú lo sabes.

El trago amargo del rechazo no dejaba de atormentarla. ¿Qué futuro ofrecería a sus hijos? ¿Y si un día Leo optaba por la vida moderna y la abandonaba? Se suponía que una mujer enamorada despreciaría un análisis tan frío y calculador, pero Margarita no era como las otras. Los golpes de la vida la habían vuelto astuta. Había aprendido a frenar sus sentimientos ante la razón y a endurecerse ante la menor provocación.

—¿Mago?

—Yo te quiero con toda el alma, pero no puedo aceptar hasta que intentemos reconciliar a nuestras familias.

—Si esperamos a que los Luján reaccionen o los Domínguez nos perdonen, cuando nazca nuestro primer hijo pareceremos sus abuelos.

—Solo te estoy rogando que tratemos una vez más.

—Tal vez me equivoqué en suponer que aceptarías.

—Presta atención a lo que digo —se exaltó ella—. Quiero casarme contigo, lo juro. Solo necesito la aprobación de nuestras familias.

—¿Y si nunca la obtenemos?

—Descansaremos en el hecho de que agotamos todos los recursos.

—¿Y qué propones?

—Un mes.

A finales de noviembre, Leo iría a Oaxaca. Mientras tanto, ella haría su parte y él la suya. Si no funcionaba, optarían por el plan B: casarse con o sin el consentimiento de su parentela.

Capítulo
11

Se preguntó muchas veces si debía preparar el encuentro, pero desechó la idea. El elemento sorpresa podría actuar a su favor. Así que ese viernes, pidió permiso en el trabajo y regresó a casa en busca de su madre. Sin la presión de su padre y de su hermana, que andaba con unas amigas, quizá lograría razonar con ella.

Doña Elvia veía la tele, el programa mañanero donde explicaban cómo implementar el *feng shui* sin grandes esfuerzos. Leo había entrado sin hacer ruido, aunque los dos perros se encargaron de anunciar su presencia. Su madre levantó una ceja para encararlo, luego volvió la vista al televisor. Leo tragó saliva; las cosas no marchaban bien. En el pasado ella habría saltado del asiento para calentar las sobras del desayuno.

—¡Hola, mamá!

—¡Qué tal, Leo! ¿Ya te corrieron del trabajo o algo parecido?

Leo contó hasta diez.

—En realidad, vengo a hablar contigo.

—Si se trata de asilo para el fulano aquel, ni se te ocurra.

—Bernabé ya regresó a Oaxaca.

—De donde nunca debió salir —rezongó su madre.

Por lo visto no planeaba dedicarle su total atención hasta que llegaran los comerciales, así que se dirigió a la cocina para hervir un poco de agua. Entonces ocurrió algo extraño; como si fuera la primera vez, contempló la habitación pequeña y desordenada. En los cuatro quemadores de la estufa descubrió cazuelas con diversos guisos. Contempló el bote de basura hasta el tope, los trastes sucios apilados en el fregadero, las hojas de una lechuga en la mesita, la leche fuera del refrigerador, ¡con razón su sobrino enfermaba tanto!

No pretendía hacer comparaciones, pero evocó la cocina de mamá Tule y la casa de Margarita. Sus tías solían burlarse de su exagerada pulcritud y su amor por el orden. En varias ocasiones le recordaron que se ganaba una joya de esposa que mantendría su hogar como un palacio, y Leo, por primera vez, se preguntó de dónde habría sacado Margarita esos hábitos que distaban tanto de los de su parentela. ¿De su madre? Entonces recordó a la señorita Betsy. Al parecer María había trabajado muchos años a su servicio y, como buena inglesa, Betsy apreciaba la limpieza y la armonía de una habitación.

Regresó a la sala sin su preciado café y optó por un vaso con refresco de cola. Su madre apagó el aparato y sin moverse del sillón de su marido, lo observó con frialdad.

—¿Qué se te ofrece?

—Mamá, dame la oportunidad de explicarte.

—¿Explicarme? ¿Qué tienes que explicarme? Nos has mentido por meses diciendo que habías dejado a esa mujer y de pronto apareces en la casa con su primo. Deberías sentirte avergonzado. ¡Eres un inconsciente!

—Mamá, no pienso abandonar a Margarita. La amo y la respeto tanto que deseo casarme con ella.

Como movida por un resorte, su madre se puso de pie. Se acercó a Leo con los ojos desorbitados.

—¿Casarte? Primero muerta, ¿me entiendes? Ten hijos con ella, consérvala como tu amante si tanto te has encaprichado, pero ¿matrimonio? ¡Jamás! ¡Nunca!

—Por lo menos date la oportunidad de conocerla.

—Si ella pone un pie en esta casa, tú te me largas.

Tronó los dedos:

—¡Dios mío! Ahora entiendo. Tu padre, después de todo, acertó en sus predicciones. Esa bruja te ha hechizado; seguramente acudió a sus prácticas prehispánicas para engatusarte. ¿Cómo no lo previne?

—Mamá...

—Me está dando la jaqueca. Voy a recostarme. Y ni se te ocurra volver a huir. Sé hombre y enfrenta a tu padre.

Leo se quedó en la sala con los ojos clavados en la alfombra.

★ ★ ★

Organizaron un juicio. ¿Cómo más lo podría calificar? Su padre en el sillón, Raquel y su madre compartiendo el sofá y Fernando brillando por su ausencia. Leo ocupó una de las sillas en el estrado. A Nando lo enviaron para casa del tío Pancho a ver una película con Paco, y Leo extrañó a Emma. Ella se asomó unos segundos, mas Elvia se encargó de correrla.

—¡Por piedad, Leo!

Su madre estalló después de que Leo repitió sus intenciones de casarse con Margarita

—Esa mujer y tú no tienen nada en común.

—Te equivocas. Ella conoce cosas de mí que tú no comprenderías. ¿Por qué no intentas traspasar la barrera de la apariencia para indagar cómo es en su interior?

—No olvides las clases sociales —recalcó Raquel.

—Margarita y su familia son dueños de uno de los restaurantes más importantes de Oaxaca.

—«Aunque la mona se vista de seda, mona se queda» —recitó su madre arrugando la nariz.

—Además —intervino Raquel— Oaxaca es zona de desastre. ¿No has oído las noticias? No dudo que pierdan su negocio en menos de un mes.

El corazón de Leo latió con fuerza.

—¿Qué proponen entonces? ¿Qué quieren de mí?

—Muy sencillo. Déjala.

—¿Y si me niego?

Su padre abrió la boca:

—Si tanto te encaprichas y sigues con esa mujer, deja el estudio. Tengo gente interesada en rentarlo.

—Pero tú me lo diste…

—Las cosas, si no se usan, se maltratan.

Después de un rato de silencio, Leo dijo:

—Entonces me estás corriendo de la casa.

—¡Claro que no! —interrumpió su madre—. Te queremos aquí, por eso tu padre menciona los desperfectos del estudio. Leo, reacciona, aún puedes recuperar a Julieta. Ella sí que es un buen partido, de clase alta, inteligente, bonita. ¡Hasta trabajan juntos!

Pero no era Margarita.

Raquel trató de suavizar la conversación:

—Solo vemos por tu bien.

—Si les importara mi bien, comprenderían que Margarita es perfecta para mí.

—Y dale con esa india —su madre batió las manos—. No retes nuestra paciencia, que amenaza con agotarse. Y basta de tanta tontería. Habla a tu trabajo y discúlpate por haber faltado o qué se yo. El colmo será que pierdas esta oportunidad. ¡Anda! Toma el teléfono.

—Es increíble —Leo meneó la cabeza—. ¡Qué sencillo! Jalum gozum tam.

—¿Qué dices? —su madre inquirió horrorizada.

—¡Jalum gozum tam! —gritó Leo con los brazos en el aire.

Su madre se persignó, Raquel la imitó y su padre cerró los ojos.

—Deja de pronunciar esos conjuros que de seguro te enseñó esa india.

—No, mamá. Es una maldición propia.

Azotó la puerta y subió las escaleras de dos en dos. Se encerró en su cuarto y apagó la luz. Ni siquiera se le antojaba cruzar palabra con Emma. A pesar de lo que había leído en la Biblia, carecía de la paciencia y el amor que brotaba de Margarita. Había fallado. Los Luján no aceptarían a su novia. ¿Cómo le estaría yendo a ella?

★ ★ ★

—Papá, tengo que hablar con usted.

—Ahora no, m'ija.

Don Epifanio se acercó el radio a la oreja, como si no pudiera escuchar con claridad. Se rumoraban disparos por la casa de Francisco Toledo. Los maestros estaban en desacuerdo sobre si debían cumplir o no con las órdenes del gobernador para regresar a clases el treinta de octubre. Margarita se desplomó en una silla y el patriarca la contempló con sospecha.

—¿Tas enferma?

—Papá, hágame caso. Es importante.

Aún no salían para el restaurante. Los tíos y los primos empezaban a despertar. Margarita, que conocía bien los hábitos de su progenitor, lo había buscado en la sala donde don Epifanio solía beber su café y escuchar las noticias. Odiaba el televisor.

—¿Qué asunto, pues? —se impacientó su padre—. ¿Otra vez lo del negocio? Ya te dije que no te preocupes. Eso de vender chapulines otra vez en las esquinas nos está funcionando.

—Se trata de Leo —le dijo, sin más.

Su padre se puso serio.

—¿Qué hay con él?

—Ya ve usted que ayudó a Bernabé.

—Por casualidad. Nada más.

Ella se mordió el labio:

—Yo le escribo.

Su padre no se movió ni un centímetro. En ese instante se le figuró a la abuela, con esa cara de piedra que la hizo temblar. ¿Debía confesar todo de una vez por todas? La angustia de los días pasados la envalentonó. Hasta mamá Tule le repetía que si no sacaba su pena del pecho, se intoxicaría como cuando le caía mal el pozole.

—Me ha pedido que sea su esposa.

El silencio se extendió. Su padre continuó inmóvil, solo parpadeando de vez en cuando. ¿Habría quedado mudo? En alguna historia del Nuevo Testamento leyó sobre un hombre que perdió la capacidad de comunicarse por no creerle a Dios.

—Papá...

Él alzó la mano y ella se detuvo. Se puso en pie y caminó hacia el librero, donde una foto en blanco y negro de María dominaba la pared. Su padre veneraba esa foto; algunas veces hasta le hablaba cuando pensaba que nadie lo veía. Margarita y Conchita lo habían sorprendido en más de una ocasión. Su padre echaba de menos a su hermosa compañera.

—¿Tú quieres al muchacho?

Ella emitió un melancólico sí.

—No sé qué le ves —susurró él—. Es medio gordo, demasiado alto, paliducho, torpe en sus ademanes, ricachón y talentoso. A tu madre le habría caído bien. Ella siempre tuvo debilidad por los extranjeros, como aquella señorita inglesa. Quizá...

Contempló un rato más la fotografía, luego comprimió los puños.

—Margarita, lastimarías a tu familia de un modo tremendo. Y la familia es primero. ¡Lo siento, pero no!

—Papá...

—¡No! —volvió a decirle, esta vez gritándole—. ¡No se puede! Lo prohíbo.

Y dejó la sala, mientras Margarita se hundía en llanto.

★ ★ ★

Javier solo había ido a la ciudad para dar con Carlos, pero el muchacho andaba desaparecido. Por la noche del viernes, el arqueólogo lo buscó en el zócalo, donde solía dormir. Unos, le dijeron que andaba «ocupado»;

otros, que tenía una «misión prioritaria». Javier no quiso molestar a los Domínguez, por lo que se hospedó en la casa de Ofelia, que aunque ya no vivía allí, había dejado a una muchachilla que solo les abría a sus amigos de confianza.

Le dolió encontrar el bungaló en condiciones vergonzosas, no solo por la suciedad sino por el descuido de meses. Apenas consiguió dormir unas horas y ya por la mañana acudió a las oficinas de gobierno para recoger unos papeles. Allí se encontró con el maestro Francisco Toledo, no solo un gran artista, sino uno de los que más luchaba por la solución del conflicto oaxaqueño.

Javier no quiso inmiscuirse más de la cuenta sino que se mantuvo apartado, escuchando y valorando la situación.

—Era entre la una treinta y las dos de la madrugada —decía—. Solo sé que balearon mi casa.

El arqueólogo conocía su ubicación, a unas diez cuadras del plantón de la APPO.

—¿Cuántos disparos y cómo lo sabe? —indagó el del ministerio público.

—Nueve. Uno de mis empleados salió a comprar el periódico y, de regresó, encontró los nueve casquillos en el suelo.

—¿Ningún herido?

—Ninguno.

Un pensamiento estremecedor cruzó por la mente del protector de Monte Albán. Las palabras «misión prioritaria» lo horrorizaron. Bernabé, el primo de Margarita, le había contado semanas atrás que Carlos ya portaba su propia arma. Su influencia en el grupo crecía a pasos agigantados y era temido en la zona por sus actos vandálicos a autos y transeúntes. ¿Acaso habría estado involucrado en el atentado?

En eso, una mano se posó sobre su hombro y saltó hasta el techo.

—Tranquilo, Javier. ¿Qué te asusta tanto?

El rostro de Raúl no lo alegró, sino todo lo contrario.

—Una pena lo ocurrido con el maestro —Raúl apuntó al artista—. Por eso mismo, necesito un favor. Traje la pintura de Leo, la que tanto insiste en comprármela, pero la guardé en el museo. Ni me digas, fue tonto, pero así sucedió. Dile que me pague lo que cobro por ella y se la doy con mucho gusto. En esta ciudad ni el arte está a salvo de estos maleantes.

Javier titubeó unos minutos. ¿Se prestaría a recadero del corrupto Raúl? Pero, ¿y si algo le ocurría a la pintura? Su amigo jamás se lo perdonaría. Además, sabía que Leo no desperdiciaría la oportunidad de reencontrarse con Margarita. Javier conocía su romance clandestino y lo apoyaba con toda el alma. Tal vez le haría un favor al par de enamorados.

—Le daré tu mensaje —le dijo y se marchó enseguida. Otro día arreglaría sus asuntos.

Capítulo
12

—Debemos apurarnos o cerrarán las barricadas y no podremos pasar
—le dijo Javier a Leo.

Conducía a una velocidad razonable, pero Leo temió que no llegaran a lograrlo. Después de la llamada para informarle lo que Raúl proponía, Leo produjo mayor caos en la familia Luján. Cobró su último sueldo, renunció a la empresa y recogió su dinero en un cheque que ardía en su bolsillo del pantalón. Su madre casi lo ahorca por desperdiciar su mejor oportunidad laboral en años, pero a Leo le importó poco. Para él no había nada más importante que recuperar a Margarita y a «La Princesa Donají».

Ante los disturbios de Oaxaca, Javier propuso que llegara a Tehuacán en autobús. Javier lo recogió en la ciudad poblana de donde se trasladaron a la casa de Ofelia para descansar.

—¿Y cuándo podré ver a Margarita? —preguntó como un niño pequeño a punto de recibir sus regalos de Navidad.

—Tranquilo, amigo. Esto es complicado.

Lo complicado lo descubrió Leo apenas entró a la ciudad. Oaxaca, que lo había recibido antes con su colorido y hermosura, ahora tendía sobre él la noche que no encubría el dolor de verse asediada. Graffiti en las paredes anunciando la inconformidad de la APPO, líneas de costales impidiendo la circulación en diversas calles y avenidas, autobuses pintados con lemas populistas, fogatas improvisadas que calentaban a los reclutados y basura por todos lados.

Aun cuando nadie en la capital del país lo reconociera, Oaxaca se encontraba en guerra. Lo anunciaba en su fisonomía, pero también en ese ambiente de hostilidad, peligro y tristeza que Leo captó en seguida.

—¿Y qué has sabido de Carlos?

Javier hizo una mueca.

—Es de los altos mandos. Presiento que ha hecho cosas que preferiría no saber. No sé en qué me equivoqué, Leo. Quizá debí ayudarle antes.

—Eso dímelo a mí. Él quería aprender a pintar. Nunca cumplí su deseo.

—Tal vez ninguno de los dos debe culparse. Carlos eligió su camino.

Javier se internó por una calle más y golpeó el volante.

—Demasiado tarde. El toque de queda ya pasó —dijo, mirando su reloj.

—¿Y si lo intentamos?

—Déjamelo a mí.

Leo no pensaba desobedecer. Javier se acercó lo más que pudo a la barricada y bajó el vidrio sin prisa. Un joven encapuchado por el frío se aproximó con curiosidad y sospecha. Javier apagó las luces del auto y puso la señal intermitente. Leo se sorprendió por toda la etiqueta necesaria para lidiar con el grupo opositor y alcanzar un destino en el centro de Oaxaca.

—Bájese —ordenó el joven.

Javier abrió la puerta y alzó las manos para mostrar que no venía armado. Leo escuchó la conversación.

—Fíjese que se nos hizo tarde. Venimos de Tehuacán. Apenas son las once con diez. ¿Nos deja pasar?

—¿A dónde van?

Javier repitió la dirección de la casa de doña Ofelia.

El joven se cruzó de brazos, luego llamó a otros dos maestros que examinaron al arqueólogo de pies a cabeza. Leo rogó que no lo reconocieran como un amigo de Raúl o uno que frecuentaba los círculos del gobierno. De lo contrario, estarían perdidos. Javier le había advertido que en el peor de los casos, se acurrucarían en el auto hasta las seis de la mañana. La mayoría de los automovilistas fracasaban en las negociaciones, así que Leo auguró una noche de pesadilla.

—Ándele, nada más son unas cuadras. Ahí traigo un poco de pan que nos sobró del almuerzo.

Leo no pretendía compartir ese pan de yema que tanto le gustaba y que había adquirido en Tehuacán, pero por órdenes de Javier permaneció en silencio.

—¿Qué opina del gobernador? ¿Qué sabe de nuestra causa? —inquirió uno de los maestros.

¡Ahora sí se complicaba todo! Que Javier se regresara, rogó Leo en su interior. No valía la pena exponerse de ese modo. Al parecer, Javier también lo presintió.

—No se apuren; volvemos mañana.

No aguardó una respuesta y se trepó al auto que arrancó de inmediato.

—¿Qué haremos?

—Ir a mi casa.

—¿Y Margarita?

—Ya se nos ocurrirá cómo juntarlos a ustedes dos. Pero si quieres estar en una sola pieza, mejor hay que huir.

★ ★ ★

A pesar de su decepción de la noche anterior, Leo amaneció de buen humor. Se arregló temprano y mientras Javier se duchaba, anunció que iría a Monte Albán. Deseaba contemplar el amanecer en todo su esplendor. Gracias a la influencia de Javier, entró sin mayores complicaciones y corrió a la plaza central, luego trepó la escalinata de su pirámide preferida hasta el terraplén de en medio, donde a la sombra de un árbol admiró el valle de Oaxaca.

Su corazón cantaba. Algo en su interior vibraba y lamentó no traer consigo la Biblia de la tía Toña, pero no hacía falta. Recordaba el salmo de memoria y recitó varias frases que alegraron su interior. Dios lo amaba. ¡Qué maravilla! El Leo de un año atrás había cargado a cuestas un bulto de fracasos, decepciones y desesperanza. El nuevo Leo se erguía con facilidad pues ya no se encorvaba ante la vida, consciente de que sus dioses de piedra habían desaparecido. Ya no despertaba por las pesadillas ni vivía con miedo al futuro; su confianza se anclaba en las promesas de Dios. El sacrificio de Cristo había saldado su deuda.

—Gracias, Dios mío —oraba en un murmullo—. Es maravilloso sentirme vivo y con esperanza. No me hace falta nada. Por supuesto que me encantaría estar con Margarita, pero solo quiero la felicidad de ella.

Una risita lo distrajo y volvió el rostro. ¡Margarita! ¡Su princesa se hallaba frente a él con su falda blanca, sus sandalias, su blusa roja de manta y una sola trenza! Leo gritó de gusto y la abrazó con cariño. De la emoción la alzó contra su pecho y dio vueltas en su lugar hasta que Margarita tiró de su camisa y él la bajó.

—¿Qué haces aquí?

—Mamá Tule es más sabia de lo que parece. Supuso que no pasarían las barricadas, así que me mandó temprano.

—¿Viste a Javier?

—No, pero algo aquí adentro me dijo que te encontraría en Monte Albán.

Leo sonrió:

—¡Qué perfección! Estamos aquí, juntos, en el lugar donde me enamoré de ti, donde me inspiré, donde te pedí que fueras mi novia y donde ahora te propongo matrimonio.

Margarita se sonrojó.

—No exageres, pintor. Antes de trazar el futuro, vamos a desayunar. Traje unos tamales que mandó mamá Tule.

Leo no los podía despreciar, así que de la mano bajaron los escalones de piedra, pero en cada uno, dio gracias a Dios por sus regalos inesperados.

★ ★ ★

Leo tardaría muchos días en armar en su mente los sucesos de aquel día triste. Los eventos nacionales y personales se combinaron, pero a fin de cuentas, la tragedia lo cubrió. Margarita no quiso que viera a los Domínguez sino hasta el día en que Raúl le entregara la pintura. Por esa razón, Javier lo llevó a la zona de la ciudad donde intercambiarían el cheque por el cuadro. Raúl los citó por la tarde, así que salieron de Monte Albán a buena hora para llegar a tiempo.

Leo iba nervioso. Volvería a posar sus ojos sobre Donají. Contemplaría su máxima creación, aquella composición en la que había depositado su alma y sellado su destino con Margarita. Si bien aún no conseguían la aprobación de las familias, ambos se habían prometido unir sus vidas en un mes, tal vez dos. Nada los detendría; la presión social no los separaría por segunda ocasión, así que Leo sonreía.

Desafortunadamente, la ciudad no compartía su dicha. El día anterior los maestros habían votado, decretando que en tres días se reanudarían las clases. Muchos profesores no se mostraban contentos con el dictamen, mucho menos la APPO. Javier le explicó que los maestros buscaban la rezonificación salarial y sacar al gobernador, pero el movimiento se había transformado en una revolución, en una lucha por un cambio de gobierno en búsqueda de un sistema socialista. Los intereses se habían fundido en uno solo que dejaba a muchos de sus miembros indecisos y titubeantes. Ya nadie aseguraba qué peleaban o contra quién. La única bandera en común rechazaba al actual gobernador, pero el gobierno se negaba a conceder dicha petición.

Todo el asunto le angustiaba. Raúl los había citado cerca de una de las barricadas. El punto de reunión, una casa particular, no se encontraba tan próxima ni tan distante, lo que no mejoró su pulso. Supuso que si caía en manos equivocadas, el cheque levantaría sospechas o hasta le provocaría la muerte. Raúl había especificado cómo quería el dinero, y el sobre con efectivo también vibraba en su bolsillo. ¿Qué estaba haciendo? En lugar de rescatar su obra de arte de las manos de ese embustero, se escondía como un traficante o un gángster.

Javier se estacionó frente a un portón. Leo se bajó del auto y tocó el timbre. Una mujer abrió y lo guió a un patiecito trasero donde Raúl fumaba sin ningún reparo en los problemas de la ciudad o en el rencor que Leo experimentaba en ese instante. Lo que dijo o no dijo, Leo lo olvidó. Su corazón latió cuando contempló el paquete envuelto donde anidaba «La Princesa Donají». Raúl le juró que se trataba de su obra, que si no le creía podía desenvolverla, pero corría el riesgo de no encontrar cinta adhesiva para volverla a guardar. Leo accedió y pagó.

Una extraña tranquilidad lo embargó. Las lágrimas amenazaban con agolparse en sus ojos. Él había pintado ese cuadro y de pronto debía pagar por él. ¡Qué injusticia! ¡Qué traición! Pero un pensamiento nuevo afloró en su mente mientras pasaba sus dedos por el papel que protegía la pintura. Javier firmaba unos documentos en la mesa contigua, donde Raúl cedía los derechos de «La Princesa Donají» y juraba no volver a reclamarla. Fue en ese instante que Leo comparó su patética situación con la historia de su vida. Dios lo había creado. Eso Leo lo afirmaba. No se tragaba la idea de un ancestro chimpancé, así que consideraba a Dios el Autor de su vida. Pero por causa de su desinterés y rebeldía, se había alejado de Él; por decisión propia se había apartado de su dueño terminando en posesión de alguien peor que Raúl. Entonces apareció Jesús, que al morir en la cruz había pagado por algo que en derecho le pertenecía. Y así como «La Princesa Donají» le pertenecía dos veces, Leo le debía a Dios todo: la vida y el rescate.

Ese pensamiento destensó sus músculos y permitió que incluso se despidiera de Raúl en forma respetuosa. Rogaba no toparse con él nunca más, lo que se cumpliría pues el crítico de arte le anunció que se marchaba a España para comenzar una nueva aventura. Leo no indagó el cuándo ni el por qué. Años después se enteró que Raúl se casó con una europea que lo engañó, lo timó y lo dejó en la bancarrota. Pero en ese momento, bastó con decirle adiós y cerrar la puerta para considerarse libre de una pesadilla.

Si hubiese predicho el futuro, se habría quedado dentro de la casa, pero ¿cómo imaginar lo que acontecería? Escuchó unas explosiones seguidas de gritos. Javier se bajó del auto y unos pasos más allá empezó a hablar, en forma airada, con un hombre. Leo, que había permanecido dentro del automóvil se bajó también y se encaminó hacia donde estaba Javier. Los gritos arreciaban.

—¡Abran paso! ¡Está herido!

Entonces Leo supo que los sonidos que escuchara unos minutos atrás habían sido disparos. El desorden lo aturdió. Algunos hombres corrían, otros cargaban unos heridos. Los asesinos vestían ropa común, lo que convertía a todos en posibles homicidas. Unos chicos, con la adrenalina y el alcohol embotando sus sentidos, apuntaron en su dirección.

—¡Ese! ¡Trae playera roja y pantalones oscuros!

Leo lo grabó en su mente con la frialdad de un reportero. Tres traían cubrebocas, dos de ellos paliacates rojos alrededor de la cabeza y cinco, botellas de refresco. Corrieron en su dirección. Él se quedó como clavado en el suelo. No reaccionó con rapidez.

—¿Qué trae en las manos?

—¿Un arma? ¿Bombas?

Intentó defenderse:

—Esperen, soy amigo.

Pero la confusión y la histeria colectiva vencieron. Los muchachos empezaron a arrancar el envoltorio con sus manos sucias. Dos sujetaron a Leo por los brazos impidiéndole que se moviera. Leo lanzó un grito que se fundió con el de Javier que avanzaba en su dirección con ojos desorbitados. Leo actuaba como un loco o como un criminal acorralado. No lograba zafarse y eso lo encolerizaba. Uno con sudadera gris, desesperado por no poder abrirlo con la rapidez que deseaba pateó el cuadro. Otro golpeó el soporte con la botella de vidrio, aún con líquido.

—Es propaganda del gobernador —inventó uno.

Y Leo dejó de forcejear. Solo sintió la humedad cubrir sus ojos, como un testigo mudo de la destrucción metódica y salvaje de «La Princesa Donají». Sus oídos se cerraron al griterío. Un silencio opresivo, como una nota única y permanente, embotó sus sentidos. Javier alzaba los brazos y hablaba, pero Leo no comprendió ni una palabra. Solo reconoció a Bernabé, que los detuvo. Se agachó en el suelo y retiró el papel del cuadro dejando entrever las piernas de Margarita y el corazón ofrecido en sacrificio al dios prehispánico.

Sus compañeros retrocedieron unos pasos. No había sido propaganda política. Pero un nuevo herido exigía su atención y se desbandaron. Bernabé solo acertó a limpiarse las lágrimas y encarar a Leo. Y él, ya no supo más.

Capítulo

13

Don Epifanio jugaba con sus dedos pulgares. Alrededor de la mesa se encontraban los tíos, las tías, los primos y sus hijas. Margarita no cesaba de llorar. No podía controlarlo. «La Princesa Donají» ¡destruida! Leo dormitaba en la habitación de su padre; mamá Tule velaba por su sueño; Javier había vuelto a Monte Albán, donde se requería su presencia.

—Esto está fuera de control —dijo su padre con voz ronca.

El tío Román asintió.

—Mataron a un periodista estadounidense. Todo se complicará.

—Además, la policía no tardará en apropiarse de todo nuevamente. Ellos son más fuertes —repitió la tía Engracia lo que el tío Santiago había dicho unas horas atrás.

Bernabé, con los ojos hinchados, solo se sacudía por los sollozos contenidos mientras la tía Regina lo arrullaba.

—No más APPO —decretó don Epifanio.

El tío Santiago se quitó el sombrero.

—Pero ¿qué tal si vienen a molestar a mi Bernabé?

El tío Lorenzo opinó por primera vez:

—Aún tenemos unos terrenitos en el pueblo. Que se vaya pa'llá un tiempo hasta que todo se aquiete.

Los tíos y las tías estuvieron de acuerdo.

—Pero… —interrumpió Bernabé—, ¿y qué de las injusticias? ¿Qué de nuestros ideales? ¿Qué de la lucha del pueblo?

La familia guardó silencio. Margarita intentó pensar en algo coherente, pero no se le ocurría nada. Los primos y las primas contemplaban el suelo, los tíos la mesa. Nadie se atrevía a pronunciar palabra, hasta que don Epifanio se cruzó de brazos.

—Los cambios pueden durar años para hacerse realidad, sobrino. Pero la bondad se logra con un paso a la vez. Empecemos con el ejemplo. Aceptemos a Leo.

Margarita abrió la boca, luego la volvió a cerrar. El tío Santiago suspiró.

—¡Qué modo de perder «La Princesa Donají»! Nunca volveremos a ver esa pintura.

Un río de lágrimas surcaba las mejillas de Conchita. Margarita la abrazó.

—Margarita, ¿aún te quieres casar con él? —le preguntó su padre.

Ella se quebró en llanto.

—Sí, pero ¿cómo y cuándo? —lloró con su resistencia quebrantada—. Leo le dio todos sus ahorros a Raúl por la pintura. ¡No tiene ni un peso! El restaurante no nos da ni para comer lo básico. ¡No hay clientes! Yo tampoco tengo dinero y con esto de las barricadas, ¡ni ganas de casarme! ¿Creen que hay jardines para celebrar bodas? ¿Dónde voy a sacar para pagar un salón?

Los Domínguez la miraban con asombro, pero ella no podía controlarse. Estaba harta de hacerse la fuerte, de manejar el negocio sin la ayuda de nadie, de amar a Leo rodeada del odio de ambas familias. Le avergonzaba confesar sus quimeras de niña. Desde que Leo le propuso matrimonio fraguó su boda; anotó en una libreta los gastos a cubrir: flores, servicio de vajilla, renta del jardín, vestido, anillos y música. Había proyectado una celebración magistral, como en las pocas telenovelas que había visto de niña. Deseaba un día espectacular, pero todo lucía gris.

—Mago, la casa es grande —le dijo la tía Josefina—. En el patio cabemos todos.

—Podemos poner una lona por si llueve —añadió el tío Román.

—Rentamos mesas, manteles, sillas, como en esas bodas elegantes —le explicó la tía Engracia—. Seguro que los Rodríguez nos ofrecerán un descuento.

—Además, compartiremos gastos —añadió el tío Santiago—. No olvidamos tu trabajo, ni somos malagradecidos, sobrina. Contarás con padrinos de pastel, comida, grupo musical y todo lo que se te ocurra. Con poco dinero, pero seguro que alcanza.

—Mamá Tule cocinará —dijo don Epifanio—. ¿Qué más puedes pedir, m'ija? Ni los gachupines ricachones pueden disponer de la mejor cocinera de México.

—¿En qué puede cooperar la familia de Leo? —quiso saber la tía Josefina.

Margarita tragó saliva.

—Creo que en nada. Ellos no me aceptan. Nunca lo harán.

—Leo es un buen hombre —declaró don Epifanio—. Si los suyos no te quieren, es su problema. M'ija se casará cual reina.

—Gracias a todos.

—¿Pa'qué está la familia si no es pa'yudar? —sonrió el tío Santiago.

— Leo y yo... Es decir... queremos la bendición de Dios, pero aquí en la casa.

Nadie abrió la boca.

—Dios está en todas partes —la apoyó Conchita.

—Epifanio, ¿no me digas que ya cambiaron de religión o algo parecido?

—Pregúntenselo a ella. Ya está grande.

Las miradas se posaron en Margarita.

—Yo... creo en Dios, creo en Jesucristo, y quiero aprender más de Él.

—Suenas a la señorita Betsy.

—¿Haces esto por tu madre? —preguntó la tía Regina.

—Lo hago por convicción.

—Respetaremos la decisión de m'ija. Mientras crean en Dios, no hay problema. Finalmente, es el mismo Dios, ¿o no?

Quizá su padre solo veía una figura de cera sobre una cruz, mientras que ella adoraba al Jesús resucitado, el Señor que transformaba su vida día con día, pero la sesión concluyó y Margarita voló al lado de Leo para darle la buena noticia.

★ ★ ★

—Toma más sopa —le ordenó mamá Tule. Leo abrió la boca y contempló la habitación del padre de Margarita donde ya llevaba más de una semana desde que perdió «La Princesa». No recordaba los detalles, solo la violencia en contra de su arte, los gritos de la muchedumbre y los cuidados de los Domínguez. Margarita entró a la habitación y él le sonrió. ¿Qué haría sin ella?

—¿Cómo te sientes?

—Mejor. ¿Ya me darás de alta? Me siento inútil.

Mamá Tule los dejó solos y él recargó su espalda sobre la cabecera de la cama.

—Y gracias por todo, Mago. No sé qué hubiera hecho sin ustedes.

—Creo que has sido oficialmente perdonado. Mi familia ya está fraguando la boda. Ya te lo había contado.

—Pero el dinero…

—Déjamelo a mí. Por cierto, doña Ofe ya regresó y te ofrece el bungaló mientras llega el día de la boda. Han ocurrido muchas cosas en la ciudad. Ya pronto se reanudarán las clases, la policía ocupó el zócalo y ahora todos tratamos de resucitar nuestros negocios.

Él tomó la mano morena entre las suyas.

—Te amo. En serio.

Ella asintió.

—Y aún te tengo otra noticia. La señorita Betsy viene a México. ¡Estará en la boda!

—Me da gusto por ti. Pero, escucha, debo regresar a mi casa una vez más. ¿Ya hiciste las invitaciones?

—Conchita las preparó en la computadora. ¿Estás seguro, Leo?

—Una vez más. ¿Te parece?

En eso, Javier asomó su rostro por la puerta y los dos le sonrieron.

—Pasa, amigo. ¿Qué nos cuentas de nuevo?

El arqueólogo suspiró:

—Lo que temía. Carlos desapareció del mapa. Muchos han sido apresados y enviados a distintas cárceles, pero Carlos simplemente se esfumó. Presiento que anda en malos caminos.

—Lo siento, Javier.

—Por lo menos tú puedes regresar con doña Ofe, yo tengo Monte Albán y Margarita el restaurante. Creo que empezaré un pequeño taller para niños que se interesen en la arqueología. Así podré instruirlos antes de que se metan en problemas.

—¡Buena idea! —lo felicitó Margarita—. Han sido días duros, pero siempre hay esperanza ¿no es cierto?

Leo sonrió. Por fin creía que había un futuro para él.

Capítulo
14

Leo aún conservaba las llaves del 33. Ese lunes por la tarde traía alternativas pensadas en caso de que su familia no le ofreciera asilo por la noche; podría alojarse con la mamá de Javier o con Adrián, el hijo del mecánico. Los perros anunciaron su presencia.

Nando y Paco jugaban fútbol a pesar de ser las siete. Leo sujetó su mochila y los saludó al pasar. No quería perder el valor de enfrentar a sus padres, así que se apresuró a colarse en la vivienda. Su mamá limpiaba frijoles, su padre sacudía el librero y Raquel veía la telenovela.

—¡Leo!

Sus padres lo ignoraron. Él sacó de su mochila los sobres blancos.

—Vengo a darles las invitaciones de mi boda. Será a finales de noviembre.

Depositó los dos sobres sobre la mesa. Su madre ni siquiera desvió la mirada. Su padre lo encaró.

—¿Solo para eso viajaste? Pudiste enviarlas por correo.

Leo notó que su madre se hacía la ofendida.

—Quise entregarlas en persona.

Raquel tomó el sobre con su nombre y lo abrió de inmediato.

—¡Qué sencillas! ¿Las hiciste tú?

—No, la hermana de Margarita.

Su madre torció la boca de modo que su cara se desfiguró. Leo arrugó la frente. Quería contarles cómo había sido destruida su pintura, lo pobre que se encontraba y cómo lo apoyaban los Domínguez a pesar de los problemas en su ciudad.

—Celebraremos el civil y el banquete en el patio de la casa de los Domínguez. Habrá mucha comida, les aseguro.

Raquel se enterneció:

—¿Quieres que ayudemos con algo?

—¡Por supuesto que no! —Su madre golpeó la mesa—. Leo, nuestra última conversación fue muy clara. No nos interesa esa india, ni los suyos. Si te empecinas en echar a perder tu vida, es tu problema. No negarás que te lo advertí. Y tú, Raquel, no digas tonterías, que nadie de esta familia asistirá a tal infamia.

Su padre comprimió los labios y Raquel devolvió el sobre a su lugar.

—Debo irme. Recogeré a Fernando e iremos a cenar con el niño.

Le plantó un beso frío en la mejilla a su madre y desapareció. Ni siquiera llegó a sentarse.

—De cualquier modo, me agradaría que recapacitaran y me acompañaran en ese día tan importante.

Cerró la puerta sin azotarla, consciente de que no le daría la satisfacción a su madre de verlo perder la cabeza. Entonces se encaminó a la casa grande. Subió los peldaños de dos en dos hasta el segundo piso, donde en la salita tejía la tía Cecilia y doña Lupe bordaba. Sonia y Emma discutían con Paco sobre un rompecabezas y el tío Pancho salía del baño.

—¡Sobrino! ¿Regresaste a hacer las paces con Juan?

—Hola, tío.

Emma le sonrió con calidez.

—Traigo las invitaciones de mi boda.

—¡Santo cielo! ¿Sí te casas con esa mujer? —irrumpió la tía con los anteojos en la punta de la nariz.

—Sí, tía. La amo y sé que seremos felices.

Sus primas se acercaron.

—¿En serio? ¿No es demasiado... diferente? —preguntó Sonia con su acento de niña mimada.

—Si tú eres feliz, nosotros también —lo consoló Emma, sujetándolo del brazo.

—¿Y será en Oaxaca? —inquirió el tío.

—En casa de los Domínguez. Habrá mucha comida.

—Está muy lejos —respondió la tía Cecilia, concentrándose en las puntadas de sus agujas.

Don Pancho se acomodó en el sofá como lo hacía su padre.

—¿Irá Juan?

—No, tío.

—Entonces, comprenderás que no provocaré una revolución. Tengo suficiente con los pleitos por los canarios, la lavadora y los perros como para...

¿Cómo podía comparar su boda con asuntos domésticos?

—Tú sabes, muchacho.

No, Leo no comprendía ni sabía nada. La familia de Margarita se desvivía con los preparativos y los suyos se encogían de hombros como si Leo les anunciara que cambiaría de periódico. Emma agachó la vista y Sonia recibió una llamada.

—Aquí dejo las invitaciones, por si las dudas.

Depositó los sobres encima de la mesita.

—Buenas noches.

—¿Dónde dormirás? —quiso saber Emma.

—Con unos amigos —mintió.

Se obligó a no llorar ni a revelar el dolor que punzaba en su corazón sangrante. Inició el descenso, no sin antes escuchar las palabras ponzoñosas de la suegra del tío Pancho:

—Con una mujer así, este muchacho camina a la destrucción.

¿Acaso no percibían el cambio en su vida? En la calle cuestionó su decisión. Su padre había acertado al sugerir el correo como medio de comunicación. Le hubiera ahorrado unos cientos de pesos, y sobre todo, un amargo sabor de boca. No se dirigió a la casa de Adrián, ni a la de la madre de Javier. Compraría un boleto para Oaxaca. Allá se encontraba su verdadero hogar.

KEILA OCHOA HARRIS

★ ★ ★

—Dios mío —oraba Margarita en su oficina—, que la familia de Leo recapacite. Él está tan triste.

No soportaba contemplar sus ojos sin vida y le preocupaba su poca conversación. Nunca se distinguió por ser extrovertido, pero se diría que el Leo que deambulaba por el restaurante y paseaba en Monte Albán planeaba un asesinato y no una boda. Y lo que más le angustiaba se resumía en su poca inspiración para pintar. De hecho, había jurado no volver a tomar un pincel. ¡Tanto le dolía la pérdida de «La Princesa Donají»!

En el poco tiempo juntos, había aprendido que un artista era feliz cuando se internaba en sus mundos para crear cosas nuevas. Y Leo no había hecho nada nuevo desde el cumpleaños de don Juan. ¿Cómo ayudarlo?

—¡Ya estoy lista!

Conchita la asustó con su grito.

—Casi me sacas el corazón del susto.

Las hermanas se internaron en las tiendas para elegir sus atuendos. Don Epifanio les aseguró que las mandaría a Puebla o a la misma capital si ningún vestido de novia les agradaba. Conchita y dos primas fungirían de sus damas, así que Conchita revoloteaba entre las telas soñando con el gran día.

—¿Puedo invitar a Gerardo?

—¿Quién es Gerardo?

—El chico de la preparatoria que me gusta.

Margarita se controló:

—Querida...

—Entonces a Mario.

—¿Quién es Mario?

—El amigo de Javier.

Esa propuesta le atraía más, pero ¿dónde acomodarían a tanta gente? La lista crecía y crecía, y aun cuando la familia de Leo se negaba a asistir,

296

don Epifanio contaba con varios reemplazos. El tío Román había invitado a su amigo del dominó, la tía Engracia a su mejor amiga, el primo Alberto al proveedor de carnes para Donají, la prima Lucero al estilista. Si cada miembro de su familia decidía llevar a una persona, ¡no cabrían en el patio!

—Déjame a mí los detalles —insistía su padre. Pero si le hubiera encargado Donají años atrás, el negocio habría desaparecido. Solo le confortaba la mano hábil de sus tías que no permitirían contratiempos ni tragedias.

—¿Y bien?

Conchita lucía un vestido recto, de color azul y con tirantes.

—Me encanta.

—Pero tú no te has probado nada y ¡eres la novia!

Sus hombros se desplomaron. Necesitaba una madre, no una hermana y no evitó las lágrimas. Conchita adivinó su mal, y en lugar de calmarla, se unió a su llanto.

★ ★ ★

—¿Leo?

—¡Raquel! ¿Están todos bien?

—Sí, hablo para avisarte de la boda.

Leo guardó silencio.

—Vamos Fernando, Emma, Sonia y yo.

—¿En serio?

Se sentó en la silla para no caerse.

—Ya sabes como es mi mamá, pero la convencí. Ella y mi papá se niegan a poner un pie en Oaxaca, y el tío Pancho no quiere problemas, pero la generación joven se rebeló.

—¿Y los niños?

—Son una lata. Se quedarán con sus abuelos. Además, no cabríamos todos en el auto de Fernando.

—Me has hecho feliz con esta llamada. Y aprovecho para pedirte que tú y Emma sean mis testigos.

—Le daré tu recado. De mi parte, cuenta conmigo. ¿Necesitas que llevemos comida o que hagamos algo?

—No se me ocurre nada. Por lo pronto, solo vengan. No pido más.

—Está bien. Andamos consiguiendo los permisos, pero el plan es llegar el jueves. Nos podemos quedar en un hotel. ¿Ya abrieron? ¿Están en condiciones decentes? Fernando insiste en portar un arma de fuego.

—No exageres. Oaxaca no es un campo de guerra. Y no piensen en hotel, apartaré dos habitaciones aquí en casa de Ofe.

—Bueno, me voy porque temo que mi mamá se caiga de las escaleras por tanto que estira el cuello para oír.

Cuando Leo colgó, respiró hondo.

—Gracias, Dios. Gracias.

Salió del cuarto y caminó hacia Donají. El reloj marcaba las diez; andarían cerrando, pero no aguantaría hasta el otro día para contárselo a Margarita. Para su sorpresa, se encontró con ella.

—¡Iba a buscarte!

—Yo también. Tengo buenas noticias.

—Igualmente —sonrió Leo—. Tú primero.

Margarita lo tomó de la mano.

—Me llamó la señorita Betsy. Al día siguiente de la boda irá al pueblo para regalar la Biblia completa. ¿Te imaginas? ¡Ya podremos leer el salmo de la tía Toña! ¿Crees que podamos posponer la luna de miel por un día?

Leo se encogió de hombros.

—Para entonces ya seremos marido y mujer. Además debemos estar allí en representación de tu madre.

Margarita brillaba de ilusión. ¿Cómo le haría cuando él le dijera sus novedades? ¡Le faltaría espacio para sonreír!

★ ★ ★

Margarita analizó la lista frente a ella. Mesas, sillas, manteles, la comida, los adornos, los platos, todo listo. Entonces su vista se desvió a un garabato en la esquina superior del papel. «Vestido». Contaba con la mayoría de los preparativos, salvo su atuendo de novia.

—Te has probado cientos de ellos y no te decides por ninguno. Hermanita, faltan cinco días para la boda. ¡Tienes que hacer algo!

Las palabras de Conchita la hirieron. Repasó los catálogos que había ido coleccionando en sus excursiones a las tiendas. No negaría que le agradaba la suavidad de las telas, la caída recta de las faldas, el misterio de los velos y los diferentes estilos. Sin embargo, ninguno la emocionaba.

Sin previo aviso, las lágrimas pugnaban por asomarse a sus ojos. Agradeció que Leo anduviera en Monte Albán o aumentaría su angustia. Se limpió con el dorso de la mano lamentando la falta de una madre. Ese tipo de decisiones se enfrentaban al lado de otra mujer, alguien con madurez y gusto. María hubiera sabido cómo actuar. ¿La estaría mirando desde el cielo?

¡Cómo la echaba de menos! Conchita, cuando llegara el momento, contaría con su apoyo incondicional, como que en cierto modo había sido como su madre. Pero ella, ¿en quién se apoyaría? La juventud de Conchita no cooperaba, la frivolidad de sus primas tampoco, y ni sus tías comprendían su tristeza, aunque reconocía que se encargaban de muchos detalles. Sin ellas, no llegaría con vida al sábado de su boda. Pero nada de eso resolvía su dilema actual.

Un golpe en la puerta la estremeció. Trató de componerse y mamá Tule entró con una taza de café de olla. El aroma la vigorizó.

—Ten. Te hará bien. Son casi las tres y no has comido.

—No tengo hambre.

—¿Tas chillando?

¿Cómo engañar a mamá Tule?

—Es normal. Antes de las bodas, las novias se ponen todas tiesas.

Pero Margarita no había ocultado las fotos de los vestidos y mamá Tule las examinó.

—Conchita me dijo que no te decides.

Margarita asintió. Mamá Tule arrugó la frente y, en menos de diez minutos, volvió con sus cosas.

—Ya dejé todo bien en la cocina. Ándale, vamos afuera.

Mamá Tule se trepó en la camioneta y le ordenó al primo que hacía de chofer:

—A Tule.

Llegaron en veinte minutos. Margarita admiró un inmenso árbol de más de dos mil años que si hablara, ¿qué les contaría? ¿Historias de conquistadores, de frailes, de revolucionarios? Su madrina se encaminó a una calle detrás de la iglesia.

—¿Qué tramas?

—Tu mamá me encargó que te cuidara desde que tabas chiquita. Así que eso hago.

Tocó a una puerta y una mujer abrió y las hizo pasar. Adentro se encontraron con un cuadro de miseria impresionante: cinco hijos pequeños, comida regada y trastes sucios. Mamá Tule se dirigió a la mujer en el dialecto del pueblo. Margarita arqueó las cejas. En frases cortas y de negocios, la mujer se comprometió a confeccionarle un traje a Margarita en menos de una semana. Le tomó las medidas, mamá Tule le dio un adelanto y abandonaron el lugar con prisa pues la noche caía sobre ellas.

—Pero, ni siquiera me preguntaste si me gusta el estilo.

—Mira, Margarita, te conozco bien. Tas cambiando tu apariencia por amor a Leo, pero en tu sangre traes el amor por los tuyos. Lucirás como lo que eres, una descendiente de los zapotecas y mixtecas. Costumbre familiar no se quita.

Ella sonrió. ¡Por supuesto! Eso hubiera deseado su madre.

Capítulo
15

Jueves. Dos días antes de la boda. Leo paseaba como león enjaulado frente a la casa de doña Ofelia. De pronto, el claxon de un auto negro detuvo su corazón. La primera en bajar fue Emma.

—¡Qué gusto verlos aquí!

Sonia le regaló un beso frío, pero Raquel lo abrazó con cariño. Su cuñado Fernando se limitó a un apretón característico de él, luego ayudó con las maletas y los condujo por los pasillos a los cuartos que doña Ofelia les había reservado.

—Parece que vienen por un mes y no solo por unos días —se quejó al cargar la maleta de Sonia.

—Es una boda, primo. Debo lucir bien.

Emma se limitó a encogerse de hombros. Doña Ofelia los encontró en el pasillo y los saludó con cortesía guiándolos a sus habitaciones. Raquel admiró el lugar. Emma insistió en conocer su bungaló, Sonia se refugió bajo la sombra para no estropear su maquillaje y Fernando masculló que hubiera sido mejor quedarse en un hotel de cinco estrellas.

Pero esa escena tan familiar lo conmovió profundamente. La felicidad de su futuro matrimonio nublaba las malas vibras, como decía mamá Tule, y nada empañaría el gran día, ni siquiera la ausencia de sus padres. En unos minutos en que Raquel y él quedaron solos, preguntó por ellos.

—Mi mamá trae jaqueca y mi papá no habla. Aunque nunca lo ha hecho.

—¿Crees que vengan a última hora?

Ella negó con la cabeza:

—Lo siento, hermano. La terquedad recorre nuestras venas.

Los llevó a comer a Donají, y aunque al principio se resistieron, los cuatro terminaron enamorados del lugar que Margarita había decorado, la cocina de mamá Tule y la atención de los Domínguez. La situación social y política continuaba ensombreciendo ciertos días, pero el negocio prosperaba lentamente con la cooperación incondicional de la familia.

—Ahora comprendo muchas cosas —le confesó Emma—. Aquí has encontrado lo que en el 33 no te ofrecimos: comprensión y cariño.

—Tú también encontrarás el amor, prima. Sé que Dios ayudará a nuestra familia.

Emma comprimió los labios y él notó un temblor en su barbilla. ¿Qué pasaría en la vida de su prima? Pero ni tiempo de preguntar. Las cosas sucederían con tal rapidez que le costaría armar el rompecabezas del sábado de su boda.

★ ★ ★

El viernes Leo paseó a los Luján, mostrándoles el templo de Santo Domingo, el museo contiguo y las tiendas artesanales. No se mostraron interesados en visitar Monte Albán, así que se dedicaron a cubrir gran parte del centro histórico de Oaxaca, criticando el graffiti y los destrozos provocados por la guerrilla.

Margarita aprovechó para afinar detalles de la comida, recoger su vestido y dejar listo el restaurante. Además, no le apetecía soportar a las mujeres Luján. Aun cuando la trataban civilmente, Margarita no creía que en el fondo la aceptaran. Fingían por cariño a Leo, pero notaba en sus miradas el desprecio por sus raíces indígenas.

Sin embargo, no evitó su presencia en la despedida de soltera organizada por sus tías. Las tres se refugiaron en una esquina de la sala. Sus primas organizaron algunos juegos sencillos, ya que ella les había advertido que las quitaría de damas si osaban intentar bromas pesadas o de mal gusto. Conchita confeccionó pequeños recuerdos para prender en la ropa y mamá Tule encargó tacos de canasta. No los hizo, ya que tenía las manos llenas con el banquete nupcial que prometía sobrepasar las expectativas de todos.

Margarita no daba crédito a lo que ocurría. Cuando dieron las diez de la noche y repartieron agua de jamaica, reparó en que en menos de veinticuatro horas sería la señora de Luján. Los nervios fastidiaron su estómago, y después de dos bocados, dejó a un lado el plato. Seguramente enfermaría si continuaba así.

Quería dormirse temprano. Al otro día madrugaría para bañarse, vestirse, arreglarse. Habían citado al juez a las cinco de la tarde. Faltaba planchar los manteles, recibir los arreglos florales y amasar las tortillas. Mamá Tule cocinaría en el restaurante y traerían las cazuelas a tiempo para la cena. Algunas meseras cooperarían sirviendo y amasando tortillas. Les pagarían doble ese día, según dictaminó su padre.

Y hablando de su padre, andaba muy serio y cabizbajo. ¿Celos? ¿Tristeza? Obviamente aún no conseguían casa ni departamento, así que después de la luna de miel vivirían en la casona, ocupando la habitación de Margarita y la de Conchita. Su hermana se mudaría al ala oeste con sus primas.

Las carcajadas la hicieron reaccionar. Sus primas apostaban quién sería la siguiente en casarse y Margarita se unió a la discusión. Entonces reparó en que las tres Luján no habían abandonado su rincón donde cuchicheaban. ¿La estarían criticando? «Tranquila», se ordenó. Por Leo, mostraría paciencia, cariño y ecuanimidad.

★ ★ ★

«Estos no son momentos para la inspiración», se reprendió Leo. Sin embargo, después de semanas de inactividad, su brazo se movía solo. ¡Qué bueno que doña Ofelia no había terminado de sacar todas las cosas del bungaló! Había dejado algunos lienzos, unos cuantos pinceles y un poco de pintura. Pero el calor en su pecho lo embargaba al contemplar los colores bañando el lienzo blanco. ¡Cómo había extrañado su arte!

El reloj fue marcando las doce, la una, las dos, las tres de la mañana. Su mente le ordenaba detenerse y descansar. En unas horas se casaría y sería penoso andar cabeceando. Pero su corazón ardía con fuerza inusitada, impulsándolo a continuar y terminar lo que había comenzado. Quizá no se compararía a «La Princesa Donají» o a las ««Joyas de Monte Albán» o al «Juego de Pelota», pero no importaba.

Ese cuadro resumía las semanas pasadas de un modo impactante. Lo describiría como un canto, un testimonio y un legado de proporciones eternas. A las seis de la mañana, firmó con su nombre: Leonardo Luján. Se arrastró a la cama y se quedó dormido.

★ ★ ★

«Es demasiado elegante para un pueblo como este», se quejó Sonia frente al espejo. Se habían despertado tarde, desayunado en La Terracita sin Leo, ya que este dormía como un bebé, según Fernando, por los nervios. Faltaba media hora para la cita en la casa de los Domínguez.

Emma contempló a Sonia con un hermoso vestido rojo. Su cabello largo y negro le sentaba bien, y habría lucido perfecta para una velada romántica más que para una sencilla celebración provinciana. Emma, por su parte, había optado por una falda negra y una blusa de buen gusto. Su cabello lo recogió como de costumbre, envidiando la belleza de su hermana.

El ruido de la secadora traspasaba la pared que dividía su cuarto del de Raquel, y la imaginó peinando su cabellera teñida, aunque sus kilos de más no la harían más atractiva que Sonia. Leo vestiría un traje, y dudó si debía despertarlo. Pero la señora Ofelia había prometido hacerlo, así que confió en ella.

Algo en ese rincón del suroeste de la república la conmovía e inquietaba. Quizá se trataba de la sencillez de las personas o su hospitalidad o su modo de vida poco conflictiva. Tal vez su depresión nacía de ese sueño frustrado de una boda. Ella jamás se casaría. Se había embarazado a los dieciocho años. Tenía un hijo. Ningún hombre en sus cinco sentidos se comprometería con ella.

Para Emma no había vestidos blancos en el futuro. Para Sonia se abría un mundo de posibilidades, y evocó la boda de la misma Raquel, un evento más citadino en una iglesia que no se llenó ni a la mitad, bailes y frivolidad en un salón de fiestas, sonrisas fingidas, brindis a medias, Fernando medio borracho, Raquel con el maquillaje corrido, la tía Elvia cometiendo cientos de indiscreciones, el tío Juan que no se paró de su asiento en toda la noche, Leo que llegó tarde, Sonia que conoció a un galán, Emma solo pensando en aquel cuyo-nombre-no-quería-mencionar y sus padres criticando desde las mesas hasta al conjunto musical. Nada escapó del escrutinio de su madre y su abuela.

Suspiró con melancolía. El día le pertenecía a Leo y no lo agriaría con sus propios dilemas. Ella, por su gran error, no merecía la felicidad. Sonia terminó de maquillarse y Fernando les anunció que partirían en unos segundos.

Todos abrieron la boca al toparse con un Leo sonriente, un poco desvelado, y vistiendo un pantalón de manta y una hermosa camisa autóctona bordada.

—¿Dónde está el traje y la corbata? —dijo Raquel horrorizada.

—No van conmigo. Esta camisa viene directo del pueblo de Margarita.

Sonia y Raquel mostraron su desacuerdo, pero Emma aceptó que lucía guapo, como el Leo que tanto amaba. Su cabello despeinado iba a la perfección con sus sandalias y su aspecto informal que rebosaba en un rostro que irradiaba dicha. Fernando manejó hasta la casona Domínguez y Emma volvió a sorprenderse ante la evidente solvencia económica de la familia. La tía Elvia se iría de espaldas. Había predicho que Margarita vivía en una choza.

La parentela de Margarita —y Emma juró que nunca lograría distinguir al tío fulano del tío mengano— ya abarrotaba el patio. Javier, el amigo de Leo, se ubicó en su mesa y Emma apreció su galantería. No olvidaba que en algún tiempo la había pretendido, antes de su gran equivocación.

Javier señaló a los amigos de la familia, a los invitados distinguidos y a los ciento y un familiares de Oaxaca y otras aldeas. En especial, notó a una mujer extranjera que charlaba animadamente con don Epifanio, a quien Javier llamó la señorita Betsy. Concluiría que habían echado la casa por la ventana, como solían decir.

Los meseros sirvieron bebidas, lo que alegró a Fernando que se empinó un tequila. Raquel se abanicaba con su pose de diva y Sonia repetía que se aburriría a muerte. Leo andaba paseando en espera de la novia. Entonces los acordes de un teclado anunciaron a la novia. Los tíos habían ideado una escalera que las primas decoraron con rosas blancas y en lo alto se presentó Margarita del brazo de su padre con un vestido de una tela delgada, tipo manta, de blancura extraña y procedencia indígena. Los presentes emitieron un sonido de satisfacción y Emma los imitó. Margarita semejaba una diosa, no, más bien una princesa de la antigüedad.

—La princesa Donají —comentó Javier con entusiasmo.

Descendió las escaleras con la gracia de una reina y la firmeza de una mujer de negocios. En su porte se combinaban la elegancia y la humildad, las marcas del sufrimiento y de la protección, el resplandor de la paz interna y de la seguridad externa. Y Emma, increíblemente, la envidió. Ella ansiaba ese algo que anidaba en el pecho de esa mujer que quizá había nacido con el color incorrecto de piel o que había crecido lejos de lo que denominaban civilización, pero que irradiaba algo que ni ella, ni Sonia, ni Raquel poseían.

Leo la abrazó y de la mano se encaminaron a su sitio. Emma no prestó atención a las palabras del juez civil, perdida en sus pensamientos y hechizada por ese encanto que rodeaba a la pareja. Ni la tía Elvia ni su madre aceptarían que Leo había elegido bien, pero Emma no lo dudó. Ni la posición social ni la cuna dictaminaban el destino del hombre, y Emma reconoció que al etiquetar a Margarita con una falsa concepción de «indígena», se habían privado de socializar con una mujer ejemplar.

Los rostros de Sonia, Raquel y Fernando revelaban poco interés en el asunto, y Emma dedujo que no percibían esa fuerza interior que ella tanto anhelaba. Pero Javier sí lo intuyó.

—Han cambiado tanto —le confió—. Los admiro.

El juez llamó a los testigos a firmar, luego se produjo un silencio y la mujer extranjera pidió la palabra. Leo y Margarita la contemplaron con gratitud y emoción.

—Quiero compartir con ustedes —dijo—, un pensamiento sacado de la Biblia. Dice así: *Tú eres mi Señor; no hay para mí bien fuera de ti.*

Sonia refunfuñó, Raquel bostezó y Fernando se excusó para salir un rato a fumar. Emma no sabía que Margarita fuera religiosa, y algunos de su familia se movían incómodos en sus asientos, pero Margarita derramó unas lágrimas y Leo no soltó su mano.

La inglesa habló de una hermosa heredad que los novios poseían, de una senda de vida, de plenitud de gozo y, aunque Emma entendió menos de la mitad, se alegró por la pareja. Al concluir, don Epifanio se puso en pie y tomando un libro, dijo:

—Quiero leer ese mismo pensamiento pero en nuestra lengua.

Emma comprendió aun menos, pero la musicalidad del dialecto la arrulló. Entonces sirvieron la comida y el ambiente festivo la contagió. Probaron más de tres tipos de moles, todos picosos pero deliciosos. Fernando combinaba sus platos con tequila, lo que lo tornó adormilado, y Sonia no quitó su cara de apatía, se unió a las críticas de Raquel pero en ningún momento dejó de comer.

—Esa señora no sabe vestir.

—Ni tampoco las damas. ¡Cómo usar esas sandalias!

Emma decidió concentrarse en Javier, que le contó de Monte Albán y la ayuda de Leo en las últimas semanas. A la abundante comida le siguió la música. Emma bailó con Javier, con un tío, con otro primo, con aquel pariente, con el secretario de turismo y, solo una vez, con Leo.

—Te ves feliz, primo.

—Y lo estoy, Emma. Dios me ha dado mucho en pocos meses; mi deuda es eterna. Tengo paz, tengo perdón, tengo a los Domínguez, tengo mi arte y tengo a Margarita. ¿Qué más puedo pedir?

—Te envidio.

—No lo hagas. Mira, tú y yo debemos platicar. Necesito decirte muchas cosas. Cuando regrese de mi luna de miel te buscaré.

—¿A dónde irán?

—A Huatulco. Cortesía de un conocido llamado Raúl. Pero esa es una larga historia, luego te cuento.

—Te consienten demasiado.

—Y yo me dejo —sonrió.

Emma prestó atención a la letra de la siguiente canción y observó a los recién casados atravesar el patio.

«Ay, ay, ay, india del alma
No existen clases sociales
Cuando el amor se desata
No tomé mis precauciones».

A ella le pareció que resumía bastante bien la historia de amor de su primo.

A medianoche, Leo pidió silencio. Javier le ayudó a sacar un caballete con un cuadro cubierto por una tela y lo colocó donde todos lo alcanzaran a ver.

—Quiero compartir con ustedes mi regalo de bodas para Margarita. Creo que esta pintura condensa los meses pasados y mi búsqueda de la felicidad. La he titulado «Libertad».

Javier la descubrió y las exclamaciones de admiración llenaron la casa.

Fernando, a pesar de su borrachera, comentó: «Sí que es un artista».

Sonia, por su parte, pensó en voz alta: «Es mejor que el de la galería».

En eso, uno de los tantos tíos de Margarita se aproximó a los Luján.

—Deben estar orgullosos de su familiar —les dijo—, así como lo estamos nosotros. Ese nuevo sobrino mío cuenta con un talento extraordinario. Su futuro luce bastante prometedor.

A Emma le dolió la ceguera de los suyos. Leo había tenido que mudarse a Oaxaca para que su arte fuera apreciado. Y ahora ellos lo habían perdido, y los Domínguez lo habían ganado.

Los novios partieron el pastel y pronto se despidieron. Pasarían la noche en un hotel. Javier y sus acompañantes regresaron a casa de Ofelia. Raquel arrastró a Fernando a su habitación y Sonia se quedó dormida de inmediato. Pero Emma no conciliaba el sueño. Supuso que volverían a la ciudad cuando Fernando estuviera en condiciones para manejar, Sonia despertara y Raquel terminara de empacar. Entonces, un sentimiento de impotencia la abrumó. No la emocionaba regresar a sus problemas, pero rogaría que el tiempo volara para platicar con Leo y preguntarle el secreto de su alegría.

¿Tendría algo que ver con su nueva creación? Reconstruyó la poderosa imagen que jamás borraría de su mente, la de un altar de piedra teñido de sangre a cuyos pies se encontraban los restos de un dios de piedra, y en el centro, con los rayos de sol iluminándolas, se vislumbraban unas manos horadadas señalando el sacrificio de Cristo, que como Leo había explicado, era lo único que se requería para encontrar la senda de la vida.

Epílogo

La plaza del pueblo no lucía tan tétrica como Leo la imaginó. Habían adornado con papel de colores y flores y colocado una mesa larga donde se ubicaba el presidente municipal, un funcionario de la secretaría de educación pública y algunos caciques. Pero en el centro, como invitada de honor, la señorita Betsy leía un salmo.

Margarita sujetó la mano de su esposo. Él comprendió. El sueño de María se hacía realidad frente a sus ojos. Los años de traducción culminaban en ese día con un gran regalo, no solo de la Biblia, sino una Margarita feliz y que creía en ese libro con toda el alma.

Cuando la presentación finalizó, el pueblo les convidó un almuerzo. Margarita buscó a la señorita Betsy y se alejó con ella para charlar cosas de mujeres, así que Leo se concentró en la barbacoa.

De pronto, un anciano le preguntó:

—¿Y de qué trata ese libro?

¡Si acababan de hablar de él por casi dos horas!

—Es la Palabra de Dios.

—¿Cuál Dios? —dijo el viejo arrugando las cejas.

Leo tragó saliva. Rogaba que apareciera la señorita Betsy o Margarita, ambas más experimentadas en explicar cosas espirituales. Pero ninguna de las dos andaba por las cercanías. En eso, la banda del pueblo tocó la pieza considerada el himno nacional de Oaxaca. Don Epifanio le había contado que Macedonio Alcalá la había compuesto en una situación de extrema pobreza, lo que aumentaba el valor de la letra que Leo analizó en ese momento.

Muere el sol en los montes
con la luz que agoniza
pues la vida en su prisa
nos conduce a morir.

Pero no importa saber
que voy a tener el mismo final
porque me queda el consuelo
que Dios nunca morirá.

Sé que Dios nunca muere
y que se conmueve
del que busca su plenitud ver una nueva luz.

Que corre a alcanzar nuestra soledad
y que todo aquel que se va a morir
empezó a vivir una eternidad.

—¡Ese Dios! —exclamó emocionado—. Ese Dios del que habla el himno que acabamos de escuchar, ese es el Dios del que habla la Biblia. Uno que nunca muere y que nos da la vida por medio de su Hijo.

—¿Y por qué habría de dar a su Hijo?

Leo pensó unos segundos.

—Es su Guelaguetza —le dijo, un poco abatido.

El anciano sonrió ampliamente.

—Eso sí lo entiendo. Déme uno de esos libros.

Y Leo cumplió su deseo sin titubear.

Glosario

Familia Luján
(Leo)

Juan	Padre de Leo
Elvia	Madre de Leo
Raquel	Hermana de Leo
Fernando	Esposo de Raquel
Nando	Hijo de Fernando y Raquel
Pancho	Hermano de Juan; tío de Leo
Cecilia	Esposa de Pancho; tía de Leo
Emma	Hija de Pancho; prima de Leo
Sonia	Hija de Pancho; prima de Leo
Lupe	Madre de Cecilia
Paco	Hijo de Emma; sobrino de Leo
Toña	Hermana de Pancho y Juan; tía de Leo (†)

Familia Domínguez
(Margarita)

Epifanio	Padre de Margarita
María	Madre de Margarita (†)
Conchita	Hermana de Margarita
Soledad	Madre de Epifanio; abuela de Margarita
Santiago	Tío de Margarita; padre de Bernabé
Román	Tío de Margarita; padre de Lucero

Lorenzo	Tío de Margarita; padre de Alberto y Lorenzo
Engracia	Tía de Margarita; esposa de Román; madre de Lucero
Regina	Tía de Margarita; esposa de Santiago; madre de Bernabé
Josefina	Tía de Margarita; esposa de Lorenzo; madre de Alberto y Lorenzo
Bernabé	Primo de Margarita; hijo de Santiago y Regina
Lucero	Prima de Margarita; hija de Román y Engracia
Lorenzo	Primo de Margarita; hijo de Lorenzo y Josefina
Alberto	Primo de Margarita; hijo de Lorenzo y Josefina
Mamá Tule	La madrina de Margarita y Conchita; cocinera principal

Oaxaca

Javier	Amigo de Leo; arqueólogo
Ofelia	Dueña de la posada La Terracita
Susana	Arqueóloga, colega de Javier
Carlos	Niño huérfano que trabaja con Javier
Raúl	(González) Trabajador del gobierno en el museo de arte
Julián	(Valencia) Cacique del pueblo de los Domínguez
Betsy	Misionera inglesa que vivió en el pueblo de los Domínguez

Ciudad de México

Adrián	Mecánico que vive cerca de la casa de Leo
Gaby	(López Benítez) Comadre y mejor amiga de Elvia
Julieta	Hija de Gaby
Lepont	Director de una galería de arte

Sobre México

Zapotecas	Pueblo nativo del sur de México, ubicado en el sur de Oaxaca. Civilización importante del pasado meso-americano. Entre sus centros religiosos están Mitla y Monte Albán.
Mixtecas	Pueblo antiguo de Mesoamérica. Pertenecen al grupo de lenguas mixtecanas, emparentadas con el zapoteco y el otomí. Se encuentran en Oaxaca, Guerrero y Puebla.
Monte Albán	Sitio arqueológico localizado a diez kilómetros de la ciudad de Oaxaca. Ciudad fundada por los zapotecas y sede del poder dominante de la región de los Valles Centrales hasta su colapso en el siglo VIII.
Diosa Centeotl	Diosa azteca del maíz. Hoy se elige a una represen-tante de Oaxaca que conozca sus tradiciones y se le nombra la Diosa que preside las fiestas de julio.
Guelaguetza	Celebración que tiene lugar en Oaxaca, la capital del estado de Oaxaca. También se le conoce como Los Lunes del Cerro, puesto que se festeja en el cerro del Fortín. La palabra «Guelaguetza» proviene del zapo-teco y designa la acción de ofrendar, compartir o regalar.
Alfonso Caso	Arqueólogo mexicano que excavó Monte Albán y descubrió el tesoro del entierro de la Tumba 7, el más rico que se haya descubierto en territorio mexicano en cuanto a oro se refiere.
Mole	Platillo de la cocina mexicana. La palabra proviene del náhuatl *molli* o *mulli*, y significa salsa. En Oaxaca

existen siete variedades de mole: coloradito, rojo, mancha manteles, verde, amarillo, chichilo y negro.

Noche de Rábanos Festival celebrado el 23 de diciembre en Oaxaca, en que se exhiben y premian figuras creadas con rábanos y totomoxtle.

Totomoxtle Las hojas secas de la mazorca del maíz.

Acerca de la autora

Keila Ochoa Harris es una autora nueva y joven de México. Su primer libro de ficción de mayor distribución, *Palomas*, profundiza la historia de dos almas en busca de una respuesta. Una huye del Dios verdadero, la otra lo distingue entre las demás deidades paganas, y ambas quedan asombradas ante el resultado. El libro anterior de Keila, *Retratos de la familia de Jesús*, publicado por Verbo Vivo en Perú, explora creativamente lo que la vida de algunos de los antepasados de Jesús podría haber sido, sus esperanzas, dificultades e interacciones diarias. Una maestra y autora entregada, Keila mantiene un blog, www.retratosdefamilia.blogspot.com, que se lee ampliamente en la comunidad de escritores. Para más información visite www.keilaochoaharris.com.